KB070889

만물박사 2

이광복
연작소설

만물박사 2

이광복 지음

발행처 · 도서출판 **청어**
발행인 · 이영철
영 업 · 이동호
홍 보 · 이수빈
기 획 · 천성래
편 집 · 방세화
디자인 · 김희주
제작부장 · 공병한
인 쇄 · 두리터

등 록 · 1999년 5월 3일
(제321-3210000251001999000063호)

1판 1쇄 인쇄 · 2018년 1월 1일
1판 1쇄 발행 · 2018년 1월 11일

주소 · 서울특별시 서초구 효령로55길 45-8
대표전화 · 586-0477
팩시밀리 · 586-0478

홈페이지 · www.chungeobook.com
E-mail · ppi20@hanmail.net
ISBN · 979-11-5860-532-2(04810)
      979-11-5860-530-8(세트)

이 도서의 국립중앙도서관 출판시도서목록(CIP)은 서지정보유통지원시스템 홈페이지
(http://seoji.nl.go.kr)와 국가자료공동목록시스템(http://www.nl.go.kr/kolisnet)에서
이용하실 수 있습니다.(CIP제어번호: CIP2017011990)

만물박사 2

이광복
연작소설

만물박사

2

차례

어꿰

영호와 식사를 하는 동안 승우는 채송화에 얽힌 설화를 생각하면서, 다른 한편으로는 영호가 어떻게 해서 그렇게 엄청난 신흥 재벌이 되었는지 궁금증을 증폭시키면서 연신 벽에 걸린 채송화 그림을 바라보았다. 첫눈에도 그 필력이 범상치 않다고 느꼈었는데, 그 그림은 보면 볼수록 독특한 아름다움과 가슴 뻐근한 감동을 자아냈다.

승우는 화단(畫壇) 안팎에 공공연히 떠도는 그렇고 그런 추악한 이야기를 알 만큼 알고 있었다. 소위 이름깨나 있다는 화가는 개똥이든 쇠똥이든 무엇이나 닥치는 대로 괴발개발 그려내도 뭉칫돈을 받는 반면, 이른바 국전(國展)을 외면한 무명화가의 그림값은 그 작품이 아무리 출중해도 똥값에 지나지 않는 풍토를 어떻게 이해해야 할까.

작품의 수준과는 관계없이 화가의 이름만으로 그림값을 매기는 사회. 사람의 능력보다도 별것도 아닌 졸업장만으로 몸값을 흥정하는 사회. 본래 자본주의 사회라는 것이 돈 놓고 돈 먹는 사회라지만, 그 더러운 놈의 돈이라는 게 뭔지 그야말로 사람을 회까닥 돌아버리게 하는 것이 돈인 듯했다.

승우는 이 근래 그 개도 물어가지 않는 돈 때문에 비루먹은 당나귀 새끼처럼 삐쩍 야위어가고 있었다. 아이들은 부쩍부쩍 자라나는데, 주머니를 탈탈 털어 봤자 나오는 것이라곤 먼지뿐인 터라 이제는 입에 풀칠하기도 막막한 형편이었다.

그렇다고 승우가 남달리 게으름을 피웠다거나 낭비벽이 심해 살림을 거덜 낸 것도 아니었다. 그는 소싯적 이후 지천명을 턱걸이하는 오늘날까지 지문이 닳아 문드러지도록 일을 했고, 노랑물이 똑똑 떨어질 정도로 짠지 노릇을 하며 구두쇠로 살아왔다.

오죽하면 그는 시중의 음식점에서 판촉물로 만들어 뿌린 이쑤시개 한 개 허투루 써버린 적이 없었다. 그는 이쑤시개를 쓰더라도 한 번 쓰고 버리는 것이 아니라, 곰상스럽게 그 끝을 날카로운 카터로 연필 깎듯이 깎고 또 깎아서 다 닳아 없어질 때까지 다시 쓰곤 하였다.

그러나 살림은 언제나 숨통을 조여왔다. 뭔가 일을 해야지. 일감을 찾아야지. 굶어 죽지 않고 살아남기 위해 그는 논문 출판의 황제나 다름없는 학문당 박일기 사장을 통해 그 어디 눈먼 일감이라도 없는지 알아볼 만큼 알아본 터였다. 그러나 박 사장 역시 뾰쪽한 대안이 없는지라 한숨만 훌훌 몰아쉴 따름이었다.

막막하고 갑갑했다. 당장 숨이 막혀 죽을 것만 같았다. 마음 같아서는 그 어디 아무도 모르는 후미진 곳에 가서 확 목숨을 끊어버리고 싶은 심정이었다. 일을 하고 싶어도 일감이 없다는 것, 그거야말로 사람을 완전히 미치고 환장하게 만들었다.

그러던 차에 까마득히 잊고 지냈던 영호한테서 전화가 걸려와 이렇게 한 자리에 떡 마주 앉고 보니 꿈인지 생시인지 분간할 수가 없었다. 더욱이 영호는 지금 한창 비까번쩍 잘나가는, 그래서 신흥 재벌 가운데 선두 주자로서 자타가 공인하는 태흥물산의 회장이 아닌가.

승우는 문득 꿈속을 헤매는 듯한 착각을 불러일으켰다. 왕년에 그토록 불우했던 청소년이 지금 어엿한 신흥 재벌의 총수가 되어 있다니……. 그것도 먼 데 있는 것이 아니라 바로 진수성찬이 그들먹하게 차려진 음식상을 사이에 두고 마주 앉아 있다니……. 만남과 이별, 성공과 실패, 심지어 삶과 죽음에 이르기까지 세상만사가 무상으로 교차하는 것이 인생이라지만 영호를 이렇게 만날 줄이야 일찍이 꿈에도 생각 못 한 일이었다. 음식을 먹으면서 승우가 말했다.

"그래, 정말 잘됐군. 솔직히 말해서 영호가 이렇게 큰 인물이 되어 있을 줄은 몰랐어."

"큰 인물이라니요? 저는 깃털에 지나지 않습니다. 후, 하고 불면 그냥 날아가 버리는 깃털 말입니다. 제가 태흥물산을 이끌고 있는 건 사실입니다. 그러나 제가 뭘 알아야지요. 어떻게 보면 운이 좋아서 여기까지 온 것 같습니다. 박사님께서 아시는 것처럼 저는 본래 제대로 공부를 해 본 적이 없거든요."

"공부? 속된 말로 그 뭐 공부가 밥 먹여주는 것도 아니잖아?"

"하지만 저로서는 공부 많이 한 사람이 부럽습니다. 저는 박사님 같은 분을 존경합니다."

"난 박사가 아니래도 자꾸 그러네."

"만물박사님이 왜 그러십니까. 저도 여러 사람한테 말씀 들었습니다."

"여러 사람?"

"그렇습니다. 지난번 골프장에서도 어떤 분이 말씀하시더군요. 하지만 처음에는 박사님 존함을 예사로 들었습니다. 그러다가 가만히 생각해 보니까 지난날 제가 잡지사 사환으로 일하던 시절이 떠올랐고, 어쩌면 그분이 그분일지도 모른다는 생각이 들더라구요. 결과적으로 제 생각이 딱 맞아떨어졌지 뭡니까."

"허허, 참, 희한한 일도 다 있군. 내가 각계 인사들을 좀 알지. 하지만 나는 여태껏 그 분들 성함을 거명해 본 적이 없어. 그런데 골프장에서 만난 인물이라면 정계 아니면 재계 인사 중에서 누군가가 내 얘기를 한 모양이군."

"언젠가 몇몇이 모여 이런저런 이야기를 하던 끝에 우연히 박사님 이야기가 나왔습니다. 아마 맨 처음 대흥증권 정 회장님 입에서 나오지 않았나 싶습니다만 잘 기억이 안 나는군요."

"정희만 회장 말이지?"

"네, 그 어른과 가끔 골프를 치거든요."

"그분 잘 알아?"

"글쎄요, 워낙 세대 차이가 커서 잘 안다고 말씀드리는 뭣합니다만, 몇 번인가 골프를 모신 적이 있습니다."

"오, 그랬었군."

승우는 거의 건성으로 그렇게 응수했다. 대흥증권 정희만 회장이라면 할 말이 많았지만, 그러나 승우는 정 회장과의 약속뿐만 아니라 직업윤리라는 것도 있고 해서 그 정도에서 입을 다물 수밖에 없었다.

젠장, 정 회장이 먼저 약속을 어겼군. 정 회장은 승우와 그 일을 착수하면서 피차 보안을 유지하자고 제의하지 않았던가. 그런데 정 회장이 무슨 말을 어떻게 했는지는 몰라도 그 밀약을 어기고 먼저 승우 이야기를 꺼낸 모양이었다. 영호가 말했다.

"그 어른도 대단한 분이더군요. 벌써 오래전 일입니다만, 그분이 쓰신 자서전을 읽어 봤는데, 대흥증권을 일으키는 과정에서 고생도 많이 하셨더라구요."

그 대목에서 승우는 피식 쓴웃음을 머금었다. 대흥증권 정희만 회장의 자서전 『끝없는 집념』은 바로 승우가 대필해준 책이었다. 물론 그 안에 담긴 내용이야 정 회장이 살아온 삶의 궤적을 근간으로 하고 있지만, 그러나 그 책은 정 회장의 구술을 받아 승우가 초 치고 된장 풀고 갖은 양념 다 해서 한 번 잡았다 하면 끝까지 읽지 않고서는 못 배길 정도로 흥미진진하게 엮어 내지 않았던가.

그 책은 발간되자마자 대흥증권 사원들의 0순위 필독서가 되었을 뿐만 아니라 시중에서도 전국 서점에 일대 돌풍을 일으키며 날개 돋친 듯 팔려 나가 화제를 모았다. 지금도 대흥증권 안에서 신입 사원들의 연수 교재로 쓰이고 있지만, 그 책이 처음 시중에 나갔을 때에는 엄청난 인기를 모아 그 책의 주인공인 정희만 회장까지 놀랄 지경이었다.

그런데 정작 그 책의 원고를 집필한 승우에게는 대필료 이외에 아무것도 돌아온 것이 없었다. 대필자의 설움이란 그런 것이었다. 그 책으로 얻은 수입은 몽땅 정 회장의 몫으로 돌아갔고, 정작 낮이나 밤이나 키보드를 두들겨가며 원고를 작성한 승우에게는 개뿔이나 돌아오는 것이 없었다.

물론 그렇다고 해서 뭐 배가 아프다거나 어쩐다거나 그런 것은 아니었다. 애당초 계약 당시 승우는 대필료만 받기로 했으니까. 하지만 책이 그만큼 많이 팔려 나갔으면, 그리하여 대흥증권 홍보와 사세 확장이라는 기대 이상의 부가가치까지 얻었으면 보너스라고 할까 뭐라고 할까 얼마간 그에 상응하는 인사치레가 있었을 법도 하련만, 정 회장은 책이 상상을 초월할 정도로 많이 나가 수억 원의 수입을 챙겼는데도 입 싸악 닦고 말았다. 승우가 혼잣말처럼 말했다.

"영호도 그 책을 읽었군."

"언젠가 정 회장님이 직접 사인까지 해 가지고 한 권 주시더라구요. 처음에는 그저 뻔한 책이려니 생각했어요. 근데 한 장 두 장 읽다 보니까 확확 잘 넘어가더군요. 어디 그뿐입니까. 무엇보다도 재미가 있어요. 누가 대필해주었는지 그 표현이 기가 막히더라니까요. 박사님도 그 책을 읽어보셨겠죠?"

"물론."

승우는 담담하게 응수했다. 그 책을 대필해준 사람이 누군데? 승우는 바로 그 책을, 그것도 서문 첫줄에서부터 맨 마지막 줄에 이르기까지 온전하게 대필해준 장본인이었다. 그러나 그는 차마 그 사실을 실토할 수가 없었다. 영호가 물었다.

"근데 박사님은 그 어른을 어떻게 아세요?"

"음, 그냥 알게 됐어. 하지만 아주 가까운 사이는 아니야. 그냥 스쳐 지나간 사이일 뿐이지."

"그런데도 그 어른이 박사님을 기억하시는군요."

영호는 정희만 회장을 지칭할 때마다 꼬박꼬박 '그 어른'이라고 표현했다. 하긴 정 회장이야 재계의 원로이니까 아직 신진그룹에 지나지 않는 영호 입장에서는 그렇게 부르는 것이 당연하겠지. 승우가 말했다.

"우리, 화제를 바꿔 보는 것이 어떨까. 근데 영호는 그동안 얼마나 노력했길래 그렇게 큰 재벌이 됐어?"

"전부 말씀드리자면 길지요. 아마 책으로 쓴다 해도 수십 권은 될 겁니다. 한두 가지 손대 본 것이 아니니까요. 나중에 자세히 말씀드릴 기회가 있을 겁니다. 근데, 저로서는 박사님께서 요즘 무슨 일을 하시는지 그게 더 궁금하군요?"

"그냥 놀고 있어. 뭐 할 일이 있어야지. 살기가 너무 힘들어. 이렇게 말하면 내가 뭐 엄살 부리는 것 같겠지만 실지가 그래. 그 전에는 학문당 일도 봐주곤 했는데 이제는 그럴 처지도 못되고……."

"학문당이라니, 거긴 뭐하는 데죠?"

"아직 잘 모르는 모양이군. 우리가 잡지사에 근무할 때 박일기 부장이라고 있었잖아?"

"광고부장님 말씀이신가요?"

"그렇지. 그 친구가 돈을 제법 벌었어. 거의 재벌급이야. 그 친구, 처음에는 인쇄업으로 출발했지. 여명인쇄사라고 아주 구멍가게 같은 인쇄소였어. 그런 인쇄소를 차려 가지고 워낙 열심히 하니까 성공하더라구. 그런데 그 친구 생각은 돈도 돈이지만 다른 데 있었어. 인쇄소가 탄탄한 기반 위에 올라서자 학문당을 차리더군. 학문당은 전문적으로 논문만 제작하는 업체거든. 그 친구도 학력에 한 맺힌 사람 아닌가. 근데 이제는 '캠퍼스 없는 대학총장'으로 통해."

"아, 박 부장님이 그렇게 되었어요?"

"이제는 그 하잘것없는 광고부장이 아니라니까. 대학 사회에서는 박일기 사장이라면 모르는 사람이 없어. 그동안 논문집을 얼마나 많이 찍어냈

는지 몰라. 대학교수들은 학문당에서 논문집 내는 것을 최고의 영광으로
알아."

"대단하군요."

"대단하지. 매출액으로 따지자면 영호네 회사하고는 비교할 바가 못 되
지. 하지만 논문 출판 분야에서는 단연 최고야. 말하자면 가장 전문화된
회사라고 말할 수 있지."

"바로 그거예요. 저희 회사도 덩치만 컸지 사실 전문성에서는 떨어지거
든요. 이것저것 남의 물건 가져다가 팔기는 많이 팝니다. 하지만 이거다,
하고 똑 떨어지게 내놓을 만한 게 없어요. 세계 무대에 내놓고 당당히 경
쟁할 만한 우리만의 독특한 브랜드를 가져야 하는데 그게 쉽질 않군요. 그
래서 올해는 연구 부문 예산을 대폭 증액했어요."

"잘했군. 근데 큰 회사 경영하려면 여간 바쁘지 않을 텐데 이렇게 장시
간 자리를 비워도 괜찮은가."

"괜찮아요. 박사님 뵙기 위해 오늘은 일부러 시간을 많이 냈어요."

"박사님, 박사님. 난 박사가 아니래도 그러네."

"그렇다고 옛날처럼 기자님이라고 부를 수도 없잖아요. 선생님이란 호
칭도 그렇고요……. 정희만 회장님도 거침없이 만물박사에다 척척박사라
고 그러시던데요 뭐. 증권업계뿐만 아니라 경제계의 큰 별이신 정 회장님
께서 만물박사로 인정하셨다면 더 말할 나위가 없잖아요? 제가 박사님이
라고 부르니까 듣기 거북하신가요?"

"아니. 하도 많이 들어서 귀에 거슬리거나 거북하지는 않아. 하지만 남
들이 들으면 진짜 박사인 줄 알까 봐 그게 두려운 거야. 영호가 알다시피
내 학력은 고졸이잖아. 겨우 고등학교 졸업한 사람이 어떻게 박사 학위

를 받을 수 있겠어? 남들이 날 진짜로 박사인 줄 안다면 그것도 문제 아니겠어?"

"괜찮아요. 저도 그냥 박사님이라고 부를게요. 너무 잘 어울리는 별명이라고 생각해요. 저도 잡지사 근무할 때 어떻게 생각했는지 아세요? 김 기자님 머릿속엔 박사가 수십 명도 더 들어 있다고 생각했어요. 지금도 사실은 발길에 차이는 것이 박사 아닙니까. 하지만 만물박사님은 다른 날라리 박사들과는 달라요. 만물박사님…… 남들 듣기에도 그렇게 나쁜 호칭은 아니니까 제가 그 별명으로 부르더라도 좀 양해해주세요."

"허허, 영호가 저엉 그렇게 하겠다면 어쩔 수 없지. 별명이란 한 번 붙으면 죽을 때까지 따라다니나 봐."

승우는 웃음으로 화답했다. 상대방이 마땅한 호칭을 찾지 못해 별명으로 부르겠다는데 굳이 거부할 이유도 없을 것 같았다. 영호가 조심스럽게 물었다.

"정말 요즘 한가하게 지내세요?"

"한가하다……? 글쎄, 그런 표현을 쓸 수만 있다면 얼마나 좋을까. 내가 뭐 한가한 사람인가. 먹고살 방편이나 있으면서 신상 편케 지낸다면 그렇게 말할 수도 있겠지. 하지만 내 형편은 그렇지 못해. 뭔가 하기는 해야겠는데, 일을 하고 싶어도 마땅히 할 일이 없다니까. 정말 죽을 지경이야. 딸린 식구들 생각하면 자다가도 번쩍번쩍 눈이 떠지곤 해. 버적버적 피가 마른다니까. 그렇다고 무슨 희망이 있는 것도 아니고……."

승우는 한숨을 푸우 내쉬었다. 자기도 모르게 새어나온 한숨이었다. 정말이지 앞날을 생각할라치면 나오는 것이라곤 한숨뿐이었다. 영호가 말했다.

"저엉 그러시다면 제가 일거리를 만들어 볼까요?"

"일거리?"

승우는 귀를 의심했다. 의지가지없이 밑바닥을 박박 기던, 그러다가 세상이 깜짝 놀랄 정도로 성공한 사람을 만나 이렇게 진수성찬을 대접받는 것도 꿈 같은 일이건만, 펀펀 놀고 있는 이 마당에 신흥 재벌의 총수가 일거리를 만들어 보겠다니 그야말로 귀가 번쩍 띄었다.

일거리만 생긴다면 뭐가 걱정일까. 그러나 문제는 할 수 있는 일인가, 그렇지 않은 일인가에 달려 있었다. 자신의 능력으로 할 수 있는 일이라면 얼마든지 환영하겠지만, 그러나 능력 밖의 일이라면 애당초 덤비지 않는 것이 상책 아닐까. 승우는 순간적으로 그런 생각을 하면서 해내지도 못할 일을 맡아 가지고 괜히 질퍽거리면서 영호에게 폐만 끼칠 바에는 처음부터 맡지 않으리라 다짐했다. 영호가 말했다.

"며칠 안으로 제가 전화 드리겠습니다. 박사님께서 그렇게 어려움을 겪고 계시다는데 제가 가만있을 수는 없죠. 저희 회사에도 박사님께서 하실 만한 일이 있을 겁니다. 아주 시건방진 말씀 같습니다만, 사실 박사님 같은 분은 경제적으로 어렵게 사실 수밖에 없어요. 워낙 청렴 강직하시니까요. 제가 볼 때, 박사님은 대쪽이 아니라 아주 대꼬챙이 같습니다. 잡지사에 근무하던 시절, 어린 제 눈에도 그렇게 비치셨는데 지금도 여전하시군요."

"하하……. 그게 뭐 나쁜가?"

"나쁘다는 뜻이면 제가 왜 말씀드렸겠습니까? 그 반대죠. 그러나 우리 사회가 좀 더 좋아지려면 박사님 같은 분이 많아야 합니다. 그런데 정작 사회에서는 대꼬챙이 같은 분을 잘 받아들이지 않거든요. 우리 사회에서는 때에 따라서 눈 질끈 감고 적당히 타협도 해야 돼요."

"하지만 내 성격은 그렇지 못해."

승우는 쓸쓸히 웃었다. 타고난 성격을 어떻게 고칠까. 더러운 꼴을 보면 거의 반사적으로 구역질부터 치솟아 올라오는 것을 어쩌란 말인가. 젠장, 배부른 돼지가 되기보다는 차라리 굶주리는 소크라테스가 낫지. 승우는 그런 생각을 하면서 잠시 모질게 살아온 지난 세월을 반추했다. 영호가 말했다.

"빠르면 다음 주에 제가 전화 드리겠습니다. 그때 꼭 시간 내주세요."

"그야 여부가 있나. 영호가 만나자면 만사 제쳐놓고 시간을 내야지."

"자, 그럼……."

영호는 넥타이를 똑바로 손질하면서 손목시계를 들여다보았다. 말하자면 오늘은 그만 일어나자는 뜻이었다. 승우는 얼른 눈치를 채면서 일어나 옷걸이에 걸어 두었던 저고리를 걸쳤다.

아직도 교자상 위에는 먹다 남은, 아니 처음부터 과도하게 차려졌던 산해진미가 적지 않았지만 어쩔 수 없는 일이었다. 사실 교자상 위의 음식 중에는 미처 젓가락조차 대 보지 못한 음식도 한두 가지가 아니었다.

그 좋은 음식이 모두 찌꺼기로 남기게 되다니……. 지금 눈을 조금만 밖으로 돌려보면 헐벗고 굶주리는 이웃들이 얼마나 많은가. 더욱이 이곳에서 몇 발짝만 북쪽으로 나가면, 그곳에서는 산모의 젖이 말라 신생아에게 젖을 물리지 못한다는데 이렇게 좋은 음식을 그대로 버린대서야 말이 되나.

승우는 다시 한 번 집에 있는 가족들을 생각했다. 그들은 아직 이렇게 좋은 음식을 구경조차 한 일이 없었다. 집에서 먹는 반찬이란 기껏해야 사시사철 김치 깍두기에다 된장찌개, 그리고 몇 가지 푸성귀 나물 따위가 고작이었다. 그런데도 승우는 그런 조악한 먹거리조차 마련할 수 없어 이 근래 피를 말리지 않으면 안 되었다.

이렇게 좋은 음식을 쓰레기로 버리면 하느님으로부터 무서운 징벌을 받게 될 텐데……. 승우는 그런 생각을 하면서도 예의상 차마 영호에게 뭐라 말을 할 수가 없었다.

그들은 밖으로 나왔다. 밖에서는 벌써부터 영호의 전속 기사가 승용차를 대기해 놓고 있었다. 요즘 돈깨나 있는 사람들이 선호한다는 최신형 고급 승용차. 승우가 말했다.

"어서 들어가. 오늘 너무 과용한 것 아냐?"

"과용이라니요. 점심 한 끼 산 걸 가지고 뭘 그러십니까? 어디까지 모셔다 드릴까요?"

"아, 아냐. 여기서 그냥 헤어져. 바쁜 사람이니까 어서 다른 일 봐야지. 난 별로 바쁜 일도 없거니와 조금만 나가면 좌석버스 정류장이 있어."

영호가 큰길까지 모셔다 드리겠다고 부득부득 잡아끌었지만, 승우는 애써 사양한 채 음식점 마당에서 그냥 작별하기로 했다. 무더웠다. 조금 전까지만 해도 성능 좋은 에어컨이 가동되는 냉방에 앉아 있었으므로 별반 무더운 줄 몰랐으나 바깥에 나오자 대번 후끈후끈한 열기가 온몸을 휘감았다.

영호를 태운 승용차가 미끈하게 빠져나가자 승우는 터벅터벅 음식점에서 나왔다. 오늘은 아무래도 무슨 도깨비에 홀린 듯한 기분이었다. 수십 년 동안 까마득히 잊고 지냈던 영호한테서 전화가 걸려 온 것도 그렇지만 그를 만나 예기치 않은 융숭한 접대까지 받게 되다니 거 참 한바탕 꿈을 꾸고 난 듯한 기분이었다.

그는 조금 전 영호를 만났던 호텔 후문 쪽을 지나 지하도를 건넜고, 시내 나들이를 할 때마다 자주 이용하는 버스정류장 쪽으로 터덜터덜 걸어 나갔다. 그런데 도로변을 장식한 플라스틱 화분에도 분홍색·자주색·노란색…… 여러 색깔의 채송화가 알록달록 곱게 피어 있었다.

승우는 다시 고향을 그리워했다. 낮에도 소쩍소쩍 소쩍쩍 소쩍새가 울던 고향. 그런 시골에 살 때에는 누구 집에 가든 보석 같은 채송화를 흔히 볼 수 있었다. 영호가 말했듯 채송화는 마디마디 분질러 심어도 잘 자라는 생명력 강한 식물이기 때문에 화단 가장자리든 후미진 언덕이든 토질을 가리지 않고 어느 곳에서나 잘 자라 어여쁜 꽃을 피우곤 했었지.

그런데 오늘따라 채송화가 예사로 보이지 않는 까닭은 무엇일까. 그것은 어쩌면 영호가 채송화 예찬론을 폈기 때문인지도 몰랐다. 영호는 그 어둡고 쓰라린 과거를 딛고 일어나 신흥 재벌의 선두 주자가 되어 있지 않은가. 하여간 다른 사람도 아닌 영호가 그렇게 대성한 데 대해서는 참으로 아무리 칭송해도 지나침이 없으리라.

그래. 암, 그래야지. 예로부터 양지가 음지 되고 음지가 양지 된다고 했어. 음지에서 자란 영호가 양지에 우뚝 솟았으니 얼마나 대견한가. 승우는 흡족한 미소를 머금었고, 영호의 성공을 마음으로부터 축하하고 또 축하하면서 좌석버스에 올랐다.

텅 빈 버스 안에는 흘러간 유행가만 시끌짝하게 울려 퍼지고 있었다. 승우의 뇌리에는 과거 잡지사에 근무하던 추억들로 가득했다. 그때 영호는 가장 먼저 출근해 말끔히 사무실 청소를 해놓고, 직원들이 출근하면 그들 잔심부름을 하느라 눈코 뜰 새 없이 바빴지.

유난히도 말이 없던 아이. 한때 삐딱하게 비뚤어져 권투도장으로, 카바

레 웨이터로 전전하며 방황하던 녀석. 그렇게 불우했던 녀석이 온갖 시련을 딛고 일어나 오늘날 세인이 다 알아주는 거부(巨富)가 되었으니 그야말로 인간 승리의 표본이 아니고 무엇일까.

승우는 그런 생각을 하면서 월명동에 도착했고, 버스에서 내린 뒤에는 우편취급소 앞으로 해서 단숨에 삶의 보금자리가 있는 광동주택까지 들어갔다.

그런데 이게 웬일까, 마당에 도희의 승용차가 서 있지 않은가. 서울 ×× 나 1818. 그 승용차를 발견하는 순간 승우는 전신에 닭살이 돋는 듯한 몸서리를 쳐야 했다. 빌어먹을. 잠시 집을 비운 사이 또다시 그 돼먹지 못한 여자가 나타난 모양이었다. 미국 놈 앞에서라면 배꼽 아래 거시기까지 아낌없이 내놓을 듯한 여자. 아니, 미제 물건이라면 양잿물까지 가장 큰 놈으로 집어 들고 우적우적 씹어 삼키고도 남을 만한 여자…….

먹고살 것도 없는 요즘 심심하면 한 번씩 그 미친 암탉이 나타나 한바탕 산통을 깨놓곤 하였다. 천만뜻밖에도 영호를 만나 기분이 하늘을 찌를 듯했건만, 그 여자의 승용차를 발견하는 순간 기쁨이고 나발이고 한순간에 모든 것이 갈가리 찢겨 달아났다.

증오와 저주. 승우는 그 여자를 한없이 증오하면서 저주하고 또 저주했다. 그동안 그 여자가 보여준 일련의 언행을 도저히 용서할 수 없기 때문이었다. 그런데도 아내는 뭐가 좋다고 그 설미친 여자에 홀려, 시간 가는 줄 모르고 장단을 맞춰가며 수다를 떨어대는지 정말 미치고 환장할 노릇이었다.

순박한, 집안 살림밖에 모르던 주부가 좋지 못한 세태에 오염되는 것은 한순간이었다. 어쩌면 아내가 너무 순진해서 그런지도 몰랐다. 아내는 요즘 여성으로서는 보기 드물게 착한 여성이었다.

아내는 본래 승우의 말이라면 팥으로 메주를 쑨다 해도 곧이들었고, 오직 남편과 아이들을 위해 어떤 희생도 아끼지 않았다. 그런데 도희라는 그 여자가 나타난 뒤로는 못된 물이 들어 그 여자와 어울려 밖으로만 나돌면서 집안일에는 여간 등한한 것이 아니었다.

신혼 초기, 아내는 집에서 보내는 시간이 아까워 종종 벌이에 나설 뜻을 비치곤 했었다. 그러나 승우는 애써 그런 아내를 만류하였다. 그때만 해도 승우의 수입이 그런대로 괜찮은 편이었고, 아내가 밖에 나가 어설피 몇 푼 벌어 오는 것보다 집에서 아이들 잘 키우고 살림 잘 꾸리는 것이 가정을 위해 훨씬 더 낫다고 판단한 때문이었다.

아내도 그런 승우의 뜻을 잘 따라주었다. 아내는 왕조시대의 여인인 양 여필종부(女必從夫)를 아녀자가 가야 할 숙명의 길로 여기는 듯했다. 그러니까 아내야말로 요즘 여성들이 볼 때에는 도저히 납득하기 어려운, 어떻게 보면 앞 뒤 꽉 막힌 숙맥 비스름한 그런 여자였던 것이다.

그런데 도희가 나타난 뒤로 아내는 180도로 달라져 있었다. 그것 참 희한한 일이었다. 어쩌면 그렇게 돌변할 수 있을까. 아이들 키우면서 살림밖에 모르던 여자가 하루아침에 발탄강아지가 되어 여기저기 뻘뻘거리고 돌아다니는 꼴이란 차라리 차마 눈꼴이 시어서 못 봐줄 지경이었다.

어쩌다 그렇게 되었을까. 정말이지 도희가 나타난 이후 갑자기 돌변한 아내의 생활 태도는 도저히 이해할 수가 없었다. 아내는 말끝마다 돈, 돈…… 돈타령이었고, 한술 더 떠서 그 어디 파출부로라도 나가야겠다고 억지를 부렸다.

이제 겨우 젖 뗀 늦둥이 성현이를 놔두고 어떻게 파출부로 나가겠다는 건지……. 동네에 무슨 탁아소가 있는 것도 아니었고, 집에 따로 성현이를 돌봐줄 사람이 있는 것도 아니었다. 말도 말 같은 소리를 해야지, 그것은 도저히 있을 수 없는 일이었다. 그런데도 그녀는 그런 식으로 자꾸만 승우의 신경을 건드리며 목줄을 죄었다.

그러잖아도 삶에 지치고 부대낄 만큼 부대껴서 등짝에 생콩을 놓으면 그 콩이 볶아져서 튈 판인데 마지막 위로자가 되어주어야 할 아내마저 그렇게 압박을 가해 오다니……. 아내는 본디 그런 여자가 아니었건만, 도희를 만나기 시작한 이후 이상하게 변질돼 가고 있었다.

가진 것 없이 신혼살림을 시작한 사람들이 다 그렇듯 결혼 직후 승우는 이루 말할 수 없는 시련을 겪어야 했다. 물론 벌이라는 측면에서는 지금보다 훨씬 나았지만, 그때만 해도 아직 집을 장만하기 이전이었으므로 철 따라 치솟는 전세 보증금을 따라잡느라 가랑이가 찢어질 지경이었다.

어느 해던가, 유난히도 추웠던 삼동이 가고 마침내 새봄이 되었을 때, 하루는 아내가 장롱 앞에 쭈그리고 앉아 훌쩍훌쩍 운 적이 있었다. 승우는 학문당에 나갔다가 돌아오던 길에 그 광경을 목도하고는 이만저만 충격을 받은 것이 아니었다. 승우가 물었다.

"여보, 갑자기 왜 그래?"

"아, 아녜요. 신경 쓰지 마세요."

"어디 아파?"

"아뇨."

"근데 왜 그래? 아프면 어서 병원에 가자구."

"아니라니까요."

아내는 눈물을 훔치면서 수줍은 소녀처럼 몹시 부끄러워하였다. 해괴한 일이었다. 언제나 다소곳하면서도 명랑 쾌활하던 아내가 어쩌다 혼자 눈물바람을 하게 되었는지 참으로 이상한 일이 아닐 수 없었다.

하긴 아내의 말처럼 어디가 아픈 것 같지도 않았다. 두 아이를 낳고 산후조리가 시원치 않았던 데다 영양이 부실해서 몸이 약하긴 했어도 순전히 강기로 버텼던 아내. 그런 아내가 혼자 방구석에 처박혀 우는 것을 본 것은 그때가 처음이었다. 그날 저녁, 승우는 잠자리에 들기 전, 없는 집에 시집 와서 고생깨나 하는 아내를 따뜻이 위로해주었다. 승우가 말했다.

"아마 이 세상에 당신처럼 딱한 사람도 드물 거야. 나 같은 사람에게 시집 와서 고생만 하고……. 정말 이게 뭔지 모르겠어."

"아녜요. 너무 걱정하지 마세요. 이 세상에는 우리보다 더 가난한 사람도 얼마든지 있어요. 오늘 낮에도 시장에 갔다가 하반신을 잃은 채 구걸하는 사람을 보았어요. 얼마나 측은했던지……. 그냥 지나칠 수가 없어서 머리맡에 놓아둔 플라스틱 바구니에 천 원 짜리 한 장 던져주고 왔어요."

"잘했군. 정말 잘했어. 우리보다 딱한 사람이 있으면 도울 수 있는 데까지 도와야지. 그렇게 좋은 일을 하고 돌아왔으면 기뻐해야지 왜 훌쩍훌쩍 눈물바람을 했어?"

"은경 아빠는 몰라도 돼요."

"몰라도 되다니, 이거 원 궁금해서 견딜 수가 있어야지."

"사실은, 오늘 낮 시장에 갔다 오니까 주인아줌마가 부르지 뭐예요."

"주인아줌마가 누군데?"

"이층 주인집 아줌마 말예요."

그때 승우는 동물적 육감으로 무슨 일이 있었다는 것을 직감했다. 무슨 일이란, 바로 전세 보증금 인상을 의미했다. 전세 보증금이 천정부지로 치솟는다는 언론 보도가 아니라 해도 이사철을 맞이한 그때 부동산 투기에다 사채놀이까지 돈이라면 사족을 못 쓰는 주인네가 가만있을 리 만무했다. 승우가 말했다.

"오, 그랬었군. 전세 보증금 올려달라고 하던가?"

"올려줄 형편이 못 되면 나가 달래요."

"젠장."

입맛이 소태처럼 썼다. 겨우내 등골이 물러빠지도록 일을 했건만 전세 보증금을 올려줄 길은 막막했다. 그까짓 남의 명의로 나가는 논문 대필을 해 가지고 벌면 얼마나 벌까. 남들은 승우를 평가할 때 만물박사네 뭐네 듣기 좋은 말로 나일론 비행기를 태워주었지만, 그러나 그는 그 눈물겨운 노력과는 아랑곳없이 언제나 춥고 배고플 수밖에 없었다. 아내가 말했다.

"아까는 너무 막막해서 펑펑 눈물이 나오더라구요."

"그래 얼마나 올려달래?"

"말하고 싶지도 않아요. 어차피 우리 형편으로는 올려줄 수 있는 액수가 아니니까요."

"차암……."

"괜찮아요. 낮에는 너무 막막해서 혼자 울기도 했지만 이제는 마음을 잡았어요. 우리가 이사 가면 되죠 뭐. 설마 이 집 아니면 살 데가 없을라구요. 하늘이 무너져도 솟아날 구멍이 있다고 했잖아요. 뭔가 길이 있겠죠. 저녁때까지만 해도 앞이 캄캄했지만 이제는 아무렇지도 않아요. 은경 아빠, 괜히 기죽지 말고 힘내세요."

"그야 물론이지. 우리가 이렇게 주저앉을 수는 없잖아?"

"그래요. 우리도 언젠가는 일어날 날이 있을 거예요. 아이들을 봐서라도 희망을 가져요."

그러면서 아내는 승우의 품에 얼굴을 묻었다. 그때 승우는 실로 눈시울이 화끈하면서 목이 울컥해짐을 느끼지 않을 수 없었다. 아무리 박복한 인생이라지만, 그렇게 죽도록 일을 했는데도 아직 처자권속 거느리고 살림집 한 칸 장만하지 못했다니 그저 억장이 무너지는 것만 같았다.

일을 하지 않고 빈들빈들 놀기만 했다면 세상이 원망스럽지도 않을 텐데, 그는 지난 겨우내 얼마나 일에 파묻혀 살았던지 막말로 말해서 소변보고 뭐 들여다볼 시간조차 없었다. 그런데도 이 모양 이 꼴로 살아야 하다니 정말 기가 막혔다.

그러나 승우에게는 한 가닥 희망이 있었다. 누구보다도 착한 아내, 귀엽고 건강한 두 딸이 있음으로 해서 승우는 결코 인생을 포기할 수가 없었다. 비록 가난할지라도 그런 가족들이 있다는 것은 얼마나 큰 행복인가.

그는 일을 하다가 지칠 때마다 가족들을 생각하곤 하였다. 그가 며칠씩 내리 밤샘을 하고서도 끄떡하지 않은 비결이 있었다면 가족들에 대한 무한한 신뢰와 사랑 때문이었다. 그러니까 가족은 바로 그를 일으켜 세우는 버팀목이자 활력소였던 것이다.

아내는 실로 현모양처의 전형이었다. 예로부터 아내 자랑하는 놈은 불출에 속한다지만, 그리하여 소갈머리 없이 드러내 놓고 아내 자랑을 할 수는 없지만, 아무튼 아내는 그 어디 내놓아도 손색없을 그런 사람이었다.

그해 봄 승우는 밀리고 밀려 풍납동의 어느 지하실 방으로 이사했다. 그로부터 몇 달 뒤 집중호우가 쏟아졌을 때, 그는 물난리를 만나 호된 고생을 하지 않으면 안 되었다. 그는 시뻘건 흙탕물이 하수구로 역류해 들어오는 것을 보면서 몇 가지 침구만 싸들고 인근 초등학교로 긴급 대피하는 소동을 벌였다.

　장마가 끝나고 물이 빠져 그 방으로 돌아갔을 때 승우는 하도 어이가 없어 그만 넋을 잃고 말았다. 가재도구가 모두 물먹어 아무 짝에도 쓸모없는 폐품으로 전락한 것은 둘째 치고 천장에 닿을 정도로 물이 찼다가 빠져나간 흔적을 발견했을 때에는 그저 말문이 막힐 지경이었다.

　하지만 그런 고생은 겉으로 드러난 빙산의 일각에 불과했다. 그 내면에서 들끓고 있었던 마음고생까지 들춰내자면 한이 없었다. 아내인들 오죽했을까. 그런데도 아내는 쓰다 달다 군말이 없었고, 그 지긋지긋한 가난을 타고난 숙명으로 알며 그 어떤 어려움도 너끈히 견뎌내곤 하였다.

　그뿐이 아니었다. 은경이와 옥경이가 초등학교에 들어간 이후 아내는 이따금 그 어디 공장에라도 나갈 뜻을 비친 적이 있었다. 이제 아이들도 학교에 나갈 만큼 자랐겠다, 공장에 다니면서 한 푼이라도 벌어야겠다는 뜻이었다.

　그러면서도 아내는 못내 미안해했다. 낮이나 밤이나 집에 틀어박혀 등골이 물러나도록 고생하는 남편 뒷바라지하기도 바쁜 마당에 집을 비우고 공장에 나간다는 것이 이래저래 마음에 걸린 탓이었다.

　그러나 승우는 그런 아내를 만류하였다. 있으면 있는 대로, 없으면 없는 대로 살면 그만이지 사랑하는 아내를 힘겨운 막노동에 시달려야 하는 공장 같은 곳에 내보내고 싶지 않았기 때문이었다. 듣기에 따라서는 배부른 이야기가 될 수도 있겠지만, 그때까지만 해도 승우는 최소한 웬만한 월급쟁이 정도의 짭짤한 수입을 올리고 있었던 것이다.

　승우는 아내의 인생을 생각하곤 하였다. 아내에게도 뭔가 더 보람 있는 자아실현의 기회가 있어야 할 텐데……. 전업주부로서 살림만 하는 것도 좋은 일이지만 그녀가 꼭 하고 싶은 일이 있다면 그 뒤를 적극 밀어주고 싶었다. 이를테면 특별한 취미 생활을 한다든가 자기 계발을 위해 소질을 살린다든가 어쨌든 다른 주부들이 그렇듯 아내 현숙도 그런 일을 못하란 법이 없었다.

그러나 공장에 나간다는 것은 만류하지 않을 수 없었다. 더군다나 돈벌이를 위해서 그 길을 택하는 것이라면 승우의 자존심과 양심이 허락지 않았다. 돈에 환장한 사람도 아니건만, 아내까지 공장에 내보내 뭘 어쩌겠다는 건지. 아내에게 호강을 시켜주지는 못할망정 단순히 돈벌이를 위해 공장에 나가게 하다니. 그것은 아무리 생각해도 아내에 대한 도리가 아니었다.

승우는 딱하기 짝이 없는 아내를 사랑하고 또 사랑했다. 팔자라고 할까, 운명이라고 할까, 남편을 잘못 만나 고생하는 아내. 그녀에게 좀 더 복이 있었다면 돈 많고 끗발 좋은 남편을 만나 여유 있게 살 수 있으련만 어쩌다 가난뱅이한테 시집 와서 기를 못 펴고 사는지. 승우는 그런 아내를 가련하게 생각하면서 언젠가는 남편 노릇 제대로 하리라 벼르곤 하였다.

가난의 굴레는 정말 가혹했다. 어떤 사람들은 팔자를 고쳤네 뭐했네 하면서 떵떵거리고 잘도 사는데 승우는 죽자 살자 일해도 그 뿌리 깊은 가난에서 벗어날 수가 없었다. 애당초 부자가 된다는 것은 꿈조차 꿔 본 일이 없지만 밑바닥 인생을 벗어나기가 이만저만 어려운 것이 아니었다.

자본주의 사회에서는 돈 없이 살아갈 수가 없었다. 허리 펴고 인간답게 살려면 돈이 필요했다. 그래서 사람들은 남녀노소 가릴 것 없이 돈이라면 눈에 불을 켜게 마련이었다. 그러나 승우는 천성적으로 돈에 어두운 편이었고, 이재(理財) 따위는 언감생심 생각해 본 적도 없었다. 다만 가족들 굶기지 않고 삼시 세 때 먹여 살리는 것만으로도 위안을 삼을 따름이었다.

돈, 돈. 도대체 돈이 뭔지. 부자들은 돈을 더 많이 갖지 못해 수단과 방법을 가리지 않는 사회. 돈 많고 목소리 큰 자들이 설쳐대는 세상. 그러나 승우는 결코 돈 많은 사람들을 부러워하지 않았고, 열심히 일하면서 깨끗하게 살자고 다짐하곤 하였다. 그러다 보니 아내는 언제나 돈에 목이 마를 수밖에 없었다.

누가 일러주지 않아도 승우는 아내의 삶이 너무 힘들다는 것을 잘 알고 있었다. 아내는 그 피눈물 나는 어려움 속에서도 생활비를 쪼개고 또 쪼개어 알뜰살뜰 살림을 꾸리면서 푼푼이 저축을 하곤 하였다. 이사철이 되면 그렇게 모은 돈을 모조리 전세 보증금으로 털어 넣어야 했다. 말하자면 호박씨 까서 한입에 톡 털어 넣는 거나 다를 바 없었다.

하지만 아내는 별 불만이 없었다. 다만, 아내는 남아도는 시간을 좀 더 유효 적절히 쓰면서, 다른 한편으로는 가계에 보탬이 될까 해서 아주 순수한 마음으로 이따금 조심스럽게 직장 이야기를 꺼낸 것뿐이었다.

아내에게 다른 뜻이 있어서, 이를테면 밖으로 나돌기 위하여 직장 이야기를 꺼낸 것이 아니었다. 그런데 지금은 사정이 확 달라져 있었다. 진정으로 살림에 그 어떤 보탬을 가져오기 위해서 파출부로 나가겠다는 뜻이 아니라 순전히 밖으로 나돌기 위해서 말도 안 되는 그런 구실을 찍어다 붙이고 있었다.

며칠 전이었다. 그날도 승우는 성현이를 데리고 우편취급소에 가서 우편물을 부치고 돌아왔는데, 불과 10분이나 될까 말까 한 그 사이에 아내는 오간 데가 없고 출입문이 꼭꼭 잠겨 있었다.

도희와 선약이 있었다면 미리 귀띔이라도 해줄 수 있으련만, 아내는 꿀

먹은 벙어리처럼 아무 말이 없다가 슬그머니 어디론지 자취를 감추어 함흥차사가 되어버렸다. 휴대전화가 있다면 어디로 갔는지 소재 파악이라도 할 수 있으련만 승우와 아내는 그때까지 휴대전화를 장만하지 못한 터였다.

답답했다. 그날, 승우는 열쇠가 없어 집에 들어가지도 못한 채 요때나 조때나 아내가 돌아오기를 기다렸다. 그러나 아내는 한 시간이 지나도록 돌아오지 않았다. 문간에다 무슨 메모라도 남겼더라면 덜 답답했을 텐데 아내는 승우가 성현이와 함께 잠깐 우편취급소에 간 사이 기회는 요때라는 듯이 어디론가 훌쩍 사라져버린 것이었다.

그런 일은 한두 번 빚어진 것이 아니었다. 아무튼 문제의 도희가 나타나 아내의 허파에 바람을 넣기 시작한 이후 승우네 집에는 엄청난 변화가 일어났다. 집안 분위기 자체가 송두리째 달라졌다. 그중에서도 가장 큰 변화는 가정의 평화가 무너졌고, 그 자리에 분노와 증오가 자리 잡기 시작했다는 사실이었다.

되지 못한 송아지가 엉덩이에 뿔난다더니, 도희는 쥐 좆도 모르면서 온갖 감언이설로 남의 아내를 현혹하고 있었다. 대가리에 든 것이라곤 똥밖에 없는 깡통 같은 여자. 그 여자는 자기가 바보라는 사실조차 모르는 진짜 바보였다. 승우네 가족들이 별로 반가워하지 않는 줄 알면 발걸음을 자제해야 하건만 그녀는 눈치코치도 없이 오직 제 친구를 만나기 위해 문턱 닳게 드나들었다.

승우는 자기도 모르게 이마에 내 천(川) 자를 그렸다. 입맛이 썼다. 승우는 연신 애꿎은 담배를 갈아 물며 은행나무 근처에서 서성이고 있었다. 한마디로 말해서 집에 들어가고 싶은 마음이 싹 달아나 버린 탓이었다. 집에 들어가 봤자 꼴도 보기 싫은 도희가 그 순진한 아내를 앉혀 놓고는 미국 여자들은 어떻고 저떻고…… 귀신 씻나락 까먹는 이야기나 늘어놓으면서 개똥같은 세뇌 공작을 벌이고 있지 않을까.

그는 손가락 끝까지 타들어 온 담배꽁초를 신발 밑창에 비벼 끄다가 무심코 담장 밑으로 눈길을 던졌다. 아니나 다를까, 아침에는 이슬을 머금고 초롱초롱했던 채송화 꽃이 더위에 지친 듯 후줄근히 시들어 있었다. 아침에 피었던 채송화도 온종일 이 세상 돌아가는 꼴아서니를 보고서는 지칠 대로 지친 모양이었다.

그런데 이게 웬일일까, 서로 몸을 맞대고 다글다글 재미있게 피어난 채송화 틈새에 여뀌 두 포기가 삐쭉 솟아 올라와 도전적으로 꽃대를 세우고 있었다. 언제 여기까지 여뀌가 발을 붙이게 되었을까. 아무 데나 잘 자라는 게 잡초라고 하지만, 이런 곳까지 여뀌 씨가 날아와 제법 웃자라 있다니 거 참 희한한 일이 아닐 수 없었다.

그 여뀌를 발견하는 순간, 승우는 불현듯 도심의 한 하천에서 무참히 떼죽음 당한 채 희뜩하게 떠올랐던 물고기들을 연상했다. 얼마 전, 한 텔레비전에서 하천의 오염 실태를 심층 보도하면서 어느 공장에서 악덕 사업주가 분별없이 몰래 하수구로 흘려보낸 독극물에 떼죽음 당한 물고기들을 비춰주었는데 난데없이 그 장면이 선연하게 떠오르는 것이었다.

독극물과 물고기의 떼죽음. 그 장면이 얼마 동안 잔영처럼 머무나 했더니 이번에는 다시 백로 떼가 눈앞을 스치고 지나갔다. 고향에 살 때, 해마다 여름이면 백로 떼가 날아와 안장말 동네 앞 안장봉을 새하얗게 뒤덮곤 하였다. 백로 떼가 노닐다 간 안장봉 숲속에는 여지없이 희뜩한 배설물이 쌓였다. 백로들이 내갈긴 배설물. 그 배설물이 쌓인 곳에서는 거의 예외 없이 삐쭉삐쭉 여뀌가 돋아나곤 했었지.

여뀌는 오랜 세월 민간에서 위장염·혈뇨증·해열·이뇨에 쓰였고, 특히 지혈 작용이 있어서 자궁출혈·치질출혈·내출혈에도 쓰였으며, 일본에서는 어린 여뀌를 생선 요리에도 쓴다지만, 그러나 여뀌에는 매운 독성이 있는지라 안장말 사람들은 주로 그런 여뀌를 뽑아 그 액즙으로 물고기를 잡는 데 썼다. 여뀌를 돌에 질근질근 짓찧어 그 액즙을 도랑이나 둠벙에다 풀면 붕어나 송사리 같은 물고기가 흰 배때기를 드러내며 꿈틀꿈틀 떠올랐다.

승우는 여뀌를 면밀히 관찰했다. 두 포기의 여뀌는 각각 종자가 달랐다. 한 포기는 개여뀌, 나머지 한 포기는 바보여뀌. 시도 때도 없이 공을 뻥뻥 내지르는 아이들 등쌀을 이겨내고 아름답게 피어난 채송화 틈바구니에서 여뀌가 제멋대로 자라나 주인 행세를 하며 위세를 부리고 있다니……

구르는 돌이 박힌 돌 뽑는다고 할까, 여뀌란 놈은 개 뭐에 보리알 끼듯 그 보석 같은 채송화 틈바구니에 끼어들어 싸가지 없이 주인 행세를 하려 들고 있었다. 승우는 이곳이야말로 여뀌 따위가 설 자리가 아니라고 판단했다. 그는 여뀌의 밑동을 부여잡고 뿌리째 뽑아 흙을 탈탈 턴 뒤 블록 담장 위에 거꾸로 걸쳐놓았다.

말총처럼 갈기갈기 드러난 여뀌 뿌리를 향하여 땡볕이 쏟아지고 있었다. 그동안 토양 속의 자양분을 빨아먹으며 채송화를 괴롭혀 온 여뀌란 놈은 이제 형체도 없이 말라비틀어져 죽으리라. (《예술세계》 2002년 9월호)

분꽃

며칠 전이었다. 승우는 무슨 해괴한 꿈을 꾸다가 벌떡 일어났다. 그는 어느 벼랑 끝에 서 있었는데, 누군가 사람 같기도 하고 두억시니 같기도 한 괴물이 나타나 자꾸만 벼랑으로 떠밀었다. 발끝이 벼랑 끝에 아슬아슬하게 걸려 있었으므로 그는 머리끝까지 섬뜩한 두려움 속에 부들부들 떨고 있었다.

그는 벼랑으로 떨어지지 않으려고 안간힘을 썼다. 문제의 그 괴물은 힘이 여간 세지 않았다. 승우는 그에게 떠밀리지 않으려고 발버둥을 쳤지만, 아무리 악을 써 봐도 그 공룡 같은 괴물의 힘을 도저히 당해 낼 재간이 없었다.

승우는 그 사나이와 밀고 짜고 결사적인 실랑이를 벌이다가 그만 깜짝 놀라 일어났는데, 정체불명의 괴물과 실랑이를 벌이는 동안 얼마나 용을 썼던지 잠에서 깨어났을 때에는 온몸이 식은땀으로 흠씬 젖어 있었다. 허무했다. 생시도 아닌 꿈속에서 그렇듯 부들부들 떨면서 고생했다니 여간 씁쓸한 것이 아니었다.

이상도 하지. 곰곰 생각해 보면 그 꿈은 마치 승우가 처한 현실을 그대로 암시하는 듯했다. 그는 사실 벼랑 끝에 서 있다 해도 과언이 아니었다. 막막했다. 벌이는 없고, 점점 나이는 들고, 아이들은 부쩍부쩍 자라나고…… 불가(佛家)에서는 삶 그 자체를 고해(苦海)라 했지만, 지금까지 살아온 길을 뒤돌아보며 앞으로 살아갈 일을 내다보면 그저 눈앞이 캄캄하기만 했다. 산다는 것은 참으로 간단한 문제가 아니었던 것이다.

그 꼴 난 대필료를 언제 받아 봤던지 이 근래에는 시내에 한 번 나가려 해도 교통비조차 달랑달랑하는 실정이었다. 정말 이대로 나가다가는 머지않아 두 눈 말똥말똥 뜨고 굶어 죽기 안성맞춤이었다. 요즘 그는 부쩍 고사(枯死)라는 어휘를 자주 뇌리에 새기곤 했다. 그래. 수염이 석 자라도 먹어야 산다는데, 이 상태로 두어 달만 더 지나면 뽀얗게 말라죽을 것만 같았다.

며칠 전, 태흥물산 회장 영호한테서 다소 희망적인 언질을 받긴 했지만, 그러나 사람의 일이란 다 될 듯 될 듯 하다가도 안 되는 경우가 얼마나 많은가. 더구나 영호가 손윗사람이라면 몰라도 왕년에 사환으로 데리고 있던 인물인 데다 새까만 손아랫사람이었으므로 설령 굶어 죽는 한이 있더라도 그에게 애걸복걸 손 벌리고 싶은 생각은 추호도 없었다.

만약 태흥물산을 위해 꼭 필요한 자리가 있다면 몸을 던질 용의가 있었다. 그러나 영호에게 조금이라도 폐가 될 일이라면 아예 거들떠보지도 않으리라. 기업에 몸담고 있다가도 퇴출당해야 할 이 나이에 이르러 괜히 도움도 되지 못하면서 영호한테 기댄다는 것은 있을 수 없는 일이기 때문이었다.

대관절 영호는 어떻게 해서 그런 거부가 되었을까. 정말 꿈 같은 이야기가 아닐 수 없었다. 외환 고갈로 국제통화기금에 구제 금융을 신청하지 않으면 안 되었던, 이른바 아이엠에프 시대를 겪으면서 역사와 전통을 자랑하던 기업들이 무수히 쓰러졌지 않은가. 그 이후로도 난다 긴다 하는 사람들이 어설피 사업이랍시고 벌였다가 퍽퍽 나가 떨어졌건만 고아 출신인 영호가 일약 신흥 재벌의 총수가 되었다는 것은 도무지 이해하기 어려웠다.

물론 영호가 잘 풀렸다는 데 대해서는 발가벗고 춤을 춰도 시원찮을 판이었다. 하지만 만에 하나라도 정치권과 결탁하여 그렇게 급성장한 것이라면 위험천만한 일일 수도 있었다. 승우는 영호가 그렇지 않기를 바라고 또 바랄 따름이었다. 그뿐 아니라 승우는 영호가 더 잘 풀리고 태흥물산이 더욱 발전하기를 기원했다.

잘 풀려야지. 남달리 불우했던 영호는 한 시대의 신화를 창조해 나가고 있었다. 그것은 영호 개인의 성공일 뿐만 아니라 불우한 청소년들에게 꿈과 희망을 심어주는 귀감이 될 수도 있었다. 장차 태흥물산이 계속 탄탄대로를 달리고 영호가 재계의 왕별로 떠오른다면 그야말로 금상첨화가 아닐 수 없었다.

그러나 세상이 하도 어수선하여 안심할 수만은 없었다. 어느 날 갑자기 재계의 샛별로 떠오른 태흥물산이라면 정치권의 영향으로부터 자유로울 수가 없었다. 정치권의 입김에 의해 기업의 생사가 좌우되는 현실을 감안할 때 태흥물산이 급성장만 거듭하리라는 보장도 없지 않은가.

승우는 이런저런 생각을 하다가 배전반의 스위치를 올렸다. 스타트전구가 몇 번 껌뻑껌뻑하다가 형광등이 환하게 켜졌다. 눈이 부셨다. 그는 습관적으로 벽시계를 올려다보았다.

정각 세 시. 시계의 두 바늘, 즉 시침(時針)과 분침(分針)은 정확하게 직각을 이루고 있었다. 혹시 시계가 고장 난 것은 아닐까. 승우는 눈을 의심하면서 다시 시계를 보았는데, 시계는 똑딱똑딱 정상적으로 제 갈 길을 가고 있었다.

그렇다면 겨우 한 시간도 못 잤단 말인가. 분명 두 시 조금 넘어 불을 끄고 잠자리에 들었는데……. 그는 일단 불을 켰다가 그냥 잠을 청하기도 뭣해서 거실로 나가 냉장고의 문을 열었다.

그는 보리차를 꺼내 한 컵 가득 따라 마셨다. 밤이 깊어 새벽이 되었는데도 시원하기는커녕 숨이 막힐 정도로 후텁지근하였다. 아무리 열대야 현상이 심하다고 하지만, 나이 50이 다 되도록 이렇게 무더운 여름은 처음 체험하는 것 같았다.

그는 다시 서재로 들어와 손에 잡히는 대로 아무 책이나 집어 들었다. 그런데 손에 잡힌 책은 공교롭게도 성경이었다. 그는 그야말로 아무런 생각 없이 아무 데나 펼쳐 보았다. 거기, 이런 구절이 나와 있었다.

"그러므로 나는 분명히 말한다. 너희는 무엇을 먹고 마시며 살아갈까, 또 몸에는 무엇을 걸칠까 걱정하지 말아라. 목숨이 음식보다 소중하지 않으냐? 또 몸이 옷보다 소중하지 않으냐? 공중의 새들을 보아라. 그것들은 씨를 뿌리거나 거두거나 곳간에 모아들이지 않아도 하늘에 계신 너희 아버지께서 먹여주신다. 너희는 새보다 훨씬 귀하지 않느냐? 너희 가운데 누가 걱정한다고 목숨을 한 시간인들 더 늘일 수 있겠느냐? 또 너희는 어찌하여 옷 걱정을 하느냐? 들꽃이 어떻게 자라는

가 살펴보아라. 그것들은 수고도 하지 않고 길쌈도 하지 않는다. 그러나 온갖 영화를 누린 솔로몬도 이 꽃 한 송이만큼 화려하게 차려 입지 못하였다. 너희는 어찌하여 그렇게 믿음이 약하냐? 오늘 피었다가 내일 아궁이에 던져질 들꽃도 하느님께서 이처럼 입히시거든 하물며 너희야 얼마나 더 잘 입히시겠느냐? 그러므로 무엇을 먹을까 무엇을 입을까 하고 걱정하지 말라. 이런 것들은 모두 이방인들이 찾는 것이다. 하늘에 계신 아버지께서는 이 모든 것이 너희에게 있어야 할 것을 잘 알고 계신다. 너희는 먼저 하느님의 나라와 하느님께서 의롭게 여기시는 것을 구하여라. 그러면 이 모든 것도 곁들여 받게 될 것이다. 그러므로 내일 일은 걱정하지 말아라. 내일 걱정은 내일에 맡겨라. 하루의 괴로움은 그날 겪는 것만으로 족하다."

정녕 신의 계시일까, 승우는 거듭 고개를 갸웃거렸다. 아무런 생각 없이 거의 무의식적으로, 좀 더 정확히 말하자면 아직 잠도 덜 깬 비몽사몽의 몽롱한 상태에서 우연히 펼쳐든 성경. 예수의 이 가르침은 꼭 승우 자신을 두고 하는 말처럼 느껴졌다.

그는 아직 크리스천이 아니었다. 다만, 천주교에 입교하기 위해 성당에 예비자 교리 수강신청서를 내놓고 있을 뿐이었다. 곧 예비자 입교식이 있을 예정이라지만 아직 구체적인 날짜가 잡힌 것도 아니었다.

하지만 막상 천주교에 입교하기로 마음을 굳히고 성당에 교리 수강신청서까지 제출해 놓은 이 시점에서는 부쩍 더 성경에 관심이 쏠렸다. 물론 그동안 교양 축적 차원에서 불경이며 논어며 성경을 두루두루 섭렵했고, 그 안에 심오한 진리가 있다는 것을 잘 알고 있었지만, 그러나 그 책을 그냥 남독했을 때와 신앙을 갖기로 결심한 지금의 느낌은 상당한 차이가 있었다.

승우는 성경에 흠뻑 몰입하여 시간 가는 줄도 몰랐다. 늦게 배운 도둑질이 날 밝는 줄 모른다더니, 천주교에 입교하기로 마음을 굳힌 그는 먼동이 터서 창밖이 부윰하게 밝아올 때까지 성경에 풍덩 함몰되어 있었다.

너희는 무엇을 먹고 마시며, 또 몸에는 무엇을 걸칠까 걱정하지 말아라. 목숨이 음식보다 소중하지 않느냐? 또 몸이 옷보다 소중하지 않느냐? 그의 귓가에는 예수의 말이 계속 앵앵거렸다.

백 번 천 번 옳은 말이었다. 이 세상에 목숨보다 소중한 것이 어디 있을까. 하나밖에 없는, 하느님께서 주신 목숨의 소중함은 그까짓 음식이며 옷 따위와는 댈 바가 아니었다.

그러나 문제는 이 박복한 목숨을 부지하기가 쉽지 않았다. 크게 호강은 하지 못하더라도 최소한 가족들과 더불어 입에 풀칠이라도 하려면, 그리하여 이 구차스런 목숨을 이어나가려면 그 무슨 먹거리를 마련해야 할 텐데 그것이 이만저만 어렵지 않았다.

그날 아침이었다. 승우는 다른 날과 마찬가지로 밥상을 받았다. 밥상머리에는 아내를 비롯하여 은경이, 옥경이, 그리고 늦둥이 성현이가 올망졸망 삥잉 둘러앉아 있었다. 그런 가족들을 보면서 승우는 갑자기 목구멍에서 뭔가 울컥 치밀어 올라옴을 느꼈다.

무능하기 짝이 없는, 지지리도 재운(財運) 없는 가장을 만나 죽을 둥 살 둥 고생만 하는 식솔들을 생각할라치면 밥이 잘 넘어가지 않았다. 간밤에 잠을 설친 탓도 있겠지만 그날따라 입안이 까끌까끌하였다. 숟가락으로 밥을 끼적이는 승우에게 아내 현숙이 물었다.

"왜 그렇게 힘이 없어요?"

"글쎄, 간밤에 잠을 설쳐서 그런가 봐."

"잠을 푹 주무셔야 하는데……."

알긴 아는군. 승우는 목구멍까지 꾸역꾸역 기어오르는 말을 애써 참았다. 천하의 인간쓰레기 도희와 어울려 놀아나는, 아무리 충고해도 들어먹지 않는 현숙이 입에 침도 바르지 않고 그런 말을 하는 데는 여간 야속하지 않았다. 현숙이 말했다.

"무슨 걱정거리라도 있어요?"

"많지."

"힘을 내세요. 설마 산 목구멍에 거미줄이야 치겠어요? 옛말에, 하늘이 무너져도 솟아날 구멍이 있다고 했잖아요."

승우는 한 귀로 듣고 다른 한 귀로 흘려버렸다. 지난날 현숙이 그런 말을 할 때에는 진심으로 알아들었고, 그런 아내를 둘도 없는 천사라고 생각했지만, 그녀가 설미치광이 같은 도희에게 홀려 함께 놀아나기 시작한 뒤로는 아무리 좋은 말을 해도 곧이들리지 않았다.

승우는 밥을 두어 숟갈 끌쩍끌쩍 뜨고는 슬그머니 상머리에서 물러났다. 날씨는 아침부터 확확 찌고 있었다. 먹고살 것도 없는데, 뭔가 일이 잘 풀릴 것 같은 가망도 없는데 날씨는 왜 이렇게도 무더운지…….

승우가 코딱지만 한, 어떻게 보면 관 같은 서재로 들어와 벌렁 드러누웠을 때 시끌짝하게 전화벨이 울렸다. 이 아침에 웬 전화일까, 승우는 그 재수 없는 도희일지도 모른다고 짐작하면서 모른 체하고 있었다. 그러자 밖에서 은경이가 전화를 받았고, 잠시 후 서재 출입문이 빠끔히 열렸다. 은경이가 말했다.

"아빠, 전화 받으세요."

"누군데?"

"잘 모르겠어요."

승우는 끄응, 하고 일어나 송수화기를 들었다.

"전화 바꿨습니다."

"선배님, 안녕하셨어요? 저 마창식입니다."

"오, 창식이……. 정말 오랜만이군. 그래 그동안 어떻게 지냈어?"

"저야 잘 지냈죠. 근데 선배님은 요즘 뭐하세요?"

"별로 하는 일 없지 뭐."

"그래서 어쩌죠? 선배님을 뵙고 긴히 의논드릴 말씀이 있는데 시간 좀 내실 수 있겠습니까?"

"무슨 일인데?"

"전화상으로 말씀드리기는 좀 그렇구요, 혹시 낮에 외출하실까 봐 이렇게 일찍 전화 드렸지 뭡니까. 밖에 나오시기 힘드시면 제가 선배님 댁으로 갈게요."

"이렇게 구석진 동네까지 온단 말야? 그럴 바에는 내가 나가지. 어디서 만날까?"

"선배님을 나오시게 한다는 것이 영 그렇습니다만……."

"무슨 얘기야? 만날 일 있으면 선배 아니라 선배 할아버지라도 나가야지. 그러잖아도 창식이가 보고 싶었어. 내가 나갈게."

"그럼 광화문 쪽으로 나오실 수 있겠어요?"

"그렇게 하지. 몇 시에 만날까?"

"오후 5시쯤 어떻겠어요? 그 이전에는 제게 다른 일이 좀 있어서 곤란하거든요."

"그래. 그럼 다섯 시에 만나기로 하지."

"제가 찾아뵈어야 하는데 멀리까지 나오시게 해서 정말 죄송합니다."

"아, 아니래두……."

통화를 마쳤다. 아끼는 후배 마창식. 남들은 그를 독설가라고 매도하지만, 그에게는 최소한 사나이다운 의리와 지조가 있었다. 그런 후배한테서 오랜만에 전화가 걸려 오다니 여간 반가운 것이 아니었다.

그런데 대관절 무슨 일을 의논하려고 긴히 만나자는 것일까. 그날 오후 승우는 내심 몹시 궁금해하면서 외출 준비를 서둘렀다. 문간을 나서는 그에게 아내가 물었다.

"어디 나가세요?"

"시내에……."

두 딸과 늦둥이 성현이가 현관까지 따라와 인사했다.

"안녕히 다녀오세요."

"오, 그래."

승우는 다시 눈시울이 뜨끈해짐을 느꼈다. 착한 것들. 저 귀여운 것들을 어떻게 먹여 살리고 가르쳐야 할까. 이 세상에는 유능한 아빠들도 많건만, 저 죄 없는 어린것들은 어쩌다 이런 못난 아비를 만나 기죽어 살아야 하는가.

승우는 그런저런 생각을 하면서 버스에 올랐고, 마창식과의 약속 시간에 훨씬 못 미쳐 광화문에서 내렸다. 훅훅 찌는 미친 날씨. 세상이 전부 미쳐서 돌아가니까 날씨마저 완전히 돌아버린 모양이었다.

그는 마창식과 약속한 커피숍으로 들어섰다. 워낙 불경기여서 그런지

커피숍은 비교적 한산했고, 에어컨을 얼마나 세게 틀어놓았는지 온몸이 서늘하도록 시원한 공기가 온몸을 휘감았다.

커피숍 모서리 한쪽 벽면에 설치돼 있는 텔레비전에서는 〈여성시대〉라는 특집 프로그램이 방영되고 있었다. 주부 시청자들을 대상으로 특별히 편성한 여성 프로그램. 진행자는 요즘 여성들 사이에서 한창 뜬다는 인물이었고, 전경으로 비춰주는 스튜디오 안에는 주부들이 도란도란 모여 앉아 있었다.

방청객은 미인들 일색이었다. 그들의 내면이야 어떻든 간에, 적어도 겉으로 나타난 방청석의 주부들은 행복해 보였다. 세상에는 행복한 사람들이 저렇게도 많건만……. 승우는 문득 살인적인 생활고에 쪼들리는 자신의 처지를 돌아보면서 집에 남아있는 아내 현숙을 떠올렸다.

다른 여성들은 돈 잘 버는 남편 만나 고생이 뭔지 모르고 잘도 살아가건만 현숙은 별 볼일 없는 남편을 만나 이날 입때껏 죽을 고생만 하고 있지 않은가. 가련한 아내. 지금처럼 생활의 위기를 맞고 있을 때, 아내가 조금만 정신을 바짝 차리면 좋을 텐데, 그녀는 지금 도희에게 홀려 뭐가 뭔지 분간을 못하는 가운데 남의 속을 발칵발칵 뒤집어 놓고 있었다.

그랬다. 승우는 요즘 아내 현숙에 대한 애증(愛憎)으로 극심한 혼란과 갈등을 겪지 않으면 안 되었다. 그는 지난 세월 아내 없이는 도저히 살아갈 수 없다고 생각해 왔다. 그런 아내가 요즘 가정생활을 제쳐놓고 도희와 놀아나는 꼴이란 열불이 나서 차마 눈뜨고 볼 수가 없었다.

승우는 마른침을 꿀꺽 집어삼키면서 실내를 휘익 둘러보았다. 아직 마창식은 도착하지 않았는데, 하기야 약속 시간까지는 아직 10여 분이 남아 있었다. 승우는 커피숍의 중앙통로를 따라 반 바퀴쯤 돌아 창 쪽의 한 테이블에 자리를 정하고 앉았다.

그는 문득 창밖으로 눈길을 던졌다. 발코니에 몇 개의 화분이 놓여 있었고, 한가운데 놓인 화분에는 분홍색 분꽃이 활짝 피어 있었다. 실로 오랜만에 보는 분꽃이었다.

그 분꽃을 보는 순간, 승우는 자기도 모르게 아, 하고 짤막한 탄성을 자아냈다. 도심 한복판에서 보는 분꽃. 어린 시절, 이맘때 오후가 되면 분꽃 떨기가 시골집 화단을 붉게 물들이곤 했었지. 승우는, 비록 가난했지만 마음에 상처 받지 않고 자라나던 아련한 그 시절을 그리워하면서 다시금 가슴이 뻐근해 옴을 느꼈다.

이 썩어빠진 세상에서도 눈부신 분꽃이 피었구나. 보면 볼수록 아름다운 분꽃. 부유스름하게 엷은 분백색까지 띤 분꽃을 보자 불현듯 시집간 누이 승미가 떠올랐다. 승미는 요즘 어떻게 지내는지. 무소식이 희소식이라지만, 무슨 까닭에선지 이 근래 승미한테서는 전화 한 통화 없었다.

하긴 누이동생의 전화를 기다리기 전에 이쪽에서 먼저 전화를 걸었어야 하는데……. 하지만 승우는 별로 바쁜 일도 없으면서 전화 한 통화 걸지 못했다. 승미는 이 게을러빠진 오라버니를 어떻게 생각할까. 마음만 편하면 전화도 걸고 한 번 찾아가 볼 수도 있으련만, 금방이라도 질식할 것만 같은 요즘에 와서는 동기간조차 돌아볼 겨를이 없었다.

승우는 분꽃을 보고 신선한 충격을 받았다. 아무래도 오늘은 좋은 일이 있을 것 같은 예감이 들었다. 승우가 그런 생각을 하며 분꽃의 아름다움에 한껏 도취해 있을 때 곱살하게 생긴 종업원이 와서 테이블 위에 냉수 한 잔을 놓아주었다.

그때 느닷없이 재채기가 터져 나왔다. 에취에취, 에취취……. 그는 잇따라 재채기를 뱉어냈다. 실내 냉방이 너무 잘돼 그런 모양이었다. 그가 손수건을 꺼내 콧물을 훔치고 있을 때, 출입문 쪽에 마창식이 두리번거리며 나타났다. 그는 잰걸음으로 다가와 허리를 굽실 꺾으며 인사했다.

"안녕하셨습니까?"

"응. 반갑군. 어서 와."

승우는 손을 내밀어 악수를 청했다. 마치 통나무를 더듬는 듯한 감촉. 마창식은 왕년에 막노동을 많이 한 터라 굳은살 박인 손바닥이 유난히도 두툼하였다. 맞은편 의자에 앉으면서 마창식이 물었다.

"오래 기다리셨어요?"

"아니……."

"아무튼 나오시게 해서 죄송합니다. 우선 차부터 주문할까요?"

마창식은 승우의 답변이 떨어지기도 전에 저만큼 서 있던 종업원을 불렀다. 그러자 쟁반을 받쳐 든 종업원이 다가왔고, 승우와 마창식은 서로 약속이라도 한 듯 뜨거운 커피를 주문했다. 승우가 말했다.

"이 근래에는 토옹 티브이(TV)를 못 봤어. 그래, 방송 일은 많이 했나?"

"조금 했죠. 하지만 선배님께서 더 잘 아시다시피 다큐멘터리라는 것이 여간 힘들지 않아요. 지난번에도 말씀드렸던 것처럼 싸가지 없는 신인들이 어른 애도 몰라보면서 어떻게 설쳐대는지 모릅니다. 저도 신인시절을 거쳤습니다만, 제가 신인시절에는 그렇게 까불지 않았거든요."

"그래……. 세상이 많이 변했으니까."

"그 개자식들을 보면 오장 뒤집힐 때가 한두 번이 아니라니까요."

드디어 마창식의 본성이 드러나고 있었다. 세인이 다 알아주는 독설가. 그의 입에서는 역시 독설이 나와야 제격이었다. 그런데도 그가 밉지 않은 것은, 그 나름대로 뚜렷한 예의와 기준이 있을 뿐만 아니라 가릴 것을 가릴 줄 알기 때문이었다. 승우가 물었다.

"요즘도 술 좀 마셨나?"

"그야 물론이죠. 이 개떡 같은 세상……. 술이라도 마시지 않으면 미쳐버릴 것만 같아요. 그렇다고 제가 뭐 비싼 술을 마시는 것도 아니잖아요. 기껏해야 깡소주 마시는 거예요."

"조심해야지. 아직은 젊으니까 괜찮겠지만 이 다음에 나이 먹으면 어쩌려고 그래?"

"이건 어디까지나 술 마시는 핑계이자 명분일 수도 있습니다만……. 세상 돌아가는 꼬락서니를 보면 열불이 나서 견딜 수가 있어야죠. 그래도 가슴속에 치솟는 천불을 끄는 데는 소주가 최고더라구요. 요즘 신문이나 방송 보세요. 무슨무슨 게이트다 뭐다 해서 공직자와 관련된 추악한 사건이 끊이지 않고 있잖아요. 그것도 한 번 터졌다 하면 수백억, 수천억 원 아닙니까."

"그래, 하긴 그게 어디 어제오늘의 일인가."

승우는 이미 오래전부터 대통령 이하 장·차관을 비롯하여 소위 끗발깨나 있다는 자들, 특히 국회의원이며 정부 고위관료들이야말로 믿지 못할, 아니 믿어서는 안 될 썩어빠진 사람들이라 치부하고 있었다. ○○부에 근무하는 친구 박세진 같은, 신명을 다 바쳐 일하는 공직자가 없는 것은 아니지만, 역시 같은 부처에 근무하는 최길태처럼 무능하면서도 미꾸라지처럼 요리조리 빠져 다니면서 소위 정치권 실세들에게 줄 대기에만 급급한 가죽 두꺼운 자들은 얼마나 많은지…….

그들이 언제 뭐 민생을 걱정했나. 국민들이야 죽건 말건 괜히 목에 힘주며 제 몫 챙기기에 바쁜 사람들. 그들은, 실업자가 홍수처럼 넘쳐나거나 말거나, 노숙자들이 굶어 죽거나 말거나, 서민들의 생계가 파탄에 이르거나 말거나 자기들과는 무관한 강 건너 불로 여기는 듯했다.

생각하면 속이 터졌다. 이 나라가 어쩌다 이렇게 되었을까. 제왕적 대통령은 입만 열면 부정부패 척결을 외쳐 왔지만, 실인즉 그 자제들부터 무슨무슨 게이트니 뭐니 각종 비리에 연루돼 줄줄이 감옥에 가지 않았던가. 승우는 대통령이나 그 자제들 근처에는 가 본 일조차 없었으므로 그들이 어떻게 도둑질을 해먹었는지는 정확히 알 수가 없었다.

하지만 언론이 들고일어나 속속들이 파헤친 그 더러운 수작질을 보면 구역질이 나서 견딜 수가 없었다. 몇 해 전, 대통령 자제들의 비리가 터져 나왔을 때 신문에는 연일 주먹만 한 글자로 대통령의 자제들 이름이 찍혀 나왔고, 시사만화를 포함하여 그들과 관련된 폭로성 기사가 도배질 되어 있었다.

그런데도 대통령은 국민들이 납득할 만한 사죄 대신 자기 자식들이 감옥에 간 것만 안타까워하였다. 예로부터 윗물이 맑아야 아랫물이 맑다는 것은 삼척동자도 다 아는 상식 중의 상식이었다. 한데 대통령과 그 자제들부터 그 모양 그 꼴이니 권력에 빌붙어 국리민복(國利民福)보다는 사복(私腹)을 채우기에 급급한 그 졸개들이야 오죽하겠는가. 결국 부정부패 방지에 앞장서야 할 그들이 도덕 불감증에 빠진 나머지 도리어 부정과 부패를 부추긴다 해도 과언이 아니었다.

사실 마창식의 말마따나 이 근래 무슨무슨 게이트가 터졌다 하면 반드시 공직자가 관련돼 있었다. 그들이 꿀꺽꿀꺽 집어삼킨 금액 또한 수백 수천억 원에 이르렀다. 말이 그렇지 수백 수천억 원이 뉘 집 강아지 이름인

가. 어떤 사람은 끼닛거리가 없어 쩔쩔매는데 권력의 중심에 있는 자들이나 권력에 줄을 대고 그 근처에서 얼쩡거리면서 수백 수천억 원씩 늘큼늘큼 집어삼키는 자들은 정녕 하늘 무서운 줄조차 모르는 것 같았다.

이미 오래전, 권부(權府)는 송두리째 권부(權腐)로 전락한 듯했다. 여태껏 그런 작자들의 배를 불리기 위해 꼬박꼬박 정직하게 세금 내고 살아온, 끗발이라고는 개뿔도 없는 국민들이야말로 정말 봉이 아니고 무엇인가. 이 더러운 시대를 살고 있는 국민들이 불쌍할 따름이었다.

마창식의 지적이 아니더라도 승우는 우리 사회가 썩을 만큼 썩었다는 것을 잘 알고 있었다. 몇 달 전에도 그는 우리 사회의 부패정도에 관해 논문을 쓴 적이 있었다. 물주가 가져온 설문 조사 통계를 토대로 작성했던 논문. 그 물주는 다른 사람들과는 달리 여론조사기관에 의뢰하여 불특정 다수를 상대로 표본조사까지 하여 그 자료를 승우에게 넘겨주었다.

기특하기 짝이 없었다. 다른 물주들은 그런 기초 자료조차 넘겨주지 않은 채 무조건 논문을 대필해달라는 것이었지만 그 물주는 나름대로 기초 조사까지 했으니 물주치고는 괜찮은 물주라고 말할 수 있었다. 그러니까 다른 물주들이 털도 뜯지 않은 채 논문을 거저먹으려고 드는 반면, 그 물주는 털 뜯는 시늉이라도 하면서 논문 대필을 의뢰해 온 것이었다.

그가 가져온 기초자료들을 분석했을 때 승우는 경악을 금치 못했다. 설문 조사에 응한 대부분의 시민들이 당초 예상했던 것보다 훨씬 더 심각하게 권부의 부패에 염증을 느끼고 있기 때문이었다. 그런데도 권좌에 앉은 사람들이 제멋대로 놀아나는 꼴이란 정말 한심하기 짝이 없었다.

더욱 놀라운 사실은 설문 조사에 응한 대부분의 국민들이 공적 자금의 회수 가능성에 대해 회의적인 반응을 보이고 있다는 점이었다. 정부는 이렇다 할 투명성도 없이 마음에 드는 놈들만 골라 공적 자금이란 이름으로 천문학적인 돈을 투입하고 있었다. 그 돈이 모두 국민들에게서 나온, 장차 국민들이 부담해야 할 돈이라는 점에서 심각성을 더해주고 있었다.

밑 빠진 독에 물 붓듯이 쏟아 붓는 공적 자금. 돈 놓고 돈 먹기라고나 할까, 그 돈은 서민들의 민생과는 관계없이 재벌들에게 집중적으로 투입되고 있었다. 물론 그 돈이 재벌 회생에 활력소가 되어 고용 안정을 비롯하여 경제에 미치는 긍정적인 효과를 모르는 바 아니지만, 문제는 그 공적 자금의 상당 부분이 종적도 없이 사라져서 회수 불능 상태에 있다는 사실이었다.

소위 벤처기업에 투자한 자금도 일부 성공한 사례가 없지 않지만 대부분 연기처럼 사라지고 있었다. 그 과정에서 동작 빠른 사람들, 특히 권력과 튼튼한 줄을 대고 있는 작자들은 정부로부터 수십억 원씩 자금을 받아내 끼리끼리 나눠먹는 실정이었다.

항간에는 공적 자금이야말로 먼저 보는 놈이 임자라는 말까지 떠돌고 있었다. 정치권과 결탁하여 떼어먹어도 그만인 돈. 최악의 경우 감옥에 갈 각오만 하면 그 돈이야말로 가장 집어삼키기 쉬운 돈이었다.

더욱이 정치권의 실세들은 짜고 치는 고스톱처럼 저희들과 코드가 맞는 작자들에게 무시무시한 거액을 대출해주고 있었다. 그리하여 대가리에 피도 안 마른 건달들이 강남 테헤란로에 그럴 듯한 사무실 하나 차려 놓고 명색 벤처기업이라는 이름으로 수억, 수십억, 심지어 수백억 원까지 거머쥐고 있었다. 커피를 한 모금 마시고 나서 마창식이 말했다.

"선배님. 괜찮은 일감이 있는데 한 번 해 보시겠습니까?"

"내가 할 수 있는 일이라면 해야지."

"원고 쓰는 일인데요……."

"원고?"

"그렇습니다. 어떤 사람이 자기 성공 비결을 책으로 내고 싶대요. 근데 뭐 필력이 있어야죠. 그래서 대필해줄 사람을 찾는 모양인데 한 번 해 보시겠습니까?"

"그런 일이라면 창식이가 해도 얼마든지 할 수 있잖아?"

"물론 저도 할 수 있죠. 하지만 선배님께서 하시면 훨씬 더 낫겠다는 생각이 들었어요. 저야 방송 일 하느라고 시간을 낼 수가 있어야죠. 뭐 배부른 소리인지는 모르겠습니다만, 집에서 하는 일이라면 몰라도 남의 사무실에 나가서 하는 일은 딱 질색이거든요."

"그건 또 무슨 말이야?"

"그쪽에서 매일 나와 달라는군요. 그 사람이 시간을 내기가 어려우니까 성공 비결을 대필하는 동안 자기 사무실에 나와 상근해 달라는 겁니다."

"거 참 까다로운 조건이군."

"자기 사무실 옆에 마침 빈 방이 있답니다. 그 방을 쓰면서 당분간 함께 생활하자는 거죠. 워낙 바쁜 사람이니까 시간이 날 때마다 성공 사례에 들어갈 내용, 그러니까 자기가 벤처사업에 뛰어들어 성공하기까지의 과정을 구술해주겠다는 거죠."

"얼마나 바쁜 사람이길래 그렇게까지 해야 되나."

"동에 번쩍, 서에 번쩍, 도깨비 같은 사람이거든요."

"창식이가 잘 아는 사람이야?"

"얼마 전 방송국 피디를 통해 안면을 트고 명함만 교환했습니다. 김현준이라고, 엠시케이(MCK) 회장입니다. 언젠가 방송에 한두 번 출연했던 녀석인데 일찍 벤처사업에 뛰어들어 벼락부자가 되었나 봐요. 근데 엊그제 엠시케이 비서실장이라는 작자한테서 전화가 걸려 왔더군요. 자기 회장이 성공 비결을 출판하려고 하는데 마땅한 대필자를 찾는다지 뭡니까. 그 말을 듣고 대뜸 선배님을 생각했습니다만, 선배님께서 어떻게 생각하실지 몰라 좌고우면하다가 오늘 아침에야 전화를 드렸던 겁니다."

"어쨌든 좋아. 근데 그 사람 이름이 김현준이라고 했어?"

"그렇습니다."

"어디선가 들어본 듯한 이름이군."

"최근 언론에 자주 오르내렸죠. 아직 새파랗게 젊은 놈인데 돈방석에 앉았다는 겁니다. 지난번 텔레비전에 출연했을 때에도 진행자가 한국의 빌게이츠니 뭐니 어쩌구 주접을 떨더군요."

그 대목에서 마창식은 저쪽 벽면의 텔레비전을 슬쩍 턱짓으로 가리켰다. 텔레비전에서는 아직도 〈여성시대〉가 진행되고 있었다. 진행자의 재치 있는 재담이 나올 때마다 방청석에서 터져 나오는 행복한 웃음소리. 승우가 되물었다.

"한국의 빌게이츠?"

"벤처사업으로 신흥 재벌이 되었다는 겁니다. 선배님께서 그 일을 하실 의향이 있으시다면 그쪽으로 연락해 볼까요?"

마창식은 점퍼 안주머니를 뒤적여 휴대전화를 꺼냈고, 검지손가락으로 숫자판을 한 자 한 자 콕콕 눌렀다. 삐리리링, 신호음이 한 번 울리는가 했더니 이내 아무런 소리도 들리지 않았다. 그는 몇 번인가 잇따라 재발신 단추를 눌렀다. 그렇지만 저쪽과 연결이 안 되고 있었다. 승우가 물었다.

"연결이 잘 안 되는 모양이지?"

48

"그렇군요. 그쪽 비서실장하고 먼저 통화를 하기로 했거든요. 조금 있다가 다시 통화를 시도해 보겠습니다."

"그야 형편대로 해야지. 난 현재 급한 일 없으니까 그쪽과 협의한 뒤에 집으로 연락해줘도 돼."

마창식은 휴대전화를 다시 안주머니에 찔러 넣었다. 단칼에 전화 연락이 되었더라면 일이 쉽게 풀릴 수도 있을 텐데 아마도 김현준 쪽의 전화에 무슨 문제가 있는 듯했다. 마창식이 불쑥 말했다.

"젠장, 우리나라 경제는 벤처 좋아하다 망할 것 같아요. 선배님 앞에서 이런 말씀드리면 마치 폭포 앞에서 쌍오줌 지리는 형국이 되겠지만 경제 발전의 기본은 역시 제조업 아닐까요? 굴뚝 산업의 기반 위에서 벤처사업을 하든 뭐 까고 댓진을 바르든 해야 할 텐데, 벤처가 아니면 살 길이 없는 것처럼 떠들어대니 이러다가 국가경제가 어떻게 될지 정말 걱정입니다. 김현준이도 갑자기 치솟은 인물입니다만, 그놈 역시 도둑질을 해 가지고 돈방석에 앉은 것 같습니다."

"도둑질?"

"도둑질을 하지 않고서야 어떻게 그 큰 재산을 모았겠어요? 어떤 형태로는 도둑질을 했겠죠. 개새끼들⋯⋯. 돈푼이나 있다고 뻐기는 놈들 치고 도둑질 안 한 놈 별로 없더라구요. 잘 모르긴 해도 김현준이란 놈도 틀림없이 권력층과 줄을 대고 있을 겁니다. 그렇지 않고서야 무슨 재주로 단기간에 그 많은 재산을 축적했겠습니까."

"신흥 재벌 중에는 그렇지 않은 사람도 있잖아?"

승우는 문득 며칠 전에 만났던 태흥물산 회장 영호를 의식했다. 영호는 일찍 부모를 여의고 의지가지없이 밑바닥을 박박 기다가 크게 성공한 신화적인 인물이었다. 아직 그 내막은 잘 모르지만, 어쨌든 태흥물산이라면 욱일승천의 기세로 승승장구하는 신흥 재벌로 널리 알려져 있었다. 마창식이 말했다.

"선배님은 너무 순수해서 탈이라니까요. 돈깨나 있다는 놈 치고 도둑놈 아닌 자가 어디 있어요? 권력과 결탁을 했든, 종업원 인건비를 발라먹었든, 남의 등을 쳐 먹었든, 세금을 포탈했든, 누구한테 왕창 바가지를 씌웠든…… 좌우간 어느 구석에선가 못된 짓을 하지 않고 어떻게 벼락부자가 될 수 있겠습니까."

"하지만 사람들을 그렇게 삐딱한 눈으로만 보는 것도 곤란하지 않을까."

"제 눈이 삐딱한 게 아니라 제 눈에는 세상 자체가 와장창 뒤집혀서 거꾸로 돌아가고 있어요. 어디 한 군데 성한 데가 없이 창창 곪았다니까요. 진실하고 선량한 사람은 설 자리가 없습니다. 그 대신 별로 힘들이지 않고 대박만 노리는 허깨비 같은 작자들이 판치는 세상 아닙니까."

"하긴……."

승우는 문득 길바닥에 지천으로 널린 가짜 석사와 박사들을 떠올렸다. 남이 대필해준 논문으로 어물어물 학위를 받은 자들. 더군다나 신성해야 할 학위를 돈 주고 사들인 사람들은 얼마나 많은가. 그뿐 아니라 논문 심사 과정에서 심사 위원과 논문 제출자 사이에 검은 돈이 오간다는 것은 이제 공공연한 비밀이 되어 있었다.

그것은 누구보다도 학문당 박일기 사장이 잘 알고 있었다. 박 사장은 '캠퍼스 없는 대학총장'이라는 별호가 말해주듯 학계에 거미줄 같은 인맥을 형성하였고, 일찍이 그가 창업한 학문당은 이미 오래전부터 논문 전문 출판사로서 독보적인 위치를 굳히고 있었다.

박 사장의 말에 따르면, 논문 심사 과정에서의 비리는 이루 말할 수가 없다는 것이었다. 학위논문의 경우 심사 과정에서 반드시 콩이네 팥이네 시비가 따르게 되어 있다. 더욱이 실력 없는 심사 위원일수록 말도 되지 않는 잔소리를 늘어놓게 마련이었다.

어느 시대 어느 사회를 막론하고 빈 수레는 요란할 수밖에 없었다. 개뿔이나 머릿속에 든 것도 없는, 학문 천착은 뒷전에 미뤄둔 채 철밥통 같은 자리를 지키면서 학생들 위에 군림하는 날라리 교수들. 낱낱 그런 사람들일수록 쓸데없이 권위만 앞세워 이래저래 학생들을 괴롭혔다.

그것은 어쩌면 지극히 당연한 현상이기도 했다. 권력을 거머쥔 자들이 자기 자리를 이용하여 사복을 채우듯 심사 위원이라는 직분을 내세워 마음껏 위세를 부리는 대학교수들. 그들 중에는 학사든, 석사든, 박사든 학위논문을 심사할 때마다 대목 만난 장사꾼처럼 한몫 잡으려고 눈에 불을 켜는 사람도 없지 않았다.

그들이야말로 논문 심사 과정에서 칼자루를 쥐고 있는 입장이었고, 그들은 그런 기득권을 앞세워 논문 심사 때마다 서슬 시퍼런 칼을 마구 휘둘렀다. 무서운 칼. 심사 위원들은 칼을 휘두르면 휘두를수록 논문 제출자가 다급해진다는 것을 잘 알고 있었다.

그들은 논문을 심사할 때마다 상습적으로 이것저것 트집을 잡곤 하였다. 물론 논문 자체가 방향을 잘못 잡았다면 응당 그런 지적을 달게 받아야 하겠지만, 논문 심사 위원들 중에는 맞춤법이나 띄어쓰기는 물론이고, 단순한 실수로 빚어진 반점(,)이나 온점(.)까지 꼬투리 잡아 시시콜콜 까탈을 부리는 사람도 있었다.

논문 제출자를 괴롭히는 방식도 다양했다. 어떤 심사 위원은 어르고 빰

치듯 논문을 손질해주는 척하면서 고도의 술수를 동원하여 뒷구멍으로 은근히 금품을 요구하기도 했다. 어디 그뿐인가. 언젠가 어떤 대학원에서는 한 여성이 박사 학위 논문을 제출해 놓고 심사 위원에게 금품은 물론 몸까지 빼앗긴 적도 있었다.

세상은 정말 요지경 속이었다. 세상의 뒤안길에서는 도저히 상상할 수도 없는, 있어서는 안 될 일이 은밀하게 자행되고 있었다. 승우는 그런 이야기를 듣고 싶지 않았지만, 직업이 직업인지라 지금까지 상대해 온 사람들한테서 처음부터 듣지 말았어야 할 이야기에 이르기까지 별의별 추문을 다 들어야 했던 것이다.

하기야 승우 자신부터 남의 논문을 대필해줄 때마다 무시로 양심의 가책을 느끼곤 하였다. 과연 이게 떳떳한 일인가. 혹여 협잡은 아닌가. 그는 논문을 써서 물주에게 건넬 때마다 도덕적으로 말할 수 없는 괴로움을 겪어야 했다.

하지만 소정의 교육과정을 다 이수하고서도 논문을 제출하지 못해 전전긍긍하는 사람들에게는 어쩔 도리가 없었다. 특히 만학(晩學)으로 석사 과정이나 박사 과정을 마치고서도 표현력이 없어 논문을 쓰지 못하는 사람에게는 누군가의 도움이 꼭 필요한 것도 사실이었다.

정확히 말하자면 거기에도 어김없이 시장경제의 원리가 적용되는 셈이었다. 수요가 있는 곳에 공급이 이루어진다는 당연한 원리. 승우는 이런 원리를 생각하면서 논문 대필업에 종사해 왔는데, 그동안 거래해 온 물주 중에는 승우를 구세주처럼 인식하는 사람도 한둘이 아니었다.

그런데 승우가 대필한 논문은 언제나 완벽했다. 심사 위원들이 아무리 눈에 쌍심지를 박고 꼬투리를 잡으려 해도 티끌만 한 흠결조차 찾아볼 수가 없었다. 그것은 승우가 심사 위원들 상투 꼭지 위에 올라앉아 그들의 실력을 훨씬 뛰어넘는 것은 물론 그들의 심리 상태까지 정확하게 꿰뚫어 보고 있었기 때문이었다.

오죽하면 그에게 만물박사라는 별명이 붙었을까. 그는 어떤 주제가 주어지든 똑 떨어지는 논문을 써냈고, 심사 위원들이 끼어들어 감 놔라 배 놔라 개나발 불 틈새를 주지 않았다. 그렇기 때문에 어느 누구라도 그가 대필해준 논문을 제출했다 하면 큰 힘 들이지 않고 학위를 받아낼 수 있었던 것이다.

하지만 일감이 뚝 끊긴 요즘 그는 말할 수 없는 비애를 느끼고 있었다. 일상적인 교통비까지 걱정해야 하는 현실이 그저 서럽기만 하였다. 그는 잠깐 텔레비전으로 눈길을 던졌다가 푸우 하고 한숨을 내쉬었다. 억장이 무너지는 듯한 한숨. 오랜 세월 그토록 죽자 살자 일만 해왔는데도 형편이 나아지기는커녕 점점 더 숨통이 막히는지라 나오는 것이라곤 한숨과 신세 한탄뿐이었다. 마창식이 물었다.

"웬 한숨이세요?"

"그렇게 됐어."

"차암, 선배님처럼 올곧게 사시는 분들이 제대로 대접받는 사회가 되어야 하는데……. 니미 씨팔, 이건 뭐 도둑놈들만 살찌는 세상이 됐으니 정직한 사람은 노상 손해만 볼 수밖에 없죠."

"글쎄, 뭐라고 말하기 힘들군."

"정말 안타깝습니다. 그렇다고 제가 도와드릴 수도 없고……. 아무쪼록 이번 일이나 잘 엮어졌으면 좋겠습니다."

"근데 그쪽에서 나처럼 나이 많은 사람도 괜찮다고 할까."

"그야 뭐 상관있습니까. 그 회사에 취직하는 것도 아닌데요 뭐. 성공 비결만 잘 써주시면 될 것 아닙니까."

"원론적으로 말하자면 그렇지. 하지만 그쪽이 나보다 젊은 사람일 경우에는 부담을 느낄 수도 있겠지."

"괜찮아요. 그 작자가 선배님을 만나기만 하면 홀딱 반하고 말 걸요."

"반하다니……?"

"선배님은 만물박사 아닙니까."

"만물박사?"

"몇 마디 대화를 나누다 보면 그따위 애송이쯤이야 선배님의 해박한 지식에 놀라 자빠질 겁니다."

"천만에. 그렇지 않아. 나는 별로 아는 것이 없어. 주위 사람들이 만물박사네 뭐네 그럴싸한 별명을 붙여주긴 했지만 정말 나는 모르는 것이 너무 많아. 아직 멀었어. 솔직히 말해서 요즘에는 소리 없이 죽고 싶은 심정이야."

"왜 그런 생각을 하세요? 그건 절대로 안 되지요. 저 같은 사람도 이렇게 살고 있잖습니까. 선배님이 그런 말씀을 하시니까 정말 몸 둘 바를 모르겠군요. 선배님은 너무 순수해서 탈이라니까요. 아무튼 비서실장이나 김현준이를 만나거든 절대로 그런 말씀은 하지 마세요. 그놈들은 닳고 닳은 녀석들입니다. 그런 새끼들 앞에서 약한 면을 보이면 선배님을 만만하게 보고는 거저먹으려고 덤빌 겁니다."

"과연 그럴까."

"물론이죠. 그놈들은 돈밖에 모르는 놈들이에요. 이번 일을 추진하는 과정에서 그들과 대화를 하게 되면 그놈들 영혼을 깨끗이 세탁해주십시오.

그 더러운 놈들……."

"왜 그렇게 생각해? 그 사람들이 무슨 죽을죄라도 졌단 말인가."

"하, 참, 선배님은 세상 물정을 너무 모르신다니까요. 그놈들을 일단 도둑놈으로 봐도 괜찮아요. 그 썩은 놈들에 비하면 선배님은 인간 천연기념물입니다. 요즘같이 험악한 세상에 선배님처럼 고고하게 사는 분이 어디 있겠습니까. 저는 선배님을 뵈올 때마다 마음이 편안해지는 것은 물론이고 영혼까지 깨끗해지는 것을 느끼곤 했어요."

"예끼, 이 사람. 그건 너무 심한 말이군."

"그렇지 않습니다. 제가 왜 빈말을 하겠습니까. 선배님도 잘 아시는 것처럼 저 마창식은 독설 빼놓으면 시체나 다름없는 인간이잖아요. 하지만 때로는 옳은 말도 할 줄 압니다. 제가 알기로 선배님 같은 분은 둘도 없을 것입니다."

"그만하지. 나는 창식이가 생각하는 것처럼 그렇게 깨끗한 사람도 못 돼."

승우는 마창식의 입에서 술술 쏟아져 나오는 말을 듣기가 너무 민망했으므로 손을 휘휘 내저으며 도리질을 하였다. 그는 힐끔 텔레비전으로 눈길을 보냈다가 다시금 창밖의 분꽃을 쳐다보았다. 어디론가 나팔을 불어대는 듯한 트럼펫 같은 분꽃. 마창식이 말했다.

"일단 그쪽 사람들을 만나거든 대필 조건부터 협의하세요. 만약 그쪽에서 지저분하게 나오면 걷어치워도 그만이잖아요."

"그야 그렇지. 하지만 나로서는 창식이 입장도 생각해야겠지."

"그건 조금도 걱정하지 마세요. 제 눈에는 그런 놈들이 우습게 보이니까요. 저는 그놈들하고 두 번 다시 상대할 일도 없는 걸요 뭐."

마창식은 휴대전화를 꺼내 다시 통화를 시도했다. 하지만 뭐가 잘못 되었느지 영 전화가 연결되지 않고 있었다. 그때 텔레비전에서는 〈여성시대〉가 끝나고 마악 뉴스특보가 방영되고 있었다. 아나운서가 뉴스를 전했고, 화면 하단으로는 '김현준 씨 전격 구속'이라는 주먹덩이만 한 자막이 떠올라 있었다. 승우가 텔레비전 화면을 가리키면서 말했다.

"이봐, 창식이. 저 사람이 김현준인가?"

"어, 어, 그렇습니다. 바로 저 사람입니다."

마창식은 입을 다물지 못하고 있었다. 화면에는 검찰에 구속되는 김현준의 모습이 비치고 있었다. 그의 주위에는 기자들이 취재 경쟁을 벌이느라 서로 밀고 밀리면서 몸싸움을 벌이고 있었다. 승우가 말했다.

"참, 별꼴이 다 있군."

뉴스에 의하면, 벤처사업가로 자처해 온 김현준이 권력의 핵심 실세에 줄을 대고 각종 이권에 개입한 데다 금융권으로부터 불법 대출을 받아낸 것은 물론 주가 조작 등 수천억 원의 부당이득을 취했다는 것이었다. 마창식이 고개를 떨구며 혼잣말처럼 탄식했다.

"짜아식. 저 자식이 저렇게 될 줄도 모르고 물색없이 까불면서 같잖게 성공 비결을 써달라고 부탁했군요."

"정말 미친 세상이야."

"선배님, 이거 죄송해서 어쩌죠? 선배님 생계에 조금이나마 보탬이 될까 해서 조심스럽게 말씀드렸던 건데 일을 착수하기도 전에 이런 사건이 터졌군요."

"아, 아니야. 도리어 잘됐어. 터질 것은 마땅히 터져야지. 섣불리 일을 착수했다가 터진 것보다 훨씬 더 낫잖아."

"아, 참, 뭐라고 말씀드려야 할지 모르겠습니다."

"괜찮다니까 그러네. 나야 버티는 데까지 버티면 되지 뭐. 아무튼 저 더러운 놈이 구속됐다는 것만으로도 적잖이 위안이 되는군."

"하지만 저놈은 얼마 안 가 빠져나올 겁니다."

마창식이 중얼거렸고, 승우는 창밖으로 눈길을 던졌다. 아니나 다를까, 세상이야 온통 썩어 갈지라도 분꽃은 저 홀로 미치도록 단아한 자태를 뿜내고 있었다. 그때 분꽃에 겹쳐 집에 남아 있는 불쌍한 가족들의 모습이 눈앞으로 스쳐 지나갔다. 《문학과문화》 2002년 여름호)

강아지풀

이른 아침부터 불볕이 쏟아지고 있었다. 훅훅 찌는 날씨. 젠장. 먹고살 것도 없는 이 심란한 마당에 폭염은 왜 이렇게도 기승을 부리는 것일까. 언론 보도에 의하면, 지금 농촌에서는 오랜 가뭄으로 농작물이 시뻘겋게 타 들어 간다고 하였다. 굳이 언론 보도가 아니라 해도 요즘 날씨를 보면 농촌 사정을 알고도 남을 것 같았다.

승우는 신문을 뒤적이다가 손바닥만 한 발코니로 나왔다. 맨땅으로부터 치밀어 오르는, 마치 찜통 열기만큼이나 후끈후끈한 지열. 그는 무슨 성곽처럼 높다랗게 앞을 가로막고 있는 월명초등학교 옹벽을 바라보다가 발코니 밑으로 눈길을 던졌다.

나팔꽃 밑줄기 근처로 강아지풀 몇 포기가 삐쭉삐쭉 돋아나 있었다. 며칠 전 그는 앞마당으로 나갔다가 강아지풀을 뿌리째 사그리 뽑아버릴까 생각한 적이 있었다. 하지만 잎이 배배 꼬인 채 시들부들 말라 가는 초라한 강아지풀이 너무 가련하여 그냥 두고 더 관찰해 보기로 했다.

척박하기 짝이 없는 메마른 땅에서 그래도 제 딴에는 끝까지 살아남아 씨를 퍼뜨려 보겠다고 돋아난 강아지풀. 그 기름진 토양을 쌔게 놔두고 풀씨가 왜 하필이면 이 메마른 땅에 떨어졌을까. 그런 생각을 하면, 승우 자신이나 문제의 강아지풀은 사실상 도긴개긴인 셈이었다.

가엾은 강아지풀. 승우가 그런 강아지풀에 아릿한 연민의 정 같은 것을 느끼고 있을 때 마침 전화벨이 요란하게 울렸다. 하지만 그는 안에 있는 아내가 전화를 받겠거니 하면서 시큰둥하게 서 있었다. 전화를 받아본들 별로 신통한 일이 있을 것 같지 않기 때문이었다.

말이 나왔으니까 얘기지만, 과거 한창 잘나갈 때에는 전화가 먹여 살렸다 해도 과언이 아니었다. 모든 일이 전화로부터 착수되었으니까. 특히 아침에 걸려 오는 전화일수록 대부분 일과 연결되게 마련이었다.

그러나 이 근래 걸려 온 전화는 아무 짝에도 쓸모가 없었다. 무슨 여론조사기관이나 이른바 텔레마케팅 회사에서 걸려오는 전화가 대종을 이루기 때문이었다. 그런 전화는 받아 봤자 괜히 시간만 빼앗길 뿐이고 이 고달픈 삶에 별로 도움이 되지도 않았다.

그래도 그런 전화는 이쪽에 피해 끼치는 것이 별로 없으니까 그나마 나은 편이었다. 이른 아침, 근자에 도깨비처럼 불쑥 나타난 도희라는 여자한테서 걸려 온 전화를 받았다 하면 그 순간부터 하루 종일 기분이 잡쳐버렸다.

미친 여자. 그녀는 시도 때도 없이 전화를 걸거나 아니면 집으로 찾아와 아내 현숙을 밖으로 꼬여 내곤 하였다. 어디 그뿐인가. 그녀는 남이야 죽건 말건 늘 탱탱 배부른 소리만 하면서 아내의 허파에 바람만 잔뜩 집어넣었다.

승우가 그 정신 나간 여자를 저주하고 있을 때 안에서 아내가 누군가와 몇 마디 통화하는 소리가 두런두런 들려왔다. 누굴까. 아내가 목소리를 낮추어 조신하게 통화하는 것을 본다면 상대방이 분명 도희는 아닌 듯했다.

만약 상대가 도희였더라면 반색을 하면서 히히덕거리고 낄낄대며 희희낙락했을 텐데 아내의 목소리는 착 가라앉아 있었다. 승우는 귀를 쫑긋 세우고 있었지만, 아내의 통화 내용을 확인할 수가 없었다. 이윽고 아내가 밖으로 나와 승우에게 말했다.

"은경 아빠. 전화 받으세요."

"누군데?"

"학문당 박일기 사장님이에요."

"오, 그래?"

승우는 귀가 번쩍 띄어 득달같이 안으로 들어와 송수화기를 들었다. 아니나 다를까, 전화를 걸어준 사람은 학문당 박 사장이었다. 그가 물었다.

"그동안 어떻게 지냈어?"

"형편없지 뭐."

"한 번 놀러 나오지 그래."

"그야 어렵잖지."

"지금 곧 나와 줘. 이런저런 얘기 좀 나누고 점심이나 같이 하게."

"그렇게 하지. 이 통화 마치는 대로 곧 나갈게."

"좋아. 밖에 나가지 않고 기다리겠어."

통화를 마쳤다. 승우는 곧 외출 준비를 서둘렀다. 박 사장을 만나면 무슨 좋은 일이 있을지도 모르지. 그가 그런 기대 속에 옷을 갈아입고 있을 때 늦둥이 성현이가 물었다.

"아빠, 어디 가세요?"

"응. 시내에 볼 일이 있어서 좀 나가려고……."

"저도 데리고 가면 안 돼요?"

승우는 엉거주춤 서 있었다. 정말 웃을 수도, 울 수도 없는 난처한 입장이었다. 늦둥이의 요청을 받아줄 수만 있다면 얼마나 좋을까만, 박 사장과 아무리 가까운 사이라 해도 남의 일터인 사무실을 방문하면서 어린아이를 데리고 간다는 것은 예의상 곤란한 일이 아닐 수 없었다. 승우가 말했다.

"그건 좀 곤란한데……."

"왜요?"

"아빠가 놀러 가는 것이 아니고 일 보러 나가기 때문이지."

"일 보러 나갈 때는 아빠 혼자 가야 돼요?"

성현이는 꼬치꼬치 캐물었다. 귀여운 녀석. 다른 집 아이들은 아빠나 엄마에게 저희들 말투로 찌익찌익 반말을 내갈기건만 녀석은 말을 배울 때부터 꼬박꼬박 존댓말을 구사하고 있었다. 나물 될 것은 떡잎부터 알아보고 사람 될 것은 젖먹이 때 알아본다는데, 승우는 성현이의 그런 언어 구사만으로도 이 아이가 장차 괜찮은 민주 시민으로 자라리라는 희망 속에 큰 기쁨과 위안을 얻곤 하였다. 승우가 말했다.

"응. 손님을 만나야 하니까."

"손님 만날 때는 왜 혼자 만나야 돼요?"

성현이는 집요하게 질문을 던졌는데, 어린아이에게 어른의 입장을 잘 이해할 수 있도록 설명한다는 것은 참으로 지난한 일이었다. 승우가 말했다.

"손님과 조용히 대화를 나누는 자리에 어린이가 있으면 방해되거든."

"방해가 뭔데요?"

"방해란, 일을 하는 데 도움이 안 된다는 뜻이야."

"아, 그렇군요. 제가 장난을 치면 시끄러우니까 그렇죠?"

"그럴 수도 있지. 아빠 마음 같아서는 성현이를 데려가고 싶은데 오늘은 어쩔 수가 없구나. 그러니까 성현이는 엄마랑 집에서 놀아. 알았지?"

"네."

성현이는 내심 아쉬워하면서도 더는 보채지 않았다. 다행한 일이었다. 녀석이 계속 보챘더라면 밖에 나가 일을 보게 되더라도 짜안한 심정을 지울 수 없을 텐데 성현이가 그 정도 선에서 양보해줌으로써 한 짐 덜게 된 셈이었다.

승우는 광동주택을 벗어났고, 시큼시큼 악취가 등천하는 골목길을 지나 큰길 쪽으로 향했다. 그 좁은 골목길은 하수도 공사다 뭐다 해서 더욱 복잡하기만 했다. 여기저기 파헤쳐 들쑤셔 놓았고, 우편취급소 앞에는 공사를 하다가 수도관을 잘못 건드렸는지 맑은 물이 콸콸 치솟아 도로 쪽으로 질펀하게 흘러가고 있었다.

승우는 그 물을 피해 약국 앞으로 우회하여 버스정류장에 이르렀다. 도로 건너편 월명아파트 단지가 한눈에 들어왔다. 저층 아파트와 고층 아파트로 조성된 대단위 아파트 단지. 승우가 살고 있는 종래의 월명동이 빈촌의 표본이라고 한다면, 도로 건너 월명아파트 단지는 내로라하는 신흥 부자들이 몰려와 사는, 한 번 부동산 경기가 꿈틀거렸다 하면 서울 시내에서도 가장 먼저 집값이 치솟는 부촌 중의 부촌이었다.

정말 월명아파트 단지는 달력에 인쇄돼 나오는 그림처럼 아름답기만 했다. 건물과 건물 사이에는 값비싼 수목이 식재돼 있었고, 어린이 놀이터 주위와 학교 담장에는 흑장미, 백장미가 한바탕 흐드러진 꽃 잔치를 벌여

놓고 있었다. 월명아파트는 외벽의 도색까지도 화려했는데, 모두가 일 보러 나갔어야 할 대낮인데도 주차장에는 메기 잔등처럼 미끈미끈한 고급 승용차들이 떼거리로 줄지어 서 있었다.

불과 길 하나를 사이에 두고 있건만 저쪽 아파트 단지와 이쪽 달동네는 기본적으로 차원이 달랐다. 저쪽 월명아파트 단지의 주민들이 선택받은 계층이라고 한다면, 이쪽 달동네 주민들이야말로 철저히 버림받은, 스스로 목숨을 끊지 못해 어쩔 수 없이 살아가는 박복한 계층이라고 말할 수 있었다.

상층과 하층의 격차는 멀기만 했다. 이 도로에 나올 때마다 느끼는 일이지만, 두 동네의 현실은 날로 심각해지는 빈부의 양극화 현상을 실증적으로 대변해주고 있었다. 월명아파트 주민들이 인생을 즐기는 사람들이라고 한다면, 이쪽 달동네 주민들은 삶 그 자체를 지긋지긋하게 여기는 밑바닥 인생에 지나지 않았다.

저쪽 월명아파트 주민들과 이쪽 달동네 주민들은 남녀노소 가릴 것 없이 사람들의 외양부터 달랐다. 월명아파트 주민들이 대부분 훤칠하고 늘씬늘씬한 반면, 달동네 주민들의 행색은 너 나 할 것 없이 어딘지 모르게 오종종하고 꼬질꼬질하였다.

예로부터 사람은 가꾸기 마련이라 했고, 옷이 날개라는 말도 있지만, 아무튼 월명아파트 주민들과 달동네 주민들은 겉모습만 보아도 확연히 달랐다. 더욱 놀라운 사실은 월명아파트 단지의 주민들은 바로 길 건너편에 이런 달동네가 있다는 자체를 몹시 마뜩찮게 생각한다는 점이었다.

뒷집 짓고 앞집 허물라는 처사라고나 할까, 아니면 굴러 온 돌이 박힌 돌 뽑으려는 형국이라고나 할까, 이 달동네는 월명아파트 단지가 조성되기 이전부터 있어 왔는데, 그곳 주민들 중에는 이 달동네를 사그리 쓸어 없애야 한다는, 무지막지한 폭언도 서슴지 않는 사람까지 있었다. 그뿐 아니라, 대부분의 월명아파트 주민들은 지저분하기 짝이 없는 이쪽 동네로 건너다니는 것조차 꺼려하였다.

이윽고 버스가 왔다. 승우는 버스에 올랐고, 노약자 보호석을 지나 맨 뒤쪽에 자리를 잡고 앉았다. 에어컨을 켜놓고 있었으므로 차 안은 바깥보다 한결 시원하였다. 승우는 물끄러미 창밖을 내다보면서 자기도 모르게 푸우 하고 한숨을 내쉬었다.

정말 답답했다. 배운 것이라곤 남의 논문 대필해주는 기술밖에 없는데, 앞으로 식솔들 거느리고 어떻게 살아가야 할지 막막하기만 했다. 얼마간 저축이라도 있다면 몰라도 저축은커녕 벌써 오래전에 일감까지 뚝 끊긴 터라 이제는 어떻게 해 볼 도리가 없었다.

그는 버스에서 내리자마자 곧바로 학문당으로 직행했다. 청년 시절 이후 수없이 드나들었던 학문당. 그런데 오늘따라 웬일인지 학문당이 무척 생경하게 느껴졌다. 어쩌면 너무 오랜 동안 발길을 끊고 있었기 때문에 그런지도 몰랐다.

그가 사무실로 들어서자 미스 김이 생글생글 웃으며 반겨주었다. 언제 보아도 예의 바른 아가씨. 발랑 까진, 되바라질 대로 되바라진 계집애들이 넘쳐나는 세상임을 감안한다면 미스 김은 다분히 어느 누구라도 며느릿감으로 탐낼 만한 전형적인 양가(良家)의 규수(閨秀)라고 말할 수 있었다.

승우가 사장실로 들어가 소파에 앉자 미스 김이 따뜻한 커피 잔을 가져와 테이블 위에 공손히 놓아주었다. 이심전심이라고 할까, 미스 김은 승우의 취향을 잘 알고 있었으므로 굳이 물어볼 필요도 없이 처억 커피를 준비하였다. 미스 김이 말했다.

"참 오랜만에 오셨어요?"

"그래. 오랜만이군. 미스 김은 어떻게 지냈어?"

"저야 잘 지냈어요. 근데 일감이 그전 같지 않아서 정말 큰일이에요."

"누가 아니래. 근데 박 사장은 어디 갔어?"

"세면장에 가셨어요. 조금만 기다리세요. 곧 들어오실 거예요."

미스 김은 가벼운 목례를 보내며 물러났고, 승우는 짤끔짤끔 커피를 마시면서 박 사장의 테이블을 쳐다보았다. 테이블 위에는 언제나 그랬듯이 논문 원고와 컴퓨터에서 출력된 교정쇄(校正刷)가 나란히 놓여 있었다. 박 사장은 직접 논문 교정을 보다가 잠깐 화장실에 간 모양이었다.

동물적 육감이라고 할까, 승우는 사무실 분위기만으로도 이 근래 일감이 별로 없다는 것을 직감할 수 있었다. 회사가 팍팍 돌아갈 때 같으면 들락거리는 사람도 많고 전화기에 불이 나게 마련이지만, 얼마 동안 앉아 있는데도 전화기마저 침묵을 지키고 있었으므로 사무실 안은 적막감이 감돌 정도로 썰렁하기만 했다.

학문당이 이처럼 파리를 날리고 있을진대 다른 업자들의 어려움이야 굳이 물어볼 필요도 없었다. 승우는 무료함을 달래다가 문갑 위에 놓여 있는 신문을 펼쳐들었다. 거기에는 서로 뒤엉켜 멱살을 잡고 몸싸움하는 여야 정치인들의 사진이 대문짝만하게 실려 있었다. 국회는 요즘 휴회 기간이었지만, 최근 고위층 비리 등 정치적 현안 문제로 긴급 소집된 상임위원회에서 여야가 한바탕 격돌하면서 육탄전을 벌인 것이었다.

그것을 보는 순간 승우는 목구멍에서 울컥 욕지기가 치밀어 오름을 느꼈다. 분노, 분노……. 지금 민생은 도탄에 빠져 있건만 당리당략에만 눈이 멀어 멱살잡이나 벌이는 한심한 작태를 어떻게 이해해야 할까. 승우가 개탄을 금치 못하고 있을 때, 세면장에 갔던 박 사장이 들어왔다. 악수를 청하면서 그가 말했다.

"오, 이거 얼마 만인가."

"그러게 말야."

"아무튼 반갑군. 만물박사 만난 지가 언젠지 원……."

"흥. 만물박사 좋아하네. 애당초 그 별명은 박 사장이 붙여주었지. 근데 그 별명이 별로 좋지 않은 것 같아."

"그건 또 무슨 소리야?"

"남들이 들으면 거창한 것 같지만 뭐 실속이 있어야지."

"아, 아니야. 당신은 누가 뭐래도 명실상부한 만물박사야. 우리끼리 얘기지만, 아마 그 정도로 많은 논문을 척척 써낸 사람도 없을 거야. 그런 점에서 척척박사라고도 말할 수 있지. 만물박사에다 척척박사……. 그 논문들을 전부 본인 이름으로 발표했다면 아마 기네스북에 오르고도 남겠지."

박 사장은 서가에 즐비하게 꽂힌 논문들을 검지손가락으로 가리켰다. 그중에는 승우가 대필해준 논문도 상당수에 달했다. 학사 논문이나 석사 논문은 말할 것도 없고, 각 분야에 걸친 박사 학위 논문만 해도 수를 헤아릴 수 없을 지경이었다. 승우가 말했다.

"결국 물주들만 살려준 셈이지."

"아마 만물박사가 아니었더라면 아무도 그 일을 해내지 못했을 거야."

"과연 그럴까?"

"물론이지. 감히 어느 누가 그렇게 많은 논문을 쓸 수 있겠어? 그것도 한 분야에만 국한된 것이 아니고 정치·경제·사회·문화 등 전 분야에 걸쳐 그 많은 논문을 써냈으니……. 하여간 그 실력은 알아줘야 한다니까. 난 당신이야말로 실질적인 만물박사라고 생각해. 별명도 별명이지만, 당신은 진짜로 만물박사야."

"그 얘기라면 그만하지. 지난 세월을 생각하면 너무 서글퍼지니까."

"왜 그런 생각을 해? 자긍심을 가져야지. 만물박사가 대필해준 논문으로 학사·석사·박사가 얼마나 쏟아져 나왔는데……."

"그거야 죽은 자식 나이 세기나 마찬가지 아닌가. 당장 입에 풀칠할 것도 없는 마당에 그런 얘기 해봤자 내게 무슨 이득이 되겠나."

"하긴 그래."

박 사장은 테이블 위에 놓인 리모컨 단추를 깔짝거리면서 에어컨의 설정온도를 조절하였다. 시원한 바람. 그러나 승우는 본래 에어컨 바람을 싫어했다. 아니, 싫어한다기보다는 그런 냉방에 체질적으로 잘 적응하지 못하는 셈이었다.

불볕더위가 훅훅 찌는, 태양열이 그대로 내리꽂히는 퇴락한 연립주택에 비하면 이 사무실은 별세계나 다름없었다. 광동주택이 펄펄 끓는 열탕이라고 한다면 여기는 뼛속까지 시려오는 냉탕이라고나 할까. 아무튼 그런 곳에서만 살다가 이런 사무실에 들어와 있자 몸이 대뜸 거부반응을 일으켰다.

그는 코끝이 근질근질해짐을 느끼고 있었다. 나올 듯 말 듯한 재채기. 엊그제 후배 마창식을 만나기 위해 광화문의 한 커피숍에 들렀을 때에는 난데없이 재채기가 터져 나와 콧물을 찔찔 흘렸었는데 오늘 또다시 그런 전조가 나타나고 있었다. 승우가 물었다.

"사실은 그동안 꽤 보고 싶었어."

"그건 내가 할 말이야. 근데 왜 그렇게 토옹 나오지 않았어?"

"일감도 없는데 괜히 나다닐 필요도 없잖아. 사실은 그동안 학문당에만 못 들렀을 뿐 다른 곳에는 종종 나다니곤 했지."

"그래도 다른 곳에는 일감이 있었던 모양이지?"

"천만에. 일감이 있어서 나다닌 것이 아니고 괜히 이 사람 저 사람 만났던 거야. 근데 어디를 가도 신통한 일이 없더라구. 엊그제는 방송국에서 다큐멘터리 전문 작가로 활동 중인 한 후배를 만났지. 김현준이가 성공 비결을 써서 책으로 내려고 하는데 소개해주겠다는 거야."

"김현준이라, 벤처사업가라는 그 사기꾼 말인가?"

"응. 바로 그 작자야. 그런데, 가던 날이 장날이라더니, 후배를 만나던 그날 마침 김현준이가 구속됐잖아. 하, 참, 재수가 없으려면 뒤로 넘어져도 코가 깨진다더니 별꼴이 다 있더군. 하지만 미련은 없어. 그런 놈은 마땅히 엄벌을 받아야 하니까."

"엄벌?"

"그럼. 엄벌을 받아야지. 그런 놈은 진작 사법 처리 됐어야 하는데……."

"허허, 만물박사가 다른 것은 다 알아도 세상 물정에는 캄캄하군. 무전유죄(無錢有罪), 유전무죄(有錢無罪)란 말도 모르는가. 내가 볼 때는 김현준이도 일종의 희생양이야."

"희생양?"

"정작 큰 도둑놈은 따로 있어. 김현준을 왜 잡아넣었는지 알아? 큰 도둑놈을 보호하고 국민 여론을 호도하기 위해서 전격 구속한 거지. 말하자면 힘깨나 쓴다는 놈들이 고도의 정치적 술수를 부려 가지고 물타기를 하려는 거야."

"물타기라니, 그건 또 무슨 말이야?"

"일종의 연막전술이라고 말할 수 있겠지. 내가 볼 때 김현준이는 졸개에 지나지 않아. 도둑놈들의 계보를 파헤쳐 들어가면 어디까지 연결될지 모른다구. 권력 쥔 놈들은 쉬쉬하고 있지만, 알 만한 사람들은 벌써 다 알고 있어."

"정말 살맛 안 나는군."

"조금만 더 두고 봐. 별 희한한 일이 다 벌어질 테니까. 지금 언론에서 떠드는 것은 빙산의 일각이래. 권력층의 부정부패는 이미 오래전에 위험 수위를 훨씬 넘었다는 거야. 무슨무슨 게이트라는 거, 우연히 터진 게 아니라니까. 권력 잡은 놈들끼리 마구 해먹는 과정에서 빙산의 일각이 드러났을 뿐이지."

승우는 언론 보도를 통해 이 사회가 꽤 썩었다는 것을 어렴풋이 감지하고 있었다. 그런데 박 사장은 아주 부패의 현장을 속속들이 들여다보고 있는 듯했다. 승우가 말했다.

"우리 사회가 어쩌다 이 지경까지 이르렀을까."

"뻔하지 뭐. 한마디로 말해서 가치관이 전도된 세상이니까. 학식이니 도덕이니 덕망이니 그런 말은 언제부턴가 사전 속에서나 찾아볼 수 있게 되었어. 이제는 권력과 돈으로 모든 것을 좌지우지하는 세상 아닌가. 우리가 자라나는 세대들에게 무엇을 가르치겠어? 정직하게 살아라, 정의롭게 살아라……? 그런 말은 이제 씨도 먹히지 않게 되었어. 도리어 한탕 멋지게 하라고 가르쳐야 할 판이야."

박 사장의 목소리는 점점 더 높아지고 있었다. 열불 나는 세상. 후배 마창식이 독한 소주라도 마시지 않으면 가슴속에서 솟구치는 천불을 끌 수 없다더니 박 사장 또한 천불이 치밀어서 견딜 수 없는 모양이었다.

그는 사회 현상에 대해 사뭇 비판적이었다. 그가 열을 올리면 올릴수록 승우는 더욱 풀이 죽을 수밖에 없었다. 모처럼 박 사장을 만나 작은 위안이라도 얻을까 했는데, 이건 뭐 혹을 떼려다가 도리어 다른 혹을 더 붙인 꼴이라고 할까 아무튼 심사가 이만저만 뒤틀리는 것이 아니었다. 승우가 말했다.

"이제 그만 하지."

"참고 싶어도 참을 수가 없는 걸 어떡해?"

"그래도 세상은 많이 좋아졌잖아."

승우는 오히려 박 사장을 위로했다. 젠장, 자기 코도 열댓 자나 빠졌으면서 남을 달래 줘야 하다니……. 박 사장이 말했다.

"정말 무량태수 같은 말만 하고 있군. 좋아지긴 뭐가 좋아져?"

"우리가 공개적으로 이런 말을 할 수 있다는 것 자체만으로도 좋아진 거지."

"아휴, 답답해. 그거야 민주국가에서 너무 당연한 일 아닌가? 만물박사가 다른 것은 다 알면서 왜 가장 기본적인 것을 모를까. 꼬박꼬박 세금 내면서 국민의 의무를 다하고 사는 사람이 그런 말도 못해? 헌법 제1조 2항에 뭐라고 돼 있어? '대한민국의 주권은 국민에게 있고, 모든 권력은 국민으로부터 나온다'고 명시돼 있잖아? 국가의 주인인 국민이 할 말도 못하고 산다면 어느 누가 그런 나라를 민주국가라고 하겠어? 내가 뭐 국가 기밀을 누설한 것도 아니잖아."

하긴 구구절절 옳은 말이었다. 그러나 승우는 그의 강도 높은 비판과 성토를 들으면서 뒷골이 뻐근해지는 피곤함을 느꼈다. 그렇잖아도 먹고살

게 없어 피를 말리고 있는 이 절박한 상황에서 유쾌하지 못한 이야기를 듣게 되자 자꾸만 신경이 곤두서는 것이었다. 승우가 말했다.

"박 사장, 세상 돌아가는 꼬락서니를 보면 나도 할 말이 많아. 하지만 내 한목숨 지켜내기조차 어려워 입을 굳게 다물고 있을 뿐이야. 박 사장이 알다시피 나는 여간해서 엄살을 하지 않고 살아왔어. 알량한 체면 때문이었지. 내 딴에는 선비다운 품위를 잃지 않으려고 자존심을 지켜왔던 거야. 근데 요즘은 살기가 너무 힘들군."

"그럴 거야. 만물박사 형편은 내가 알고도 남지."

"그 어디 일감 좀 없을까?"

"아직은 뭐라고 얘기할 수 없군. 여기저기 알아보고 있지만 쉽게 엮어지질 않네. 아무래도 사람들 눈이 삐었어. 그 전에는 물주들이 논문 대필을 의뢰하더라도 실력 있는 필자를 찾았거든. 근데 요즘에는 어떤 줄 알아? 논문의 질적 수준이야 어떻든 아르바이트하는 애송이 대학원생들에게 맡기는 거야. 말하자면 학생이 다른 동료 학생에게 대필을 부탁하는 거지."

그랬다. 물주들에게 필요한 것은 학문이 아니라 석사·박사 등 이른바 간판일 따름이었다. 어느 날 갑자기 권력이나 재물을 거머쥔 사람들. 그들은 대개 지적 수준이 모자란 깡통들이었다. 그들은 진정한 학식이나 학문이 아닌, 남들 앞에 내세울 전시용이랄까 간판용 학력을 필요로 하고 있었다. 승우가 말했다.

"그것도 시대적 추세인 것 같아."

"시대적 추세?"

"앞으로 가나 뒤로 가나 서울만 가면 그만이라는 발상 말이지."

"그래. 그런 것 같아. 자기 이름에 대해 책임질 줄을 몰라. 자기 이름으로 나가는 논문이라 생각하면 어느 정도 수준을 갖춰야 할 텐데 그렇지 못한 경우가 너무 많거든."

"정말 한심한 일이야."

승우는 다시 한숨을 내쉬었다. 지난날 박 사장이 남의 논문을 대필해 보라고 권유했을 때, 승우는 그게 과연 도덕적으로 있을 수 있는 일인지 무척 고민하였다. 하지만 박 사장의 권유가 선의에서 출발한 데다 표현력이라고는 전혀 없는 물주의 딱한 형편을 참작하여 그 일에 뛰어든 것이었다.

그런데 한두 번 그런 일을 하다 보니까 그 전에는 미처 알지 못했던 기막힌 현실이 발견되었다. 논문 대필자가 반드시 필요한 현실. 대학이나 대학원에 학적을 두고 소정의 교육과정을 이수했으면서도 논문을 쓰지 못해 전전긍긍하는 사람들이 의외로 많다는 사실을 알았을 때 승우는 내심 놀라움을 금치 못했다.

사실 승우 자신은 대학 입학원서도 써 보지 못한 인물이었다. 그는 겨우 고등학교를 졸업했으므로 대학 사회에 대해서는 별로 아는 것이 없었다. 더욱이 자기 자신은 정작 학위논문을 써야 할 일도 없었으며, 기실 아직까지 승우 이름으로 발표된 논문은 한 편도 없었다. 박 사장이 불쑥 말했다.

"내가 볼 때 만물박사는 너무 아까워. 학계로 나갔더라면 대성했을 텐데 말야."

"그걸 어떻게 알아?"

"난 다 알고 있어. 내가 누군가. 이래봬도 소싯적 이후 논문만 전문적으로 출판해 온 사람 아닌가. 학자들의 실력을 거의 다 알지. 나는 그동안 만물박사야말로 논문을 쓰기 위해 태어난 사람이라 생각해 왔어."

사실 이제껏 승우가 써낸 논문은 수를 헤아릴 수가 없었다. 그는 논문 대필 의뢰가 들어왔다 하면 군말 없이 그 일을 해주었다. 물론 작업 물량이 폭주하여 물리적으로 시간이 부족할 때에는 어쩔 도리가 없었지만, 그는 지금까지 논문이든 뭐든 대필해줄 일감이 생겼다 하면 찬밥 더운밥 가리지 않고 척척 해결해 냈다. 그가 말했다.

"일이야 많이 했지."

"그래. 내가 볼 때에도 참 많이 했어. 세상 사람들이 알면 깜짝 놀랄 거야. 만물박사는 참 아까운 인물이라니까."

"하지만 내게 남은 것이 너무 없어."

"그게 가장 안타까운 일이야. 그 많은 논문이 모두 다른 사람 이름으로 나갔으니 말야. 만물박사 덕택에 물주들은 가만히 앉아서 횡재를 한 셈이지."

"돈이 뭔지……."

승우는 선문답을 하듯이 중얼거렸다. 그가 대학에 가지 못한 것도 돈이 없었던 탓이었다. 그 반면, 물주들이 남에게 논문 대필을 의뢰하고는 그대가로 지불하는 것도 돈 몇 푼이었다. 어떤 사람은 돈이 없어 하고 싶은 공부를 포기해야 했고, 그런가 하면 어떤 사람은 공부와 담을 쌓고 살면서도 학위를 돈으로 사들이는 이 현실을 어떻게 이해해야 할까. 박 사장이 말했다.

"돈……. 그래. 만물박사도 그렇고 나도 그렇고 돈이 없어 공부를 못했어. 정말 돈에 관해 이야기하자면 가슴에 맺힌 한이 너무 많아."

"한이라……."

한이라면 승우도 할 말이 많은 사람이었다. 그는 유년 시절 이후 한을 품고, 한과 함께, 한과 더불어 한 속에서 살아왔다 해도 과언이 아니었다. 눈을 감을 때까지 끝내 풀지 못할 한의 응어리. 박 사장이 말했다.

"우리가 어쩌다 이런 이야기까지 하게 되었을까. 만물박사. 힘을 내. 아직 우리는 해야 할 일이 많아. 누군가가 말했지. 내일 지구에 종말이 온다 해도 나는 오늘 한 그루의 사과나무를 심겠다고……. 내가 이런 말을 하면 마치 공자님 앞에서 문자 쓰는 형국이 되겠지. 자, 우리 한 번 힘을 내자구."

"내 모습이 초라해 보이는 모양이군?"

"솔직히 말해서 그래. 몹시 피곤해 보여."

"하, 참……."

승우는 다시금 억장이 무너지는 듯한 한숨을 토해 냈다. 오랜만에 만나는 친구에게 피곤하고 초라한 모습을 보이지 않으리라 다짐하면서 집을 나섰건만, 그러나 박 사장은 지칠 대로 지쳐서 폭삭 고꾸라질 듯한 승우의 현실을 속속들이 꿰뚫어 본 것이었다. 박 사장은 소파에서 일어나 자기 테이블로 갔고, 열쇠로 서랍을 열더니 얇고 흰 봉투 한 개를 가지고 와서 승우 앞에 내놓았다. 그가 말했다.

"이거 얼마 되지는 않지만 내 작은 성의로 알고 받아줘."

"이게 뭔가."

"그냥 받아. 내가 왜 만물박사의 자존심을 모르겠어? 하지만 집에 있는 가족들도 생각해야 할 것 아닌가. 받아 둬."

그 순간, 승우는 콧날이 시큰해지면서 가슴이 뭉클해짐을 느꼈다. 박 사장의 호의가 너무 고맙기도 했지만 '가족'이란 어휘가 더욱 가슴을 저며 왔다. 정말 집에 남아있는 가족들을 생각할라치면 금방이라도 애간장이 녹아 없어질 것만 같았다. 승우가 말했다.

"박 사장의 호의를 무시하자는 뜻이 아니야. 하지만 지금 박 사장도 어렵잖아. 그런 형편에 뭘 이런 것까지 준단 말인가."

"걱정하지 마. 나는 그래도 만물박사보다는 훨씬 나아. 걱정하지 말고 받아."

"곤란한데……."

승우는 도리질을 하였다. 그는 이날까지 살아오면서 어느 누구한테서도 공돈이라는 것을 받아 본 적이 없었으므로 괜히 낯 뜨겁고 부담스럽기 때문이었다. 박 사장 입장에서는 그런 승우가 한없이 딱하게만 보였다. 박 사장이 다소 짜증스럽게 말했다.

"차암, 답답하긴……. 만물박사는 너무 고지식해서 탈이야. 만물박사가 교과서대로 산다는 것은 나도 잘 알고 있지. 하지만 때로는 융통성도 발휘할 줄도 알아야 해. 저엉 부담스럽다면 형편이 나아질 때 갚을 수도 있는 것 아닌가."

박 사장이 주는 돈에는 아무런 대가성이 없었다. 그는 요즘 승우의 생활이 아주 어렵다는 것을 잘 알고 있었으므로 우선 당장 발등에 떨어진 불이라도 끄라는 뜻에서 얼마간의 도움을 주려는 것뿐이었다. 승우가 말했다.

"내 형편이 어려운 것은 사실이야. 하지만 박 사장한테 신세를 지고 싶지는 않거든."

"거 참, 신세는 무슨 신세. 나야말로 만물박사 덕을 얼마나 많이 봤는지 알아? 이제야 전부 털어놓고 하는 말이지만, 우리 학문당이 이만큼 성장하기까지에는 만물박사의 도움이 지대했어. 많은 논문을 대필해주었기 때문이지. 논문 대필 의뢰가 들어왔을 때 우리처럼 완벽하게 처리해준 사람들이 없거든. 다른 업체에는 논문을 전문적으로 대필해줄 인재가 없는 반면, 학문당에는 무슨 논문이든 척척 대필해주는 비장의 만물박사가 있었단 말일세."

비장의 만물박사. 백번 옳은 말이었다. 승우는 철저히 베일에 가려진, 얼굴도 이름도 드러낸 적이 없는, 그러나 학문당에 대필을 의뢰해 오는 그 숱한 논문을 써서 물주에게 넘겨준 주역이었다. 승우가 말했다.

"박 사장, 이 봉투만은 거두어주었으면 해."

"정말 왜 이럴까. 쓸데없는 고집 피우지 말고 어서 집어넣어. 내 작은 성의도 생각해줘야지. 우리는 더러운 정치꾼이 아니잖아. 정치권에서는 떡값이니 뭐니 해서 검은 돈이 공공연히 오가잖아. 하지만 누가 뭐래도 이 돈은 아주 깨끗해. 자, 어서 받아."

박 사장은 거의 강제로 봉투를 안겨주다시피 하였다. 고마운 사람. 본래 못 가진 사람보다 가진 사람이 더 인색하게 마련인데 박 사장은 승우를 도와주려고 그 봉투를 미리 준비해 두었다가 이렇듯 억지로 떠안겼다. 승우가 말했다.

"아, 참, 이거 뭐라고 말해야 좋을지 모르겠군."

승우는 마지못해 봉투를 집어넣었다. 착잡했다. 아무리 친구 간이라고는 하지만, 남에게 폐를 끼치지 말고 살아야 할 텐데 본의 아니게 신세를 지는 것이었으므로 마음이 여간 무겁지 않았다. 박 사장이 말했다.

"조금도 신경 쓰지 마. 서로 돕고 살아야지. 내가 일감을 계속 주선해주었어야 하는데 그렇지 못해 여간 안타까운 게 아니야. 조금만 더 기다려 봐. 곧 무슨 일감이 있을 것 같기도 해."

박 사장은 희망적인 언질을 주었다. 그런데도 그 말이 얼른 귀에 들어오지 않는 것은 무슨 까닭일까. 최근 워낙 장기간 하릴없이 놀고 지낸 터라 그만큼 감각이 무뎌진 탓이었다. 아니, 논문 대필의 특성상 물주를 만나 직접 일감을 직접 손에 쥐기까지는 미래를 장담할 수가 없었다. 승우가 말했다.

"학문당이 좀 활발하게 돌아가야 할 텐데……."

"앞으로는 좀 나아지겠지."

"사실 나야 그동안 박 사장 덕택에 잘 지냈어."

"잘 지내긴……. 내가 처음 그런 일에 끌어들이긴 했지만 노력에 비해 대가가 너무 적었어."

사실 승우가 논문을 대필하느라 쏟아 부은 노력은 실로 형언할 수가 없었다. 정말이지 그것은 피를 말리고 뼈를 깎는 작업이었다. 물주의 입맛에 쏙 드는, 더군다나 심사 위원들의 시비를 원천 봉쇄할 수 있는 완벽한 논문을 써내려면 이만저만 힘 드는 것이 아니었다. 승우가 말했다.

"그거야 박 사장 마음대로 되는 일이 아니었잖아."

"그래. 나야 한 푼이라도 더 받아주려고 애썼지만, 물주들이 워낙 인색한 터라 어쩔 도리가 없었어. 아무튼 나는 만물박사를 존경해. 어쩌면 만물박사는 논문을 쓰기 위해 태어난 사람인지도 모르지."

승우는 씨익 웃었다. 그 자신 그 엄청난 남의 논문을 써주면서 종종 그런 생각을 해 왔기 때문이었다. 논문 대필은 누가 뭐래도 그의 직업이었고, 많든 적든 논문 대필료로 생계를 꾸려 왔으니까 그런 말이 나올 법도 하였다.

더욱이 박 사장은 승우의 학력이 고졸이라는 것을 잘 알고 있었다. 고졸 학력으로 그 많은 학사·석사·박사 논문을 거뜬히 써내다니, 승우야말로 논문을 쓰기 위해 태어난 사람이라 해도 지나친 말은 아니었다. 승우가 말했다.

"하지만 직업치고는 너무 힘들었어."

"그야 두말할 나위도 없지. 남들은 평생 논문 한 편 못 쓰는데, 만물박사는 그 엄청난 논문을 써냈으니 놀라운 일이야. 정말 만물박사는 논문의 달인이야."

"달인?"

"논문 작성에 도통한 도사라고 할까. 문자 그대로 만물박사야. 나도 학자들깨나 알고 있지만 아직 만물박사 같은 사람은 아직 못 봤어. 그리고 만물박사가 써낸 논문들은 너무 훌륭했어. 말이야 바로 하지만, 그 논문을 베껴먹은 작자들도 한둘이 아니잖아."

사실이었다. 그동안 만물박사의 손으로 작성되어 학계에 보고된 논문에 관한 한 어느 누구도 반론이나 이의를 제기하지 못했다. 더욱이 일부 학자들 중에는 그 논문을 슬쩍슬쩍 베끼고 가공하여 자기 이론으로 둔갑시킨 사람까지 있었다.

그렇다 해도 승우는 항변하거나 이의를 제기할 입장이 못 되었다. 그는 어디까지나 익명의 대필자에 지나지 않았고, 그 논문 대필을 의뢰했던 물주, 즉 그 논문의 명의를 가진 저작권자는 엄연히 따로 있기 때문이었다.

그런데 정작 법적 저작권을 가진 자들은 자기 명의로 나간 논문이 저작권 침해를 받든 말든 전혀 개의치 않았다. 그들의 대부분은 남의 논문을 읽지도 않는 터라 자기 논문이 누군가에 의해 도용을 당하는지조차 몰랐고, 일부 눈 밝은 자들은 설령 그런 사실을 알았다 해도 자기 자신의 뒤가 구린지라 꿀 먹은 벙어리가 되어 입을 굳게 다물고 있었다.

그것은 일종의 숙명 같은 것이라고 말할 수 있었다. 논문이 일부 표절

당한 것을 가지고 섣불리 잘못 덤벼들었다가 논문 작성 과정의 뒤 구린 비밀까지 송두리째 들통날 수 있는 위험부담. 말하자면 괜히 긁어 부스럼을 만들 필요가 없었으므로 그들은 자기 논문의 일부 또는 전부가 부당하게 저작권 침해를 당한다 해도 그냥 어물어물 눈감고 넘어갈 수밖에 없었던 것이다.

승우는 자기 손에서 나온 논문이 언제 어디에서 누가 어떻게 베껴먹는지 훤히 알고 있었다. 더욱 가관인 것은, 한 사람이 한 번 베껴먹은 논문을 다른 사람이 다시 재탕 삼탕 잇따라 베껴먹은 논문까지 나와 있다는 사실이었다. 승우가 말했다.

"양심은 어디로 갔을까."

"누가 아니래. 세상이 온통 썩었어. 아까도 말했지만, 윗물이 썩었으니 아랫물인들 성할 리가 있나. 이제 양심이니 뭐니 그런 말은 사전 속에서나 찾아봐야 할 것 같아. 자, 그건 그렇고, 우리 어디 가서 가벼운 점심이나 할까."

박 사장은 벽시계를 올려다보았다. 아니나 다를까, 벽시계는 어느덧 12시 15분을 가리키고 있었다. 커피 한 잔 나누면서 이런저런 이야기를 나누다 보니 어느 사이엔가 시간이 훌쩍 흘러가 버렸다.

그들은 사무실을 나왔다. 밖에는 여전히 후끈후끈한 불볕더위가 쏟아지고 있었다. 숨이 막혔다. 여태 시원한 냉방에 있다가 작렬하는 태양 아래로 나서자 마치 한대지방에서 열대지방으로 옮겨 온 느낌이었다. 그들은 음식점이 줄지어 있는 먹자골목으로 들어서서 마땅한 음식점을 물색하느라 잠시 망설였다. 승우가 물었다.

"그 국밥집은 그대로 있나?"

"물론이지. 그 집은 사시사철 불황을 모르는 집이야."

"그 집 가서 국밥이나 한 그릇 먹지."

"그것도 좋겠군. 오늘같이 더운 날 뜨거운 국밥으로 몸을 확 달구는 것도 좋겠어. 이열치열이라는 말도 있으니까."

박 사장과 승우는 뒷골목으로 다시 꺾어 국밥집으로 들어섰다. 낡은 한옥이긴 하지만, 방이며 마루까지 가득 찬 고객들. 이 음식점은 언제나 손님들로 붐볐고, 마음씨 좋은 주인은 날마다 돈을 갈퀴로 북북 긁어 들이고 있었다.

그들은 마당가 한 귀퉁이에 놓여 있는 평상 위에 자리를 잡고 앉았다. 안채 추녀 끝에서 사랑채 담장으로 이어진 갈대발 차일이 따가운 햇볕을 막아주었고, 교자상 한쪽 모서리에서는 선풍기가 연신 고개를 좌우로 돌리면서 바람을 일으키고 있었다.

그런데 물수건으로 비지땀을 훔치며 뜨끈뜨끈한 국밥을 먹던 음식점 손님들의 눈길이 전부 대청 한복판 벽면에 설치된 텔레비전으로 쏠려 있었다. 뭔가 중대한 뉴스가 있는 모양이었다. 아니나 다를까, 마침 정권의 핵심 실세로 알려진, 머리끝에서부터 발끝까지 개기름 좔좔 흐르는 뺀질이 같은 사람이 화면에 나와 대국민(對國民) 사과문을 읽고 있었는데, 그는 최근 잇따라 불거져 나온 고위층 부정과 비리에 대해 처음부터 끝까지 말도 되지 않는 낯 뜨거운 변명만 늘어놓고 있다. 승우가 혼잣말처럼 말했다.

"저 사람들이 아직도 정신을 못 차린 모양이군."

"걸레는 빨아도 걸레, 똥물은 끓이고 또 끓여도 언제나 똥물일 수밖에 없다니까. 저놈들은 국민 알기를 뭘로 아는지……. 대통령의 아들들 비리 못 봤어? 제 놈들이 대통령 아들이면 대통령 아들이었지 별건가. 근데 그놈들이 대통령 행세를 하고 다니면서 온갖 비리를 저질렀으니 나라 꼴이 뭐야? 그런 일은 왕조시대에도 없었어. 차암, 자기 자식 하나 제대로 단속하지 못한 작자가 대통령이랍시고 권좌에 버티고 앉아 있으니 개가 웃을 일이지. 어디 그뿐인가. 이제는 대통령도 눈이 멀고 귀가 막혔나 봐. 국민들의 원성이 하늘을 찌를 듯한데도 나 몰라라 하고 있는 걸 보면 얼마나 한심해?"

"그야 저놈들이 '인의 장막'을 치고 있으니까 그렇겠지."

승우는 '저놈들'이란 대목에서 턱짓으로 소위 공중에 뜬 새도 떨어뜨린다는, 텔레비전에 나와 주접떨고 있는 그 뺀질이를 가리켰다. 사실은 그놈도 국민들 사이에서 원성의 표적이 되어 있었다.

그는 일찍이 외국에 나가 뚜쟁이처럼 살아가던 별 볼일 없는 위인이었다. 그러던 인물이 대통령과의 끈끈한 인연을 고리로 어느 날 갑자기 벼락출세를 하게 되었다. 대통령이 아직 야당 총재로 외국에 머무는 동안 뺀질이는 그를 위해 똥구멍까지 빨아줄 정도로 충성을 아끼지 않았고, 그로부터 몇 년 후 정권 교체와 함께 세상이 바뀌게 되자 대통령의 비호 아래 일약 권부의 핵심 실세로 떠올랐다.

알 만한 사람은 다 알고 있지만, 그 작자는 대통령의 분신이나 다름없었다. 일부 언론에서는 그를 가리켜 제왕적 대통령에 버금가는 '소통령(小統領)', '중통령(中統領)', '대통령(代統領)'이라 표현하고 있었다.

그만큼 그는 한 시대를 주름잡고 있었다. 언론과 국민들 사이에서는 그를 비난하는 목소리가 높았다. 오죽하면 대통령이 총재직을 맡고 있는 여당 내에서도 그를 눈엣가시처럼 여기고 있었다. 하지만 대통령은 일부러 어깃장을 놓느라 그러는지, 그가 아니면 중용할 만한 인물이 없어서 그러는지 시종일관 그를 감싸고돌았다. 박 사장이 말했다.

"저놈도 분명 언젠가는 감옥에 가게 될 거야. 대통령 뺨칠 정도로 권력을 농단하는 놈이니 비리가 얼마나 많겠어? 저놈 눈에는 오직 대통령밖에 보이지 않는가 봐. 정작 국민 무서운 줄 모르고 대통령에게 온갖 알랑방귀를 뀌면서 무소불위의 권력을 휘두르는 싸가지 없는 놈……."

그런데 뺀질이는 박 사장의 그 말을 비웃기라도 하듯 고위층 비리와 부정을 사실대로 밝히고 사과를 하기는커녕 구렁이 담 넘어가듯 어물어물 호도하면서 향후 검찰 조사를 지켜봐 달라고 강조하였다. 말하자면 고위층 부패 문제를 일단 검찰에 떠넘겨 우선 발등에 떨어진 급한 불을 끄고 나서 흐지부지 넘어가겠다는 수작이었다. 승우가 말했다.

"이 나라가 과연 어디로 가는 것일까."

"큰일이야. 흥. 검찰 조사 좋아하네. 웃기는 얘기지. 자기들 목줄을 쥐고 있는 더 높은 놈들이 저지른 일인데 검찰인들 어떻게 하겠어? 언제는 뭐 검찰이 없었나. 검찰도 상전 앞에서는 맥을 못 추는데 지금 검찰을 믿을 사람이 어디 있나, 젠장."

박 사장은 콧방귀를 뀌었고, 승우는 무심코 담장 쪽으로 눈길을 던졌다가 아, 하고 짤막한 탄성을 자아냈다. 거기, 담장 밑에 강아지풀 몇 포기가 무성하게 자라나 있었기 때문이었다. 어느덧 승우의 눈앞에는 퇴락해 가는 광동주택 앞마당에서 보았던, 배배 꼬인 채 시들부들 말라 가는 초라한 강아지풀이 아른거렸다.

승우가 살고 있는 광동주택 앞마당 메마른 박토에 돋아난 강아지풀이 생명을 부지하기 위해 안간힘을 쓰고 있다면, 이 집 마당의 강아지풀은 풍부한 자양분을 듬뿍 머금어 밑줄기에 투실투실 살이 오른 데다 이파리에는 반질반질 기름기까지 넘쳐흘렀다. 하잘것없는 잡초에 지나지 않는 강아지풀. 그런 식물의 세계에서도 토양에 따라 빈부의 양극화 현상이 뚜렷하게 드러나 있었다.

　이윽고 종업원이 국밥 두 그릇을 가져왔으므로 그들은 곧 식사에 들어갔다. 무더운 여름 한낮이었다. (《월간문학》 2002년 8월호)

장미

그 이튿날이었다. 그날도 이른 아침부터 땡볕이 쏟아지고 있었다. 대지를 지글지글 녹여버릴 것 같은 가마솥 폭염. 동해안을 비롯한 전국 각지의 피서지에는 발 디딜 틈이 없었고, 이 근래 시장 동향을 살펴보면 에어컨·선풍기·냉장고 등 가전제품과 청량음료를 비롯한 여름 상품이 불티나게 팔려 나가고 있었다.

그 반면, 우산은 물론이고 의류나 그밖의 몇몇 상품은 뒷전으로 밀려나 맥을 못 추고 있었다. 냄비 같은 주식시장도 민감하게 반응하고 있었다. 가전제품 회사와 식음료 회사의 주가가 매일 상종가를 기록하는 데 비해 제조업을 비롯한 몇몇 회사의 주가는 연일 곤두박질치고 있었다.

주식시장이라…? 승우는 지금까지 주식을 가져 본 일이 없었고, 집에서 놀면 놀았지 증시(證市)를 기웃거려 본 적도 없었다. 주식을 사고 싶어도 그럴 처지가 못 되기 때문이었다. 하기야 투자자도 아닌, 직접적인 이해득실이 없는 승우 입장에서는 주식시장이 죽을 쑤건 말건 별 관심을 두고 싶지도 않았다.

하지만 증시의 변화는 늘 예의주시하지 않을 수 없었다. 언제 경제 관련, 특히 증시 관련 논문을 대필해야 할지 모르기 때문이었다. 따라서 그는 특별한 이해관계가 없다 하더라도 늘 시장 동향을 면밀히 관찰하곤 하였다. 말하자면 그것도 평소 노하우를 축적해 두는 한 방편이었던 것이다.

그는 인터넷에 들어가 각종 정보와 자료들을 섭렵할 때마다 중요 단서가 될 만한 것이면 그때그때 컴퓨터에 입력해 놓곤 하였다. 솔직히 말해서 이제 그는 기억력에도 한계를 느끼곤 하였다. 몇 해 전까지만 해도 웬만한 자료는 한 번 보았다 하면 곧바로 머릿속에 입력되었지만 지천명을 문턱에 둔 이 근래에는 기억력이 부쩍부쩍 감퇴되고 있었다.

증시 이야기가 나왔으니까 말이지만 최근 우리나라 증시는 정치권 비리, 대형 금융 사고 같은 악재가 꼬리를 물면서 최악의 상황을 면치 못하고 있었다. 더욱이 외국자본과 기관투자자들이 썰물처럼 빠져나가면서 소위 개미군단으로 일컬어지는 개인투자자들은 풍비박산이 되어 여기저기서 스스로 목숨을 끊는 사태까지 속출하는 실정이었다.

일부 식음료 회사의 주가가 연일 상종가를 기록하고 있다지만 그것은 일시적인 반짝 장세에 지나지 않았다. 그보다 더 중요한 것은 증시 자체가 깊은 중병에 걸려 있다는 사실이었다. 외국자본이 기침하면 곧바로 감기를 앓게 되는 이 땅의 증시. 이제 우리나라 증시의 목줄은 외국자본이 쥐고 있는 셈이었다.

그동안 외국자본은 단기 차익과 환차익을 챙기면서 치고 빠지는 작전을 계속했다. 여기에 일관성 없는 정부의 경제 정책, 과도한 규제, 부동산 가격 폭등, 격렬한 노사분규 등으로 우리나라 경제는 총체적인 난맥상을 보여주고 있었다.

그런데도 대통령과 경제부처 관계자들은 우리나라 경제가 곧 성장세로 돌아설 것이라고 잠꼬대 같은 소리만 늘어놓고 있었다. 본래 경제라는 말 자체가 경세제민(經世濟民)에서 나온 것임을 감안한다면 정부야말로 민생 안정에 최대 역점을 두어야 하지 않을까. 하지만 권부에 앉아 있는 작자들은 도탄에 빠진 민생이야 알 바 아니라는 듯 입만 열었다 하면 탱탱 배부른 소리나 늘어놓으면서 도리어 서민들의 가슴에 비수를 꽂곤 하였다.

죽느냐, 사느냐. 서민들은 지금 기로에 서 있었다. 그렇건만 정치권에서는 며칠 전부터 더러운 정치자금 문제가 들통나 여야가 치열한 공방전을 벌이고 있었다. 재벌이나 사기꾼들로부터 구린 돈을 먹고서도 국민 앞에 버젓이 낯 들고 다니는 사람들. 그런 부정과 부패를 뿌리 뽑지 않고서는 건전한 경제 성장을 기대할 수가 없지 않은가.

한심한 군상들. 역대 대통령은 저마다 개혁을 부르짖으며 그 휘황찬란한 자리에 앉았다. 하지만 그들은 얼마 안 가 부정과 부패의 화신으로 둔갑하곤 하였다. 지금까지의 역대 정권은 성공한 사례가 없었다. 아니, 성공은커녕 도리어 대통령 자신과 그 일가의 부정과 비리로 지탄의 대상이 되곤 하였다.

정작 개혁돼야 할 표적은 대통령을 비롯한 실권자들이었다. 가장 부패한 사람들이 개혁을 외쳐본들 공허한 공염불이 아니고 무엇일까. 이제 서민들은 대통령과 정부에서 하는 일을 믿지 않게 되었다. 이렇듯 불신의 골이 깊어져서 치유 불능의 악순환을 거듭하고 있건만 정부는 자다가 남의 다리 긁는 소리만 늘어놓고 있지 않은가. 이제는 어떤 정권이 들어서더라도 개혁이든 나발이든 기대하고 자시고 할 것이 없었다.

승우는 증시 이외에도 여러 가지 경제 관련 자료들을 살펴보다가 긴 하품을 베어 물었다. 간밤에 잠을 잘 만큼 잤는데도 온몸이 찌뿌드드하였다. 한창 잘나갈 때 같으면 며칠 밤을 꼬박 새워도 끄떡없었는데, 일감이 뚝 끊어져 세월없이 놀게 된 뒤로는 조금만 의자에 앉아 있어도 전신이 나른해졌다.

문제는 정신력이었다. 일감이 쇄도할 때에는 긴장감이 넘쳐나지만, 어영부영 놀고 있을라치면 그만큼 정신력이 헤 풀어졌다. 그가 의자에서 일어나 가벼운 맨손체조를 하고 있을 때 아내 현숙이 서재로 들어왔다. 그녀가 물었다.

"은경 아빠, 시간 좀 있으세요?"

"왜?"

"조용히 드릴 말씀이 있는데……."

현숙은 쭈뼛쭈뼛하면서 흐지부지 말끝을 흐렸다. 아마 뭔가 긴한 이야기를 하려는 모양이었다. 승우는 아내의 눈빛만 봐도 무슨 말을 꺼내려는지 대충 짐작할 수 있었다. 두말할 필요도 없이 생활비 때문이었다. 승우가 물었다.

"생활비 때문이겠지?"

"그래요. 오래전에 생활비가 바닥났어요. 여기저기서 꾸어 썼는데 이제는 꿀 데도 없지 뭐예요."

그 순간, 승우의 내면에서는 다시금 애증이 부글부글 끓어오르고 있었다. 도희와 신바람 나게 놀러 다니는 아내. 그런 아내가 생활비 이야기를 꺼내자 불쑥 심통이 치밀어 올랐다. 승우가 말했다.

"나도 당신 형편을 모르는 게 아니야. 나 역시 뾰쪽한 방법이 없군. 당신이 알다시피 너무 오래 일을 못했잖아."

승우는 일부러 억지를 부렸다. 어제 학문당 박일기 사장한테서 받아 온 봉투가 있긴 했지만, 사실 그 돈은 아무리 생각해 봐도 함부로 쓸 수 있는 돈이 아니었다. 박 사장이 거의 강제로 안겨준 그 돈을 받으면서도 승우는 여간 께름칙한 것이 아니었다. 자존심도 자존심이지만, 오랜 친구인 박 사장한테 신세를 져야 한다는 그 자체가 마냥 괴로워 죽을 지경이었다.

집으로 돌아온 뒤에도 승우는 극심한 갈등에 휩싸였다. 과연 이 돈을 써야 옳은가 말아야 옳은가. 벼랑 끝에 몰린 가정형편을 생각하면 우선 급한 불을 꺼야 했지만, 그러나 박 사장과 아무리 절친한 사이라고는 하지만 공짜로 돈을 얻어 쓸 명분이 없다는 것을 고려한다면 당장 그 돈을 되돌려 주어야 했다. 아내가 말했다.

"이 일을 어떻게 하면 좋아요?"

"낸들 아나. 차라리 내 몸을 시장에 내다 팔지."

승우는 짜증을 부렸다. 갑자기 아내가 미워진 탓이었다. 지난날 가난을 숙명으로 받아들이며 군말 없이 살던 천사 같은 아내. 그러나 얼마 전 도깨비처럼 불쑥 나타난 도희와 어울려 놀아나기 시작한 뒤로는 아내가 어쩐지 밉게 느껴졌다. 승우가 말했다.

"지금 그걸 말씀이라고 하세요?"

"나한테도 돈이 없다니까. 저엉 생활비가 필요하면 도희한테 달라고 해. 당신은 내 말을 우습게 알았어. 그 대신, 도희가 하는 말이라면 팥으로 메주를 쑨다 해도 곧이들었잖아."

"네에?"

"왜? 내 말이 틀렸어?"

88

"도희가 뭘 어쨌길래 그러세요?"

"그동안 그 여자가 우리 집에 와서 탱탱 배부른 소리만 늘어놓았잖아. 걸핏하면 미국 이야기만 앞세우고 남의 오장육부를 얼마나 뒤집었어? 난 일감이 없어 낮이나 밤이나 피를 말리고 있었어. 근데 그 여자는 불난 집에 부채질만 하더라구. 젠장, 제까짓 것이 미국에 대해서 알면 얼마나 안다고 그렇게 까부는지 모르겠어."

"너무 그러지 마세요."

"내가 뭐 어쨌길래?"

"남의 말을 그렇게 함부로 해도 되는 거예요?"

"함부로?"

"그럼 그게 점잖은 말이에요?"

"어쭈, 가재는 게 편이라더니 당신도 여고 동창만은 지독하게 챙기는군."

"오늘은 정말 왜 그러세요?"

아내는 쌩둥 하면서 앵돌아졌다. 하기야 자기 친구를 사정없이 깎아내리는데 좋아할 사람이 어디 있겠는가. 승우는 그런 아내를 진정 딱하게 여겼다. 도희를 집으로 불러들이지만 않았어도 그렇게 가혹하게 말하지는 않았을 텐데…….

애증이란 정말 묘했다. 사랑과 미움. 승우는 아내를 끔찍이도 아끼고 사랑했다. 그는 아내를 위해서라면 목숨이라도 기꺼이 바칠 각오가 되어 있었고, 기본적으로 남녀평등 사상을 신봉해 온 사람이었다. 아니, 그는 남녀평등의 차원을 넘어 여성을 최대한 존중하며 살아왔다.

그러나 시도 때도 없이 도희와 어울려 다니는 아내를 떠올릴라치면 속에서 불뚝성이 확확 치밀어 오르는 데다 그들 두 여자가 너무 밉기만 하였다. 승우가 말했다.

"자, 긴말 하기 싫으니까 이 정도에서 그만두지."

"에이 참……."

어느 사이엔가 아내의 눈자위에는 영롱한 이슬이 맺히고 있었다. 너무 답답해서 속이 터지는 모양이었다. 측은한 아내. 도희와 어울려 나다니기만 않았더라면 조금도 미워하지 않을 텐데, 아내는 다른 사람도 아닌 남편이 그렇게나 싫어하는지 알면서도 왜 도희와 한통속이 되어 시도 때도 없이 밖으로 나돌아 다니는지 알다가도 모를 일이었다. 승우가 목청을 높여 단도직입적으로 말했다.

"지금이라도 마음을 돌려. 도희가 자꾸 우리 집에 드나들면 내 마음이 당신한테서 멀어질 수밖에 없으니까."

슬펐다. 그만큼 좋게 타일렀으면 이제는 말을 들을 만도 한데, 승우가 그렇게나 윽박지르고 협박까지 했는데도 아내는 한 귀로 듣고 다른 한 귀로 흘려버렸다.

정녕 불감증일까. 아내는 승우가 얼마나 분개하고 있는지 모르는 듯했다. 그 문제만 아니라면 아내를 미워할 까닭이 없지 않은가. 그런데 아내를 한없이 사랑하고 아끼는 마음을 가졌다가도 도희 생각만 하면 닭살이 돋으면서 아내가 죽이고 싶도록 미워졌다.

변덕이 죽 끓듯 한다더니, 최근 도희와 어울려 밖으로만 나도는 아내를 생각할라치면 사랑과 미움이 뒤죽박죽으로 뒤엉켜 혼란스럽기만 했다. 아내가 안방으로 들어간 뒤에도 승우는 울화가 덜 풀려 얼마 동안 식식거리고 있었다. 가족들과 더불어 굶어 죽지 않으려고 그렇게 죽자 살자 일을 해 왔건만, 그리고 아내는 아내대로 그 어려운 시절을 헤쳐 나오느라 골병이 들었건만 화냥년 같은 도희가 나타난 이후 집안이 이렇게 분란을 겪게 되었다.

냉장고를 열고, 승우는 시원한 물을 꺼내 한 컵 가득 따라 마셨다. 그런데도 머리끝까지 치솟았던 울화는 식을 줄 몰랐다. 어쩌면 그렇게도 남의 기분을 몰라줄까. 이렇게 어려운 때일수록 가정이 화목해야 할 텐데 아내는 어찌하여 도희만 감싸고도는 것일까.

사실 다른 한편으로 생각하면 아내처럼 불쌍한 여자도 드물었다. 승우는 결혼 이후 오늘날까지 아내에게 생활비 한 번 넉넉하게 준 적이 없었고, 좀 더 노골적으로 말해서 옷다운 옷은 고사하고 남이 입던 싸구려 중고 의류 한 벌 사준 적이 없었다.

아내 나이쯤 된 다른 주부들은 으리으리한 백화점에 가서 쇼핑도 하고 더러는 종종 해외여행도 하게 마련이었다. 하지만 승우의 아내 현숙은 10년을 하루같이 동네 재래시장만 출입하였고, 해외여행은 고사하고 비행기로 한 시간이면 너끈히 날아갈 수 있는 제주도에도 한 번 가 본 일이 없었다.

오죽하면 현숙은 친정 출입도 삼가고 있었다. 그녀는 정말 한 점 나무랄 데 없는 현모양처의 귀감이었다. 그런 아내가 어쩌다 그렇게 변질되었는지 참으로 기막힌 노릇이 아닐 수 없었다. 어쩌면 그동안의 고생에 대한 보상 심리가 도희를 만난 이후 한꺼번에 왕창 분출한 탓인지도 몰랐다.

승우는 가급적 아내를 이해하려고 했다. 딱한 아내. 하지만, 그렇게 타일렀는데도 줄곧 그 미치광이 같은 도희와 놀아났으므로 이제는 신물이 날 지경이었다. 아무튼 아내는 도희를 만나면서부터 급속도로 달라졌고, 이제는 아주 엉뚱한 여자로 둔갑하여 남편인 승우의 말 따위는 지나가는 개새끼 방귀만큼도 여겨주지 않았다.

승우는 울분을 달랠 길이 없었다. 온 가족이 혼연일체가 되어 머리를 싸매고 어떻게 하면 굶어 죽지 않을까 그 궁리만 해도 시원찮을 마당에 아내까지 한눈을 팔다니……. 아니, 이렇듯 티격태격 불화까지 일으킴으로 해서 일이 자꾸만 꼬이는 것은 물론이려니와 곱게 자라나야 할 아이들에게까지 아픈 상처를 입히게 되었다.

한편, 툭 까놓고 말하자면 승우처럼 가정에 충실한 가장도 드물었다. 주위에서는 남편들의 외도와 전횡으로 불화를 겪는 가정이 수를 헤아릴 수 없을 지경이었다. 잦은 외박, 가정폭력, 외도……. 우리나라 가장들 중에는 가정의 소중함을 외면한 채 아내를 무슨 종속물처럼 여기는 경우도 허다했다.

승우는 지난해에도 우리나라 이혼 실태에 관한 논문을 쓴 적이 있었다. 그 과정에서 느낀 일이지만 우리나라 가장들이 안고 있는 병폐는 이루 말할 수가 없었다. 설령 돈이 좀 있으면 뭐하나? 조강지처만으로는 직성이 안 풀리는지 둘씩 셋씩 축첩하는 사람들에다 아내 모르게 바람피우는 사람들이라든가 아무튼 이 사회는 곪을 대로 곪아서 툭 터질 날만 기다리는 실정이었다.

그러나 승우는 이날 입때껏 아내 이외에는 한눈을 판 적이 없었다. 아니, 그의 인생 사전에는 애당초 외도니 뭐니 하는 그런 어휘들이 존재하지 않았다. 그는 오로지 아내만 믿고, 아내에게 모든 사랑을 쏟으며 살아왔다.

하지만 아내가 그런 남편의 속내를 몰라주고 자기 고집대로만 놀아나다니 그 배신감과 갈등은 이루 말할 수가 없었다. 마음의 평정을 얻기가 이렇게도 어려운 것일까. 지금 같아서는 설령 일감이 들어온다 해도 그 일을 제대로 해낼 수 있을지 의문이었다.

이렇듯 정서가 불안한 상황에서는 아무것도 할 수가 없었다. 마음이 평온해도 일이 될까 말까 한 논문 대필. 어쩌면 아내는 논문 대필을 아이들 장난처럼 우습게 생각하는지도 몰랐다. 하지만 논문 대필이란 개나 걸 아무라도 할 수 있는 일이 아니었다. 남의 논문을 대필하기란 어떤 측면에서 자기 논문을 쓰기보다 더 어려웠다.

막말로 얘기해서 자기 이름으로 나갈 논문 같으면 뭐 꼴리는 대로 획획 내갈길 수도 있었다. 그러나 대필 논문에는 반드시 뛰어넘어야 할 상대가 있었다. 학위 심사야 나중 문제이고, 우선 첫째 논문 대필을 의뢰한 물주의 마음에 쏙 들어야 했던 것이다.

사실 만물박사라는 별명이 붙게 된 그 뒤안길에는 승우 자신만이 아는 각고의 노력이 있었다. 그 많은 논문을 써내느라 얼마나 많은 땀과 눈물을 흘렸던가. 승우는 그 논문들을 써내는 과정에서 참으로 생명의 액즙(液汁) 같은 것을 짜내지 않으면 안 되었다.

논문의 '논' 자도 모르는 사람들은, 특히 논문 대필을 의뢰한 물주들은 논문 대필이 뭐 빵틀에서 붕어빵 찍어내듯 간단한 일로 착각하는 듯했다. 천만의 말씀이었다. 남의 눈에는 기능공이 하는 단순 작업처럼 비칠지 몰라도 논문 대필이야말로 그만한 실력을 갖추지 않고서는 언감생심 달려들 수 없는 일이었다.

승우는 푸우푸우 한숨을 내쉬다가 밖으로 나왔다. '가' 동과 '나' 동 사이의 비좁은 공간에서는 애새끼들이 축구공을 뻥뻥 내지르고 있었다. 한·일 월드컵 대회를 계기로 축구에 대한 관심과 인기가 높아지자 이 근래 이 낡아빠진 광동주택에도 공 차는 애새끼들이 그전보다 훨씬 더 늘어나 있었다.

승우는 어린이들을 아끼고 사랑했다. 아직 세속에 물들지 않고, 티 없이 해맑은 아이들. 그러나 이곳 광동주택 아이들은 유난히도 개구지고 별쫑 맞았다. 불과 몇 발짝만 나가면 드넓은 월명초등학교 운동장과 월명산 체육공원이 있건만, 애새끼들은 허구한 날 왜 하필이면 이 비좁은 공간에서 공을 뻥뻥 내지르는지 몰랐다.

어디로 갈까. 승우는 잠시 머뭇거리고 있었다. 그때 마침 섬광처럼 뇌리를 스치고 지나가는 인물이 있었다. 창조사 정성모 사장이었다. 그는 본래 학문당 박일기 사장의 고교동창인데, 박 사장이 학문당을 창업했을 때 잠시 영업을 맡은 적이 있었다.

그때만 해도 승우는 거의 매일 학문당에 드나들었고, 그 친구와도 허물 없이 지내면서 상호 말을 트고는 더욱 거리를 좁혀 나갔다. 그는 사귀면 사귈수록 따사로운 인간미가 느껴지는 순박하고 진실한 사람이었다. 말하자면 조금도 가식 없는, 그러면서도 깊은 맛을 간직한 된장 같은 인물이었던 것이다.

그의 장점은 한두 가지가 아니었다. 무엇보다도 그는 남달리 성실했다. 학문당이 창업 초기 짧은 시일 안에 고도성장을 이룩할 수 있었던 그 이면에는 그의 숨은 공로가 적지 않았다. 그는 실로 학문당을 위해 열심히 뛰었고, 그러다가 박 사장의 주선으로 창조사를 차려 독립했던 것이다.

정 사장은 어떻게 지내고 있을까. 이따금 박 사장을 통해 소식을 전해 듣기는 했지만, 그 회사에 가 본 지도 꽤 오래되었으므로 이 근래에는 어떻게 지내는지 궁금하였다. 창조사도 한때 짭짤한 재미를 보았지만, 어쩌면 지금은 학문당보다 훨씬 더 고전을 면치 못하고 있으리라.

승우는 그런 생각을 하면서 승우는 우편취급소 앞 공중전화 부스에 들어가 창조사 정 사장에게 전화를 걸었다. 아니나 다를까, 정 사장은 여간 반가워하는 것이 아니었다. 그가 농담으로 말했다.

"차암……. 난 만물박사가 죽은 줄만 알았지."

"차라리 죽었으면 좋겠어. 근데 죽지 못해 이렇게 살아 있지 뭔가."

승우는 자기 심정을 그대로 털어놓았다. 정말 요즘 같으면 죽고 싶은 생각뿐이었다. 더군다나 오늘은 이만저만 괴로운 것이 아니었다. 먹고살 것도 없는데, 아내까지 바가지를 박박 긁어대다니 정말 미치고 팔짝 뛸 노릇이었다. 정 사장이 물었다.

"지금 어디 있어?"

"동네 공중전화야."

"바쁘지 않으면 놀러 오지 그래. 어디 가서 시원한 냉면이나 한 그릇 하게."

"그렇게 하지."

통화를 마쳤다. 승우는 곧 횡단보도를 건넜고, 버스정류장에서 노선버스를 기다렸다. 더위에 지친 가로수들은 후줄근한 모습이었는데, 담배 가게 앞에서는 누런 똥개 한 마리가 혀를 빼문 채 헐떡거리고 있었다.

승우는 얼굴이며 목덜미에 줄줄 흘러내리는 땀을 손수건이 흠씬 젖도록 훔쳐내면서 뒤를 돌아다보았다. 거기, 쭉쭉 뻗어 올라간 고층 아파트들이 시원스럽게 도열해 있었다. 부촌 중에서도 부촌으로 알려진 월명아파트 단지. 널찍널찍한 공간이며 그림 같은 조경에다 주차장을 가득 메운 미끈미끈한 승용차들이라든가 어쨌든 그 아파트 단지는 별천지라 해도 과언이 아니었다.

정말 세상은 고르지 못했다. 도로 하나를 사이에 두고 어쩌면 이렇게나 빈부 격차가 두드러지게 나타나는 것일까. 잘 정돈된 월명아파트 단지에는 온갖 장미가 우거져 있었고, 길 건너 빈민촌에는 볼품없는 주택들이 제멋대로 뒤엉켜서 너저분하기 짝이 없었다.

이윽고 좌석버스가 왔다. 승강구로 발을 올려놓는 순간, 버스의 에어컨에서 흘러나오는 시원한 바람이 온몸을 휘감았다. 출퇴근 시간이 아니었으므로 버스는 텅텅 비어 있었다. 승우는 중앙 통로를 따라 중간쯤에 자리 잡고 앉아 창밖으로 눈길을 던졌다.

버스는 월명산 밑을 지나가고 있었다. 몇 해 전 집중호우로 산사태가 났던, 그 뒤로 폭격의 상흔처럼 남아 있는 깎아지른 절벽에는 칡넝쿨이 치렁치렁 늘어져 있었다. 이 공해투성이의 도시에서 그나마 그런 야생식물을 볼 수 있다는 것은 여간 다행한 일이 아니었다.

승우는 시청 앞에서 내렸고, 다시 전동차로 갈아탄 뒤 충무로 뒷골목으로 들어섰다. 오랜만에 들어와 보는 충무로는 어쩐지 낯설게 느껴졌다. 과거 대중잡지 기자로 명성을 날릴 때에는 내 집 안방처럼 드나들었던 충무로. 그는 하루에도 몇 차례씩 이 골목을 드나들며 영화인들이나 음악인, 예 간다 제 간다 하는 연예계 인사들과 만나곤 했었다.

이제 충무로는 지난날의 충무로가 아니었다. 왕년에 볼 수 없었던 건물들이 쭈욱쭈욱 들어선 것은 물론이고 가로수들까지 몰라보게 웃자라 거리의 분위기 자체가 확연히 달라져 있었으므로 더욱 생경하게 느껴졌다. 그는 여기저기 새로 생긴 건물들을 기웃기웃 곁눈질하면서 창조사 사무실로 들어섰다.

창조사 사무실은 학문당보다도 더 한가했다. 창조사는 본래 학문당보다 규모가 작긴 했지만, 그래도 한때 잘나갈 때에는 학문당 못지않게 활발히 돌아간 적도 있었다. 그런데 그전에 비하면 왠지 영 썰렁하기만 했다. 그가 들어서자 정 사장이 반갑게 맞이해주었다.

"야, 만물박사! 도대체 이게 얼마 만이야?"

"오랜만이군."

정 사장은 손을 내밀었고, 그들은 실로 오랜만에 뜨거운 악수를 나누었다. 그때 승우는 변함없는 친구의 옛정을 생각했다. 한 번 보고 돌아서면 그만인 이 사나운 인심 속에서 그런 우정을 확인할 수 있다는 것만으로도 행복했다. 정 사장이 물었다.

"심건래 교수 알지?"

"그 뚱뚱이 말인가."

승우는 피식 웃었다. 심건래 교수는 어느 여자대학 사회학과에 근무하고 있었는데, 학자라기보다는 뚜쟁이라고 할까 장바닥의 거간꾼 같은 사람이었다. 시간강사 시절부터 학문당에 출입했던, 그리하여 친구처럼 지내온 그는 운 좋게도 대학교수가 되어 있었다. 정 사장이 말했다.

"그래. 그 떠벌이 말야. 조금 전에 전화가 왔어."

"하, 참……. 그러고 보니까 그 친구 본 지도 꽤나 오래됐군."

"만나면 반가울 거야."

승우는 실력도 없는 심 교수를 우습게 알고 있었다. 그런 사람이 어떻게 미래를 책임져야 할 남의 집 귀한 딸들을 가르치는지 알 수가 없었다. 그런데도 그 친구는 학교 안에서 제법 영향력을 행사할 수 있는 여러 보직까지 맡고 있었다. 승우가 말했다.

"그 친구도 수완은 그만이야."

"두말하면 잔소리지. 굼벵이도 뒹구는 재주가 있다지만, 그 친구야말로 제 밥그릇 챙기는 데는 귀신이라니까. 아무튼 거기 좀 앉아. 아 잠깐 화장실 좀 다녀올게. 우선 신문이라도 좀 봐."

정 사장은 책상 위에 있던 신문을 건네주고는 부랴부랴 밖으로 나갔다. 아마 배탈이라도 난 모양이었다. 승우는 잠시 신문을 훑어보다가 창밖으로 눈길을 던졌다. 그 순간, 그는 자기도 모르는 사이 아, 하고 탄성을 자아냈다. 햇살이 은빛으로 부서지는 건너편 건물 옥상에 장미가 무더기로 피어나 있었기 때문이었다.

도심 한복판의 콘크리트 건물 옥상에서도 장미가 자라고 있었구나. 물론 누군가가 정성 들여 가꾸었겠지만, 옥상에 피어난 장미는 참으로 경이롭기만 하였다. 승우는 뒷짐을 지고 창가에 바짝 붙어 서서 얼마 동안 장미를 바라보고 있었다.

바깥에는 눈부신 땡볕이 쏟아지고 있었지만, 사무실 안은 에어컨 바람으로 여간 시원한 것이 아니었다. 재채기가 터지려고 그러는 것일까 승우는 아까부터 계속 콧구멍이 근질근질해짐을 느끼고 있었다. 그때 손수건으로 손의 물기를 닦으며 정 사장이 들어왔다. 승우가 말했다.

"에어컨 좀 끄면 안 될까."

"왜? 추워?"

"너무 차가우니까 몸이 좀 이상해지는군."

"알았어. 그렇다면 아주 끄지 뭐."

정 사장이 에어컨 작동을 멈추었다. 그들은 곧 소파에 마주앉았는데, 승우의 눈길은 자꾸 건너편 옥상의 장미 쪽으로 이끌렸다. 승우가 장미를 가리키면서 말했다.

"장미가 정말 대단하군."

"응, 저 집 주인이 장미를 좋아하나 봐. 근데 나는 본래 장미를 좋아하지 않아."

"왜?"

"너무 요염하고 현란하다고 할까, 어쩐지 우리 같은 서민 대중과는 거리가 먼 귀족 같아서 정감이 안 가는 거야. 난 저 장미를 볼 때마다 괜히 신경질이 나서 못 견디겠어."

"신경질?"

"마치 나를 약 올리는 것 같아. 회사 경영이 안 돼 죽을 지경인데 저것들은 요사스럽게 피어나 있단 말이야."

그랬구나. 승우는 그 말 한마디에 적지 않은 충격을 받아야 했다. 사업이 잘 안 되니까 정 사장의 눈에는 저 아름다운 장미까지도 예쁘게 보이지 않는 듯했다.

누군가는 장밋빛 인생을 꿈꾼다고 했다. 아니, 어느 누구라도 한 번쯤은 자기 삶이 장밋빛으로 장식되기를 기대하겠지. 그러나 삶이라는 것이 어디 입맛대로 된다던가. 더욱이 이 부조리한 사회에서 서민들이 감내해야 하는 고통은 더 말할 나위가 없지 않은가.

날로 심화되는 빈부 격차. 장밋빛처럼 화려해 보이는 경제성장의 저 한 편에는 고단한 삶을 피난 보따리처럼 둘러메고 힘겹게 살아가는 사람들의 땀과 눈물과 한숨과 아픔이 있지 않은가. 승우가 말했다.

"세상 살기가 어렵기로서니 꽃을 탓할 수는 없지 않은가."

"그야 물론이지. 하지만 저 장미를 보고 있을라치면 우리나라 경제를 보는 것 같아. 벤처니 뭐니 겉으로는 호화찬란하게 한바탕 요란을 떨더니 속으로는 골병이 들었잖아. 누군가가 말했지. 가시 없는 장미는 없다고. 겉

보기만 좋다고 우르르 벤처에 뛰어들었다가 가시에 찔려 벌렁 나가떨어진 놈은 한둘이 아니라구. 어디 그뿐이야? 벤처 쪽에 집어넣은 공적 자금이 얼만데? 그 자금을 회수할 길이 없다잖아. 요즘 터져 나오는 사건의 주인공들을 보라구. 전부 그렇고 그런 놈들이야. 장밋빛 꿈속에 대박만 노리다가 거덜 난 놈들. 매스컴에서는 한때 그놈들을 얼마나 띄워줬어? 흥, 소문난 잔치에 먹을 것 없고, 똥 누는 소리 요란하면 개 먹을 게 없다는 말이 실감 난다니까. 아, 참, 내가 왜 이럴까. 만물박사 앞에서 감히 문자를 썼군. 하하하…….”

“만물박사? 나야말로 별명만 그럴싸했지 실속이 없어.”

“그래. 그게 바로 우리의 현실이야. 내가 볼 때 우리 사회가 제대로 되려면 만물박사 같은 인물이 대접을 받아야지. 그런데 이건 뭐 세상이 거꾸로 돌아가고 있잖아. 사람들이 공부할 생각은 않고 너도나도 한탕만 노린다니까.”

정 사장은 핏대를 올리고 있었다. 그는 본래 신중하고 과묵한 사람이었는데 장기간 경영난을 겪으면서 울분만 증폭시켜 나온 듯했다. 승우가 말했다.

“어제는 학문당에 갔었지. 박 사장도 힘든 모양이더군.”

“당연히 힘들겠지. 세상이 이상하게 돌아가니까. 논문의 질을 보면 알잖아. 요즘 나오는 논문들을 보면 정말 형편없어. 만물박사도 알다시피 나는 대학에 입학원서도 내보지 못한 사람이야. 하지만 남의 논문은 읽을 줄 안단 말야. 그런데 요즘 나오는 박사 학위 논문 중에는 엉터리가 얼마나 많은지……. 요즘 나오는 박사들은 저 장미와 같아. 겉으로는 화려하지. 일단 박사 학위를 받았으니까. 하지만 실력이 있어야지. 서당 개도 3년이면 풍월을 읊고, 식당 개도 3년이면 라면을 삶는다는데 논문만 전문적으로 출판해 온 내가 왜 논문의 질을 모르겠어?"

승우는 서가에 즐비하게 꽂힌 논문들을 바라보았다. 그것은 곧 창조사의 연륜과 관록을 말해주고 있었다. 누가 뭐래도 논문 출판의 선두 주자인 학문당에는 미치지 못하지만, 창조사도 그 나름대로 무수한 논문을 발간함으로써 이 계통에서는 무시 못 할 위치를 차지하고 있었다. 승우가 말했다.

"그거야 삼척동자도 다 아는 일 아닌가."

"그래. 두말하면 잔소리지. 근데 만물박사는 대관절 어떻게 지냈어?"

"죽지 못해 살고 있어. 학문당이 고전하고 있는 마당에 내 형편이야 너무 뻔한 것 아냐?"

"그렇군. 학문당이 확확 돌아가야 할 텐데⋯⋯. 그래야만 우리 모두가 살 수 있어. 학문당이 잘 돌아갈 때 우리 업계는 물론 학술이 전반적으로 발전하게 되지. 나도 사실은 박 사장 만난 지가 오래 됐어. 자주 만나고 싶어도 할 말이 있어야지. 큰맘 먹고 모처럼 만나 봤자 피차 괴로운 이야기만 나올 것 아냐?"

"그건 그래. 나부터도 바깥에 나와 친구들 만나고 싶은 마음이 없으니까. 친구들에 대한 인간적 우정이야 어디로 갈까마는 어쩐지 얼굴을 마주 대한다는 그 자체가 부담스러워."

"그렇다니까. 나 자신 돈 벌어서 나 혼자 잘살자고 이 사업을 시작한 것은 아니었어. 근데 요즘 같아서는 사무실 월세조차 제대로 못 낼 형편이니 원⋯⋯."

정 사장은 고개를 절레절레 내둘렀다. 정 사장의 그런 모습만 보아도 승우는 요즘 이 계통의 사정이 어떻다는 것을 직감할 수 있었다. 정 사장은 여간해서 엄살을 부리지 않는 사람인데 고개까지 절레절레 내두르는 것을 보면 회사 운영이 몹시 힘든 모양이었다. 승우가 물었다.

"형편이 언제쯤 나아질 것 같아?"

"글쎄, 당분간 어렵지 않을까. 정말 해도 너무해. 이대로 나가면 밥 빌어다 죽 쒀 먹기도 어렵겠어. 큰일이야. 과연 어떻게 살아야 할지……."

"허허, 정말 큰일이군."

승우가 생각하기에도 사정은 당분간 나아질 것 같지 않았다. 고위층 비리가 잇따라 툭툭 불거져 나오는 것을 보면, 소위 권력을 거머쥔 자들은 국민들이야 죽건 말건 제 주머니 불리기에만 혈안이 되어 있는 듯했다. 정 사장이 말했다.

"사회가 너무 썩었어. 이런 판국에 서민 경제가 나아지기를 기대한다……? 차라리 나무에 올라가 물고기를 구하는 게 낫겠지. 만물박사가 잘 알다시피 나는 당초 논문 출판으로 시작해서 점차 일반 출판 쪽으로 방향을 전환해 왔어. 말하자면 살아남기 위해 스스로 변신을 시도했던 거지. 근데 이제는 뭔가 결단을 내려야 할 것 같아."

"결단?"

"이번 기회에 아주 폐업 신고를 하고 다른 계통으로 나가든지 뭔가 발상의 전환이 있어야겠어. 모르긴 해도 박 사장도 나와 똑같은 생각을 하고 있을 거야. 정말 논문 출판은 오래전에 한물갔어. 일반 출판도 별 비전이 없구……."

"그럼 나 같은 사람은 굶어 죽을 일만 남았군."

승우는 가슴이 옥죄어 옴을 느꼈다. 정 사장이 구체적으로 무슨 구상을 하고 있는지는 잘 모르지만, 그가 이 분야에서 완전히 손을 떼고 아주 엉뚱한, 전혀 새로운 방향으로 전환할 형편이라면 그 자신의 운명은 물어볼 필요도 없기 때문이었다. 정 사장이 말했다.

"당신은 만물박사야. 그런 사람이 변화를 모른대서야 말이 되나. 지금처럼 급변하는 시대일수록 스스로 변화하지 않으면 살아남을 길이 없어."

사실 정 사장은 그때그때 시대의 흐름에 발 빠르게 대처하는 특출한 수완을 가지고 있었다. 고등학교 졸업이라는, 과히 변변치 못한 학력만으로도 최고의 지성만을 상대하는 출판업에 투신한 것만으로도 범상한 일이 아니었다.

물론 박 사장의 후광이 없었던 것은 아니지만, 그럼에도 불구하고 그의 두뇌 회전은 남다른 데가 있었다. 만약 그를 홀딱 발가벗겨 아프리카 사막 한복판에 몸뚱이만 홀로 떨어뜨려 놓는다 해도 그는 비까번쩍 좋은 옷 사 입고는 고급 승용차를 타고 여유만만하게 돌아올 만한 인물이었다.

그런 사람이 이렇게 비관적인 말만 하다니……. 승우는 모처럼 정 사장을 만나면 뭔가 좀 희망적인 이야기를 들을 수 있겠거니 기대했었는데 그는 기분 잡치는 우울한 이야기만 하고 있었다. 승우가 말했다.

"난 아무래도 길을 잘못 택한 것 같아."

"그럴 수도 있지."

"난 옛날 어른들 말씀만 믿고 죽자 살자 한 우물을 파왔지. 근데 내 신세가 요 모양 요 꼴이니 아이들한테 무엇을 어떻게 가르쳐야 할지 모르겠어."

승우는 억장이 무너지는 듯한 긴 한숨을 토해 냈다. 아무리 생각해 봐도 살아갈 길이 막막하기만 했다. 대중가요 노랫말처럼 속아서 사는 것이 인생이라지만 지난 세월을 돌아보면 한바탕 꿈을 꾼 듯한 느낌이었다. 정 사장이 말했다.

"미친 세상이야. 가치관이 전도된 시대…… 너도나도 권력과 돈에만 눈이 멀었어. 교과서대로 살아가는 사람은 뒷전으로 밀릴 수밖에 없지. 이 나라에서는 어떻게 해서든 변칙을 써야만 살아남을 수 있다니까."

"아, 정말 어떻게 살아가야 할지……."

"내가 볼 때, 만물박사는 너무 아까운 인물이야. 남들처럼 학계로 나갔더라면 지금쯤 석학 소리를 들으며 대가가 되어 있을 텐데……."

"그거야 죽은 자식 나이 세기 아닌가."

승우는 운명이라는 것을 생각했다. 그랬다. 그는 소년 시절 이후 단 한 번도 기를 펴고 산 적이 없었다. 돈이 뭔지 그는 항상 주눅이 들어 지내지 않으면 안 되었다. 앞문이든 뒷문이든 꼴찌에서 허덕이던 녀석들까지도 다 들어가던 대학. 그러나 승우는 가정이 워낙 빈한하여 일찌감치 진학에의 꿈을 접지 않을 수 없었다. 정 사장이 말했다.

"나는 운명이라는 것을 믿어. 사람에게는 저마다 운명이 있는 것 같아. 어떤 놈은 부모 잘 만나 손가락 하나 까딱하지 않고서도 뚱땅거리고 살잖아? 권력층의 아들딸들이나 재벌 이세들을 보게. 위에서부터 아래까지 썩지 않은 데가 없어. 내 더러워서……. 근데 우리 같은 놈은 죽자 살자 일만 해도 입에 풀칠하기도 바쁘니 원……."

그들이 그런 대화를 나누고 있을 때 뒤룩뒤룩 살찐, 마치 불도그를 연상케 하는 심건래 교수가 들어왔다. 심 교수는 더위를 참지 못해 혀 빼문, 거짓말 좀 보태서 말하자면 승우가 아까 동네 담배 가게 앞에서 보았던 똥개처럼 헐떡거리면서 뭐가 그렇게도 좋은지 코를 벌름거리며 벌쭉벌쭉 웃고 있었다. 그가 승우에게 악수를 청하며 너스레를 떨었다.

"야, 만물박사도 오셨군. 도대체 이거 얼마 만이야?"

그는 사실 승우에게 왜 만물박사라는 별명이 붙게 되었는지 그 내막을 전혀 알지 못하고 있었다. 그는 승우의 직업이나 인생 편력에 대해서도 구체적으로 아는 바가 없었다. 다만, 학문당 박 사장이나 창조사 정 사장이 만물박사라고 부르니까 그 역시 덩달아 그렇게 부를 뿐이었다. 말하자면 맥도 짚을 줄 모르면서 침 대롱 흔드는 형국이라고나 할까, 그는 뭐가 뭔지 알지도 못하면서 괜히 남들이 부르는 대로 그냥 승우한테 만물박사 어쩌구 하면서 주접을 떨고 있었다. 승우가 말했다.

"오랜만이군. 어서 오게."

"요즘 근황이 어떤가?"

"죽지 못해 산다네. 내 형편이야 굳이 물어볼 필요도 없지 않은가."

"허, 참……. 만물박사 형편이 그래서야 되나. 뭔가 좀 시원한 일이 생겨야 할 텐데……. 여보게, 정 사장. 차 대느라고 여간 애를 먹은 게 아니야. 거리에 나서면 사람보다 차가 더 많은 것 같아. 하기야 요즘엔 새파란 학생 애들까지 차를 몰고 다닌다니까. 우리 대학 사회가 왜 이렇게 되었는지 모르겠어. 학생 놈들은 저희들을 가르쳐주는 교수 알기를 우습게 알아. 걸핏하면 대들기나 하고……. 나, 참……."

심 교수는 허물어지는 고목처럼 소파에 털퍽 주저앉았다. 그의 몸뚱이가 얼마나 비대하고 육중했던지 소파가 푹 쭈그러져 내렸다. 그는 늘 필요 이상으로 말수가 많았고, 처음 만나는 사람 앞에서도 대학교수라는 신분을 내세워 괜히 목에 힘을 주곤 하였다. 정 사장이 그에게 말했다.

"당신부터 대중교통을 이용해. 그러면 도로가 덜 복잡할 것 아닌가. 대중교통을 이용하면 주차 걱정도 없어질 텐데 뭘 그래?"

"한가한 사람이라면 그럴 수도 있겠지. 하지만 나야 어디 그런가. 오라는 데는 없어도 갈 데는 많으니까 차가 필요할 수밖에……. 이 나이에 자가운전이라니……. 남들은 내 나이에 다 운전기사 두고 편히 사는데 말야."

그때 그의 입에서 비누 거품 같은 침 한 방울이 튀어 하필이면 승우의 저고리 앞섶으로 날아가더니 뽀글뽀글 잦아들었다. 누구 약을 올리는 것일까, 승우와 정 사장은 지금 코가 열댓 자나 빠져 고심참담하고 있는데 심교수는 복에 겨운 소리만 하고 있었다. 정 사장이 말했다.

"이거 봐. 당신도 이제는 정신 좀 차려. 나라가 제대로 되려면 대학교수들이 정신을 차려야 해. 대학교수들이야말로 시대를 대표하는 최고의 지성 아닌가. 우리 사회의 병리현상을 지적하고, 그 해소 방안을 제시하는 것도 당신들의 몫이야. 옛말에 뭐라고 했나. 한 마을에 훌륭한 선비가 나오면 그 동네 아이들의 말씨부터 달라진다고 했네. 근데 지금 우리 사회는 어떻게 돌아가고 있나. 학자라는 사람들이 정치꾼들이나 시장 장사꾼들보다 별로 나을 것이 없어."

그 말을 들으면서 승우는 신선한 충격과 함께 말할 수 없는 짜릿함을 맛보았다. 분명 뼈 있는 말이었다. 이 근래 대학 총장을 뽑는답시고 학내에서 벌어지고 있는 일련의 작태를 볼라치면 그들이 정치꾼인지 장바닥의 장사꾼인지 사뭇 헷갈렸다.

심지어 어떤 대학에서는 두 명의 총장이 서로 싸우고 있었다. 재단 측에서 선임한 총장과 교수들 사이에서 투표로 선출한 총장이 맞붙어 싸우는 꼴이라니 정말 한심한 노릇이 아닐 수 없었다. 심 교수가 넉살좋게 웃어넘기면서 맞받았다.

"하하하……. 그거야 어제오늘의 일이 아니잖은가."

"바로 그게 문제야. 모름지기 학자라면 사회의 보편적인 가치와 윤리 기준을 제시하고 그것을 솔선수범하는 표양을 보여야지. 그런데 대학교수들을 보면 한심하기 짝이 없어. 사회의 발전 방향을 내놓기보다는, 그 지저분한 정치권에 줄을 대고는 금배지나 얻어 달려고 기웃거리는 사람들까지 적지 않으니 원……."

정 사장이 일격을 가하는 동안 승우는 내심 탄복을 아끼지 않고 있었다. 정 사장이 언제부터 대학 사회를 연구했던 것일까. 그는 실로 대학 사회의 아픈 구석을 골라 콕콕 찌르면서 독침 아닌 약침을 놓고 있었다. 그런데도 심 교수는 조금도 부끄러워하지 않았고, 오히려 반죽 좋게 유들유들하면서 실실 웃는 것이었다. 그가 말했다.

"그걸 나 혼자 힘으로 어떻게 하겠어? 대학 사회가 어떻다는 것은 정 사장보다 내가 더 잘 알아. 하지만 한두 사람의 힘으로 모든 병폐가 고쳐질 일도 아니잖아. 그저 굿이나 보고 떡이나 얻어먹으면 그만이지."

"내 말이 너무 가혹했나. 오해하진 말게. 당신은 내 친구이니까 기탄없이 이야기하는 거야. 다른 사람 같으면 말도 안 해. 나도 사업하는 사람이야. 내가 왜 남한테 인심 잃을 짓을 하겠어?"

"정 사장 말이 모두 옳아. 대학교수들 중에는 정신 나간 작자들도 한둘이 아니야."

사돈 남 말하듯, 심 교수는 다른 교수들에게 화살을 돌리고 있었다. 우렁이도 논두렁 넘어가는 재주가 있다더니, 그는 자기야말로 학자의 정도를 걷고 있는 양 비판의 사정권에서 재빨리 빠져나가 다른 동료 교수들을 폄하했다. 정 사장이 그런 그에게 직격탄을 날렸다.

"심 교수부터 정신을 바짝 차리라구. 요즘 학생들이 왜 교수들한테 덤비는 줄 알아? 대학교수라는 사람들이 공부는 하지 않고 케케묵은 사고방식에서 헤어나지 못하니까 그러는 거야. 알았어?"

"오늘따라 정 사장이 왜 이러는지 모르겠군. 하하하……."

심 교수는 궁지에 몰린 자신의 난처함을 재빨리 희석시키면서 구렁이 담 넘어가듯 어물쩍 분위기를 바꿔 보려고 일부러 호탕하게 웃었다. 말하자면 정 사장의 예리한 공박에 물타기를 하려는 속셈이었다. 정 사장이 말했다.

"미안해. 내가 괜히 듣기 거북한 소리를 했지 뭔가."

"괜찮아. 우리 사이에 무슨 말인들 못하겠나. 근데, 저쪽 옥상에 장미가 한바탕 전쟁을 벌였군."

심 교수는 건너편 옥상에 무더기로 피어난, 탐스럽고 붉은 장미들을 가리키며 감탄을 아끼지 않았다. 그 순간, 승우는 자기도 모르게 귀를 의심했다. 장미가 전쟁을 벌였다? 심 교수는 마치 시를 읊조리는 듯했다. 탐욕스럽기 짝이 없는 심 교수의 내면에 언제부터 그런 시심(詩心)이 자리 잡고 있었을까.

역시 미운 놈은 미운 짓만 골라서 하게 마련이었다. 그러잖아도 정 사장은 그 장미를 탐탁잖게 생각하고 있는 마당인데, 심 교수는 장미에 대한 예찬을 아끼지 않음으로써 다시금 그의 심기를 건드린 것이었다. 정 사장이 되물었다.

"전쟁?"

"장미전쟁……. 어때? 내 말이 틀렸나?"

그 말을 듣고, 승우는 잠시 어리둥절하였다. 심 교수는 잠시 시인이 되어 장미꽃 그 자체를 노래한 것이 아니라 영국 역사에 나오는 장미전쟁을 연상하고 그렇게 말했다. 정 사장이 물었다.

"심 교수는 저런 걸 장미전쟁이라고 하는 모양이지?"

"장미는 영국의 국화(國花)잖아. 영국은 일찍이 저 장미를 지키기 위해 전쟁까지 일으켰단 말야. 오죽하면 장미전쟁이란 말이 나왔겠어?"

심 교수는 정색을 하고 아주 진지하게 말했다. 그는 농담이 아닌 진담으로 장미전쟁을 그렇게 설명해주었다. 정 사장이 되물었다.

"나도 장미전쟁이란 말을 듣긴 들었어. 하지만 솔직히 말해서 그 전쟁의 내용은 잘 몰랐어. 근데 오늘에야 비로소 장미전쟁의 의미를 확실히 알았군. 어쨌든 고마우이. 심 교수 덕택에 또 한 가지 배웠지 뭔가."

"영국 사람들은 역시 애국심이 강해. 자기네 국화를 지키려고 전쟁까지 일으켰으니 말이야."

그랬다. 혹시나 했더니 문자 그대로 점입가경이었다. 심 교수는 장미전쟁의 실체가 뭔지도 모르면서 점점 더 진지하게 육갑을 떨고 있었다. 그가 장미전쟁에 대해 어림 턱도 없는 엉터리 논설을 푸는 동안 승우는 너무너무 기가 차서 그만 꿀 먹은 벙어리가 되어 입을 굳게 다물었다.

심 교수는 만물박사 앞에서 엉터리 문자를 써도 보통 쓰는 것이 아니었다. 정 사장이야 학자가 아닌 장사꾼이니까 그렇다 치고, 명색 사회학과 교수라는 작자가 장미전쟁조차 제대로 이해하지 못하는 무식을 노골적으로 드러내는 데 대해서는 참으로 혀를 내두르지 않을 수 없었다.

승우는 냅다 심 교수의 지식 아닌 지식, 이론 아닌 이론을 정면으로 공박해줄까 하다가 혹여 그가 마음에 깊은 상처나 입지 않을까 저어하여 차라리 입을 열지 않기로 하였다. 그 대신, 나중에 적당한 기회가 주어지면 정 사장에게 장미전쟁의 전말과 그 의의를 소상히 정정해줌으로써 오해가 없도록 하리라.

장미전쟁이란 1455년부터 1485년까지 장장 30년 동안 지속된 영국의 내란이었다. 왕위 계승권을 둘러싸고 랭커스터 왕조와 요크가(家)가 맞붙었던 귀족 전쟁. 이때, 랭커스터 왕조가 붉은 장미, 요크가가 흰 장미를 각각 문장(紋章)으로 삼게 됨으로써 장미전쟁이라는 이름이 붙게 되었다. 내란 당시에는 사실상 요크가의 흰 장미만 존재했다는 것도 알 만한 사람은 다 아는 내용이었다.

어떻든 심 교수는 이러한 장미전쟁의 '장' 자도 모르고 있었다. 젠장, 가만히 있으면 중간이나 갈 것을 심 교수는 괜히 아는 체하다가 스스로 무식만 뽀록낸 꼴이었다. 승우의 뇌리에는 장미전쟁이 일어나게 된 배경이며 그 과정과 영향, 그리고 헨리 7세가 세운 튜더 왕조에 이르기까지 그 당시 영국의 역사가 한 편의 영화처럼 흘러가고 있었다.

심 교수는 뭘 몰라도 너무 몰랐다. 도대체 그런 실력으로 대학에서 어떻게 강의를 하는지 참으로 알다가도 모를 일이었다. 정 사장이 승우와 심 교수에게 눈길을 나눠주며 말했다.

"자, 우리 나가서 점심 식사나 하지."

그들은 누가 먼저랄 것도 없이 자리에서 일어났는데, 그와 동시에 승우는 무심코 건너편 건물의 옥상으로 눈길을 던졌다. 세상은 점점 더 썩어갈지라도 장미는 아까보다 한층 더 현란해진 느낌이었다.

《조선문학》 2002년 8월호）

익모초

그날은 아침 해가 떴는데도 집안이 온통 어두컴컴하였다. 다른 날 같으면 햇볕이 들어오고도 남을 시간이었지만, 그날따라 하늘에 구름이 잔뜩 끼어 실오라기 같은 햇살조차 들어오지 않았다.

끄무레하면서도 후텁지근한 날씨. 두터운 구름도 구름이지만, 습도까지 높아 마치 한증막이나 사우나에 들어앉은 느낌이었다. 소나기라도 한줄기 확 쏟아졌으면 좋을 텐데 소나기는커녕 이슬비도 내릴 것 같지 않았다.

대자연의 섭리 앞에서 인간은 어쩔 도리가 없었다. 지금 농촌에서는 예년에 없던 한발로 농작물이 바짝바짝 타들어 가고 있었다. 그러나 하늘은 비를 내려주지 않고 있었다. 한 군데도 성한 데 없이 요모조모로 왕창 썩어 문드러져 가는 세상. 인간들이 워낙 더럽게 까불어 대니까 미상불 하느님도 진노한 모양이었다.

더군다나 이 근래 정치권에서 불거져 나온 대형 부정 사건들을 보면 열불이 나서 견딜 수가 없었다. 서민들은 죽겠다고 아우성인데 정치권의 실세들은 정녕 남의 나라 사람들인 듯했다. 그들은 천문학적인 돈을 집어삼키고서도 버젓이 민생 안정이 최우선 과제니 뭐니 입에 발린 소리를 늘어놓으면서 개나발을 불고 있었다.

승우는 이리저리 몸을 뒤치다가 거실로 나왔다. 발바닥에 밟히는 흙먼지의 감촉이 저금저금하였다. 그의 집은 낡은 연립주택 일층인지라 흙먼지가 끊이지 않고 있었다. 애새끼들은 다른 날과 마찬가지로 아까부터 '가' 동과 '나' 동 사이의 옹색한 공간에서 축구공을 뻥뻥 내지르고 있었다. 뒤 발코니에서 세탁기를 돌리던 아내가 말했다.

"오죽하면 먼지 때문에 빨래를 널 수가 없어요."

"그래도 널어야지 어쩌겠어. 어제오늘의 일도 아니잖아."

"참, 애들이 다른 데 가서 놀면 좋을 텐데……."

"소용없어. 말해 봤자 입만 아플 따름이지. 어디 그뿐인가. 저놈들에게 말 한 번 잘못했다가는 이웃 간에 싸움 난다구. 불편하더라도 우리가 참아야지."

그는 손바닥으로 배를 싸악싸악 쓸어내렸다. 뱃살이 꼿꼿한 데다 속이 더부룩하여 여간 거북하지 않았다. 몸이 허해져서 더위를 먹었나……? 특별히 잘못 먹은 것도 없는데, 명치끝에서부터 아랫배까지 거품으로 가득 찬 느낌이었다. 조금 전 그는 바늘로 손끝을 땄다. 그런데도 속은 별로 나아질 기미가 보이지 않고 있었다.

그러잖아도 우울한 나날이었다. 먹고살 것도 없는 이 어려운 마당에 왜 이렇게 몸까지 말을 듣지 않는 것일까. 그는 발코니 창으로 다가가 담배를 피워 물었다. 얼마 전부터 대대적인 금연 캠페인이 벌어지고 있지만, 이렇게 답답하고 괴로울 때 담배라도 피우지 않고서는 살 수가 없을 것 같았다. 아내가 핀잔을 주었다.

"또 담배예요?"

승우는 아무런 대꾸도 하지 않았다. 일찍이 흡연과 건강의 상관관계에 관한 논문을 여러 편 써낸 그가 담배의 해독을 모를 리 없었다. 담배가 인체에 끼치는 해독이야 이미 결론이 나서 재론할 필요가 없게 되었지만 사실 요즘 주머니 사정으로는 담뱃값조차 부담스런 실정이었다.

하지만 승우는 아직 담배를 끊지 못하고 있었다. 아니, 생활이 불안하고 온갖 근심 걱정으로 잠 못 이루는 이 근래 들어와 흡연양이 더 많아졌다. 요즘 같아서는 산다는 것이 너무 힘겨웠다. 그렇게나 열심히 앞만 보고 달려왔건만, 중늙은이 축에 들어갈 이 나이의 형편이 고작 이 모양 이 꼴이란 말인가.

지난 세월을 돌아보면 허망하기만 했다. 자료를 찾고, 취재를 하느라 발바닥이 닳도록 뛰어다닌 일은 둘째로 치고 그동안 남의 논문을 써내느라 얼마나 밤을 지새웠던가. 그 과정에서 쏟은 코피만 해도 한곳에 모으면 몇 사발이 되고도 남으리라.

지금이야 인터넷에 들어가기만 하면 웬만한 자료를 척척 구할 수 있게 되었다. 하지만 지난날에는 자료를 구할 때마다 꼬박꼬박 도서관을 이용할 수밖에 없었다. 그런데 일감이 뚝 끊긴 뒤로는 도서관에 갈 일도 없었다. 어쩌다 이렇게 되었을까. 결론부터 말하자면 세상이 변한 탓이었다. 과거에는 학위를 청구하는 사람들이 논문 작성에 전력을 기울이다 못해 목을 맨 반면, 이 근래에는 거꾸로 가도 서울만 가면 그만이라는 안일한 생각이 팽배하면서 논문을 쉽게 생각하기 때문이었다.

지난날에는 학사든 석사든 박사든 논문에도 일정한 수준이 있었다. 지금도 제대로 공부하는, 진짜로 학구적인 사람들은 논문에 사력을 다하고 있지만, 학문 천착과는 관계없이 학위만 취득하려는 사람들 사이에서는 논문을 하찮게 생각하고 있었다.

그들은 동료 대학원생들에게도 논문 대필을 의뢰하고 있었다. 저희들끼리 북 치고 장고 치고 다 말아먹는 셈이었다. 오죽하면 대학교수들 중에는, 이른바 논문 심사 위원이라는 사람들 중에는 하늘 부끄러운 줄도 모르고 시중의 장사꾼처럼 학위를 금품으로 흥정하는 부류도 없지 않았다.

벌써 오래전 일이지만, 승우는 학문당에 갔다가 박일기 사장으로부터 귀를 의심케 하는 아주 충격적인 이야기를 들은 적이 있었다. 평소 신중하고 과묵한 박 사장이 우리나라의 교육 현실을 이야기하던 끝에 논문 심사에 얽힌 어느 교수의 썩어빠진 추문을 들려주었다. 그가 귀에 대고 속삭이듯이 말했다.

"이봐, 만물박사. 나 말이야, 며칠 전에 희한한 이야기를 들었어."

"뭔데?"

"저어, 주기범 교수라고 알지?"

"인사는 없어도 간혹 지면에서 이름은 보았지. 지방 국립대학에 있는 모양이던데……?"

"그래. 나는 여러 차례 그 작자를 만난 적이 있어. 학자라기보다는 좀 사기꾼 같은 인간이지. 평소 그를 별로 좋지 않게 보았는데 마침내 큰 사고를 저질렀더군. 박사 학위 지도 교수를 한답시고……."

주기범은 학위 심사를 미끼로 제자에게 금품을 요구했다. 그리하여 그의 제자는 꼼짝없이 돈뭉치를 케이크 상자에 넣어 가지고 그 작자에게 진상하지 않으면 안 되었다. 그런데 그 제자가 오랜 번민 끝에 양심선언을

함으로써 주기범의 그 더럽고 지저분한 비리가 만천하에 드러났다. 승우가 물었다.

"그게 정말이야?"

"여보게, 만물박사. 내가 유언비어나 유포하는 사람은 아니잖아."

"하긴 박 사장이 허튼 말을 할 사람은 아니지."

"두고 보게. 이제 그 일로 말미암아 세상이 시끄러워질 걸세. 정말 놀랐어. 그 이야기가 차라리 항간에 떠도는 소문으로 끝나주기를 바랐지. 그런데 웬걸 그 작자는 상습적으로 그렇게 해 왔다는 거야."

"정말? 그럼 논문은 어떻게 하구?"

"제자한테 대충 써 오게 해 놓고는 자기가 손을 봐준다는 거지."

"그런 작자가 손을 봐주면 그 논문이 나아지나?"

"그러게 말이야. 기가 찰 노릇이지."

"제기랄. 염통에 털 난 놈이군."

"그뿐이 아니야. 그 자식은 대학원에 나오던 어떤 여성을 상대로 성추행까지 했다는 거야."

"성추행?"

승우는 귀를 의심했다. 세상이 아무리 타락했다 해도 그것은 도저히 상상할 수 없는 일이기 때문이었다. 신성해야 할 학문의 전당에서 그런 일이 실지로 자행되었다면, 그 파렴치한 작자야말로 스스로 인간이기를 포기한 막가파나 지존파 따위의 무시무시한 흉악범들과 무엇이 다를까. 박사장이 말했다.

"애까지 뱄다는데 뭐."

"애를 배?"

"논문을 지도해준답시고 띄어쓰기·맞춤법·토씨 같은 걸 가지고 꼬투리 잡으면서 그 여인을 유인해 가지고는 일을 저질렀다는 거야. 더러운 놈 같으니⋯⋯."

"한마디로 얘기해서 패륜아군."

"패륜아도 보통 패륜아가 아니지."

"그런 작자가 어떻게 대학교수까지 되었을까."

"그놈은 신군부가 등장할 때부터 정치권에 줄을 대고 있었다는 거야."

유신 정권 말기 어떤 관변 단체에서 은밀히 얼쩡거리고 있던 주기범. 그는 10·26 이후 신군부가 등장하자 재빨리 그들 밑으로 기어 들어가 충성했고, 마침내 5공 정권이 들어선 뒤에는 그 후광으로 슬그머니 진로를 바꾸었다.

주기범은 5공 정권의 하수인이었다. 그는 용케도 권부의 핵심 실세들에게 줄을 대고는 스스로 똥개가 되어 모든 충성을 아끼지 않았다. 더군다나 그는 이른바 반정부 인사들의 리스트까지 만들어 권부의 실세들에게 제공한 것으로 알려져 있었다.

누군가의 증언에 의하면, 주기범과 가까이 지냈던 인물 중 조금이라도 신군부에 비판적인 언사를 구사한 사람은 모조리 삼청교육대에 끌려갔다고 하였다. 아닌 게 아니라 신군부 시절 주기범의 지인들 가운데 삼청교육대에 끌려가 곤욕을 치르고 나온 사람들이 유난히도 많았다.

주기범은 누가 뭐래도 한 시대의 역적이었다. 그런 놈이 국립대학의 교수가 되다니. 그놈은 5공 치하에서 한 국립대학이 창설되자 고위층의 비호 아래 재빨리 신분을 바꾸어 눈 깜짝할 사이에 교수 자리를 꿰찼다. 말하자면 신군부에 충성한 대가인 셈이었다. 승우가 말했다.

"재주가 지독하게 좋은 놈이군."

"좋고말고……. 자기가 군부의 하수인이었다는 것을 감쪽같이 숨기고 대학에 발을 들여놓은 거지. 만약 그놈의 전력이 드러났다면 민주화 과정에서 학생들이 가만히 있었겠나. 모르긴 해도 그 사실이 탄로 났다면 모가지가 열 개라도 남아나지 못했을 걸세."

"그렇겠군."

"여태껏 자기 전력을 숨겨온 것만 해도 대단하잖아?"

"그렇군. 그래도 학생들을 가르칠 만한 실력은 있었던 모양이지?"

"실력은 무슨 실력……. 만물박사도 그 작자 논문을 봤을 것 아닌가."

"물론 보았겠지. 근데 별로 기억나는 내용이 없군."

"그럴 거야. 그놈 논문이 워낙 형편없으니까. 그동안 그 대학에서 무슨 일이 있었는지 알아? 학생들의 수업 거부 사태까지 있었어. 실력 없는 그 따위 교수한테는 배울 수 없다는 것이었지. 정치권 줄을 타고 뒷문으로 교수 자리를 차지한 놈이 그 실력인들 오죽하겠어? 그런 놈이니까 학문 탐구는 뒷전으로 미뤄놓은 채 제자들에게 금품이나 요구하고 그것도 모자라 여성들까지 농락한 거지."

"야, 정말 충격적이군."

그때 난데없이 '교수(絞首)'라는 어휘가 승우의 뇌리를 스치고 지나갔다. 그런 흉악한 놈이야말로 교단의 교수로 그냥 놔둘 것이 아니라 교수대에 세워 교수형에 처해도 모자랄 판이었다.

그날, 승우는 박 사장과 헤어진 뒤에도 온종일 괴로워했다. 그런 말이라면 차라리 듣지 않은 편이 나았을 것을……. 바로 그 이튿날 박 사장의 말이 만천하에 움직일 수 없는 사실로 입증되었다. 문제의 주기범이 피해자들의 고발로 사직 당국에 구속되었고, 그 사실이 신문과 방송에 대대적으로 보도되면서 급기야 범국민적 관심 속에 중대한 사회 문제로 떠올랐다.

그 사건의 파장은 일파만파로 번져 나갔다. 신문은 아예 주기범 관련 기사로 도배질을 하였고, 방송은 특집 프로그램까지 마련하여 연일 그의 부도덕성을 성토하는 가운데 지난 수십 년 간 누적된 학내 비리를 송두리째 까발렸다.

승우는 그동안 필력이 없어 쩔쩔매는 사람들을 위하여 논문을 대필해주면서도 말할 수 없는 양심의 가책을 느끼곤 했었다. 그게 과연 정당한 일인가. 물론 수요가 있으니까 공급도 있게 마련이고, 승우가 그 분야에서 손을 뗄 경우 누군가가 어디에서든 그 일을 하게 되겠지만 이건 뭐 드러내 놓고 할 수 있는 떳떳한 일이 아닌지라 늘 죄짓는 심정으로 죽어지내야 했다.

사실 승우는 학창 시절에도 동급생들이나 후배들을, 심지어는 선배들을 위해 대신 숙제를 해준 적이 있었다. 특히 여름방학이나 겨울방학 때에는 그런 일이 더 많았다. 숙제를 해결하지 못해 쩔쩔매는 아이들. 그런 학생들을 보면 딱한 마음이 들기도 하였다. 그런 아이들일수록 며칠씩 낑낑대다가 승우에게 도움을 요청하곤 했는데, 그는 그들의 딱한 처지를 생각하여 군말 없이 숙제를 대신 해주곤 하였다.

승우는 지난 세월 그 숱한 논문을 대필해오면서 학창 시절 숙제를 해결하지 못해 궁지에 몰려 있던 학생들을 연상하곤 하였다. 기성인 사회 역시 소정의 교과과정을 이수하고서도 최종적으로 논문을 제출하지 못해 전전 긍긍하는 사람들. 승우는 그런 사람들을 돕는다는 순수한 마음가짐으로 논문 대필을 해왔는데 학내 비리가 속속 불거져 나오는 것을 볼 때 논문 대필 따위는 아무것도 아니라는 생각을 갖게 하였다.

정말 세상은 썩을 대로 썩어 있었다. 있어서는 안 될, 상상할 수도 없는 더럽고 치사한 일이 공공연히 벌어지는 데야 더는 할 말이 없지 않은가. 물론 주기범 사건이야 특수한 경우라 해도 밖으로 노출되지 않은, 또 다른 추악한 커넥션이 전무하다는 보장도 없지 않음을 감안한다면 개탄을 금할 길 없었다.

아무튼 주기범이 구속된 이후 승우는 며칠 동안 식음을 전폐하다시피 하였다. 주기범에 대한 법적 처벌이야 당연한 것이라 해도 학문을 최고의 가치로 알고 살아온, 소싯적 이후 줄곧 남의 논문을 전문적으로 대필해주면서도 자기 나름의 보람을 느꼈던 그의 입장에서는 그 실망과 충격을 감당할 길이 없었기 때문이었다.

그래. 정말 세상에는 상식적으로 도저히 납득할 수 없는 불가해한 일이 많았다. 승우는 왕년에 세상을 떠들썩하게 했던 주기범 사건을 회상하면서 무슨 성곽 같은 월명초등학교 옹벽을 바라보았다. 가뭄이 워낙 오래 계속되어 그 밑에 늘어선 해바라기들도 목을 비틀며 비비 꼬여 가고 있었다.

곰곰 생각해 보면 썩은 학자는 주기범처럼 먼 데만 있는 것이 아니었다. 엊그제 창조사에서 만난 심건래 교수도 사실은 문제가 많은 사람이었다. 그는 어느 여자대학 사회학과 교수로 있었는데, 학교라는 조직 안에서 얼마나 처신을 잘하고 지내는지 제법 끗발 있는 보직까지 맡아 떵떵거리고 있었다.

승우가 볼 때, 그 사람은 애당초 교수가 될 수 없는 사람이었다. 대학교수라면 누가 뭐래도 당대 최고의 지성이 아닌가. 그런데 심 교수는 최소한의 체면이나 염치조차 가릴 줄 모르는 함량 미달의 인간이었다. 말하자면 걸레 중에서도 똥걸레 같은, 학자로서의 기본적인 자질조차 갖추지 못한 저질이었던 것이다.

그런 심 교수는 한창 젊었던 시절부터, 좀 더 정확히 말하자면 시간강사 시절부터 고자 처갓집 드나들 듯 뻔질나게 학문당을 출입해 왔다. 창조사 정성모 사장이 학문당에서 영업을 맡고 있던 시절이었다. 그는, 얼마나 수완이 좋았던지 일찌감치 어느 여자대학에 전임강사 자리를 차지했고, 이제는 학계에서 제법 중견 학자 행세를 하며 버릇없이 거들먹거리고 있었다.

승우는 몇 번인가 심 교수한테 직접 받은, 그가 증정본으로 건네준 그의 논문을 읽은 적이 있었다. 그런데 그의 논문은 한마디로 말해서 수준 이하에 머물고 있었다. 그의 논문은 외형상 논문이라는 얼개만 갖추고 있을 뿐 처음부터 끝까지 남의 이론을 억지로 끌어다 붙인 궤변으로 일관하고 있었다.

아주 오래전, 승우는 학문당에 갔다가 박 사장과 심건래 교수의 논문에 대해 이야기를 나눈 적이 있었다. 물론 논문 그 자체야 보잘것이 없지만 심 교수가 자주 학문당을 출입하는 터라 저절로 화제에 올랐다. 박 사장이 물었다.

"어이, 만물박사…… . 심 교수 논문에 대해 어떻게 생각해?"

"글쎄…… . 내가 감히 어떻게 남의 논문을 평가하겠어?"

"내가 볼 때는 엉터리야."

"엉터리?"

"그건 논문도 아니야. 그래도 친구 간이니까 좋게 봐줘야지."

"친구?"

"친구라고 말할 수 있지 뭐. 내가 사업을 시작할 때부터 드나든 사람이니까."

"하긴 그렇군."

"사업이란 그래. 꼭 실력 있는 사람만을 상대할 수 있는 것은 아니잖아. 그동안 그 친구가 일감을 꽤 물어 왔거든. 만물박사 눈에는 그 친구가 우습게 보일 거야. 하지만 사업을 하다 보면 좋은 사람, 실력 있는 사람만 상대할 수는 없어. 만물박사도 그 친구를 잘 이해해줘."

"그야 물론이지."

사실 승우는 심 교수를 시답잖게 여기고 있었다. 물론 그 후에도 심 교수의 실력은 별로 나아지는 것 같지 않았다. 아니, 그는 학자 본연의 사명인 연구 활동은 하지 않고 케케묵은 강의 노트에 의지해 후학들을 가르치면서 똥 무더기 찾는 똥개처럼 정치판 같은 곳을 기웃거리고 있었다.

젠장, 떡 줄 사람은 생각도 않는데 김칫국부터 마시는 형국이라고나 할까. 그는 은근히 금배지 하나라도 거저 얻어 보려고 정권이 바뀔 때마다 소위 집권층의 실세들과 줄을 대기 위하여 온갖 더러운 짓을 하고 있었다.

어디 그뿐인가. 며칠 전 창조사에서 만났을 때, 건너편 건물 옥상에 피어난 장미를 보고 장미전쟁 어쩌구 하면서 엉터리 논설을 풀던 깡통. 명색 사회학과 교수이면서도 그는 장미전쟁을 영국이 자국의 국화를 수호하기 위해 개시한 전쟁으로 착각하고 있었다. 그것은 어림 반 푼어치도 없는, 그 자신의 무지를 노골적으로 드러낸 결정적 망발이 아닐 수 없었다.

그것은 그 사람만의 무지가 아니라 그의 동료인 우리나라 학자 전체의 무지로 대변될 수도 있었다. 학자라는 사람이, 그것도 사회학자라는 장미전쟁의 역사적 사실을 모른대서야 말이 되는가. 참으로 낯 뜨겁고 한심한 일이 아닐 수 없었다.

그런 사람이 대학교수라면, 아니 대학에서 각종 중책까지 맡아 떵떵거리는 것이 현실이라면 승우는 학장 아니라 총장이라도 해낼 자신이 있었다. 아니, 그보다 더 막중한 보직을 준다 해도 얼마든지 감당해낼 수 있을 것 같았다.

하지만 그것은 어림도 없는 환상에 지나지 않았다. 승우는 대학에 입학원서도 내 본 적이 없는, 최종학력이라야 고등학교 졸업에 지나지 않기 때문이었다. 아무리 공부를 많이 했다 해도 고졸 학력으로는 대학 사회에 명함을 내밀 수도 없지 않은가. 알 만한 사람은 다 알고 있는 일이지만 고졸 학력 가지고는 교수는 고사하고 시간강사도 할 수 없는 것이 우리의 현실이었다.

고졸은 정말 서러웠다. 과거 잠시 직장 생활을 할 때, 그리고 몇몇 회사의 사사(社史) 편찬이나 어찌어찌하다가 돈냥이나 거머쥔 기업주의 자서전을 대필해줄 때에도 괜히 정직하게 학력을 밝혔다가 망신 아닌 망신을 당한 적이 한두 번이 아니었다.

대부분의 사람들은 고졸을 우습게 알고 있었다. 정말이지 학력 때문에 받은 서러움은 이루 말할 수가 없었다. 더욱이 학문당을 출입하는 학자들, 이른바 대학교수라는 사람들은 고졸 따위는 아예 사람 취급을 하려고 하지도 않았다.

실지로 고졸은 대학 사회뿐만 아니라 어떤 계통에서도 행세할 수가 없었다. 물론 국졸이나 중졸에 비하면 높은 학력임에 틀림없지만, 대졸이나 대학원졸 학력자들이 볼 때에는 고졸이야말로 장기판의 졸때기에 지나지 않는 듯했다.

눈을 씻고 찾아봐도 고졸은 설 자리가 없었다. 차라리 국졸이나 중졸이라면 아예 붓대 가진 직업을 포기하고 막노동꾼이라도 되었겠지만, 소위 먹물들이나 노는 사회에서는 고졸이야말로 아무짝에도 쓸모없는 어중간한 얼치기에 지나지 않는 셈이었다.

개나 걸이나 돈만 있으면 어느 누구라도 다 들어가는 대학. 다른 친구들이 편법이든 뭐든 어물어물 대학에 들어갈 때 승우는 고교시절 줄곧 우등생으로 깃발을 날렸으면서도 가정형편상 진학에의 꿈을 접어야 했다. 엄밀히 말해서 가진 것 없는 승우의 인생행로는 그때부터 오불꼬불 뒤틀리기 시작한 것이었다.

다른 사람들은 번드르르한 학력을 앞세워 지름길로 질러가는 출세가도를 달릴 수 있었다. 하지만 승우는 학력이라는 높은 벽에 부닥쳐 장애물 경주라도 하듯 남들보다 몇십 배 힘든 길을 가지 않으면 안 되었다. 그에게는 선택의 여지가 있을 수 없었다. 다른 사람들이 좋은 직장에서 더 좋은 직장으로 자리를 옮길 때에도 그는 언감생심 이력서조차 제출할 수가 없었다.

그랬다. 승우는 대중잡지 기자 시절부터 학력의 벽이 얼마나 높고도 견고한가를 실감하면서 때때로 뼈마디가 녹아나는 듯한 분루를 삼키지 않으면 안 되었다. 물론 아주 특수한 경우가 없는 것은 아니었지만, 대졸 이상의 고학력자들이 줄줄이 늘어서서 판치는 세상인지라 그 알량한 고졸 학력으로는 그 어디 번듯한 직장에 비집고 들어갈 틈이 없었다.

물론 공부를 더 하면 얼마든지 앞길을 개척할 수도 있었다. 하지만 집안형편은 그에게 공부할 기회를 허락하지 않았다. 부모님과 동기간들을 부양하려면, 아니 그들의 입에 풀칠이라도 시켜주려면 우선 당장 벌이부터 해야 했다. 혼자 힘으로 그 많은 가족들을 돌본다는 것이 너무 버거웠지만, 어쨌거나 승우는 자기 한 몸 기꺼이 던져 그 일을 해냈다.

그에게는 마음 편히 공부할 겨를이 없었다. 아랫돌 빼서 윗돌 괴고, 윗돌 빼서 아랫돌 괴는 숨 가쁜 동작 반복. 부모님들이야 벌써 이승을 떠났지만, 그는 손아래 동기간들이 잘 장성하여 그 나름대로 자립하게 된 것만으로도 큰 위안을 삼곤 하였다.

　고졸이라는 학력도 서러운데, 남의 논문이나 대필해주어야 하는 그 신세도 이만저만 처량한 것이 아니었다. 빌어먹을……. 심 교수 같은 별 볼일 없는 위인도 대학교수랍시고 안정된 직장에서 목에 힘주고 폼 잡는 세상인데, 승우는 남들이 다 인정해주는 만물박사이면서도 그놈의 졸업장이라는 것 때문에 밑바닥을 박박 기지 않으면 안 되었다. 실력으로 따지자면, 승우는 심 교수 같은 사람쯤이야 몇 개 사단을 데려와도 모조리 찜 쪄 먹고도 남을 인물이었다.

　그러나 그는 학력이라는, 그 흔해빠진 졸업장의 장벽을 뛰어넘을 수가 없었다. 실력이야 있건 없건 철저히 학력만으로 사람의 몸값을 매기는 사회. 쓸 만한 자리는 대졸들이 모두 차지하고, 고졸에게는 능력 발휘의 기회조차 열어주지 않는, 설령 가뭄에 콩 나듯 어쩌다 기회를 주었다 해도 대졸의 절반 정도밖에는 대우해주지 않는 이 사회가 마냥 원망스럽기만 하였다.

　하기야 대통령의 학력도 고졸이었다. 인문계도 아닌 상고를 졸업한 대통령. 그는 일찍이 정치에 입문하여 몇 단계씩 자기 위상을 높이면서 급기야 대통령으로 선출되었다. 대통령이라는 자리는 어느 누구나 함부로 넘볼 수 있는 자리가 아니었다.

　승우도 한때는 정치인을 꿈꾼 적이 있었다. 정치가 선택받은 사람들의 전유물이 아닌 이상 정계로 나간다고 해서 성공 못할 이유도 없었다. 그러나 그가 처한 현실은, 정치는커녕 당장 발등에 떨어진 불을 끄기도 시급한 실정이었다.

더군다나 어느 정도 철이 들어 우리나라 정치 현실을 알기 시작했을 때에는 정치야말로 경멸의 대상이었다. 산천어처럼 깨끗했던 사람도 그 바닥에 뛰어들었다 하면 왜 그렇게도 지저분해지는지. 정치인 관련 비리가 터질 때마다 정치의 '정' 자만 들어도 목구멍에서 신물이 올라왔다.

정치를 통해 신분을 바꾸느니, 주어진 여건 속에서 하루하루 성실히 살아야지. 승우는 자신을 그렇게 타이르면서 살아왔다. 어디 그뿐인가. 그는 아우 승환이에게도 정치에 뛰어들지 말라고 누누이 당부한 터였다. 개각이나 정계 개편이 있을 때마다 정치권에서는 승환이에게 손을 뻗치곤 하였다.

하기야 승환이는 세계적인 경제학자로 명성을 떨치고 있었다. 그런 사람이 정부나 정치권에 들어가 소신껏 일하게 된다면 이 나라 경제가 훨씬 나아지겠지. 하지만 정치란 한두 사람의 엘리트에 의해 변화되는 것이 아니라 기득권을 거머쥔 노회한 정객들에 의해 좌우되기 때문에 그 바닥에 잘못 발을 들여놓았다가는 사람만 버리기 안성맞춤이었다.

아무튼 승우는 이름 없는 필부로 살아갈지언정 식솔들과 더불어 마음 편안하게 사는 것을 최고의 가치로 받아들였다. 그러나 학력과 재산과 기술 등 가진 것 없이 출발한 사람은 아무리 출중한 실력을 가졌다 한들 어떻게 해 볼 도리가 없었다.

그중에서도 승우는 학력이라는 장벽에 걸려 여러 차례 실의와 좌절을 맛보지 않으면 안 되었다. 자본이 있었더라면 처음부터 구멍가게라도 차렸을 텐데 그렇지도 못한 실정인지라 그는 오로지 직장에 기대를 걸고 매달리지 않을 수 없었다. 하지만 조금 괜찮다 싶은 직장일수록 대학 졸업장을 요구했다.

그렇게 몇 차례 학력의 장벽에 걸려 좌절을 맛본 이후 승우는 학력 콤플렉스를 갖게 되었다. 그런 점에서는 승우도 학문당 박 사장, 창조사 정 사장과 다를 바 없었다. 그들 역시 대학 문턱에도 못 가 본, 그리하여 아주 젊었을 때부터 학력 콤플렉스를 안고 살아가는 사람들인지라 그것을 뛰어넘기 위해 논문 출판에 뛰어들었다.

사실 승우가 논문 대필에 재미를 붙인 것도 학력 콤플렉스와 무관하지 않았다. 그는 이제까지 논문 대필을 통하여 이 세상의 학사·석사·박사를 마음껏 조롱해 온 셈이었다. 흥. 저희들이 알면 얼마나 알아? 박사고 나발이고 그 속을 들여다보면 개뿔도 모르는 것들이 까불고 있어. 승우는 논문을 쓸 때마다 그들의 상투 꼭지 위에 올라앉은 통쾌한 기분을 느끼곤 하였다. 그러니까 만물박사라는 칭호가 말해주듯 승우야말로 학사·석사·박사들의 할아버지뻘 되는 인물이었다.

그런데도 이 사회에서는 그를 알아주지 않고 있었다. 두뇌에 가득 찬 지식보다도 졸업장을 실력 평가의 기준으로 삼는 사회. 따라서 이 땅에서는 아무리 뛰어난 실력을 갖고 있다 할지라도 대학 졸업장 없이는 제대로 행세할 수가 없었다.

승우는 그동안 그 많은 남의 논문을 대필해주면서 자기만이 아는 짜릿한 쾌감을 맛보기도 하였다. 엉터리 박사들을 농락하는 쾌감. 그뿐 아니라 대필해준 논문이 학위 심사를 통과할 때마다 은근히 대리만족 같은 것을 느끼곤 하였다.

그런데 일감이 뚝 끊어진 요즘에는 불안해서 견딜 수가 없었다. 우선 끼

126

닛거리를 장만할 길이 막연했고, 향후 식솔들을 거느리고 어떻게 살아갈까 생각하면 앞이 캄캄했다.

일을 해야지. 아무리 일을 하고 싶어도 일감이 없다는 것은 일종의 형벌이라 해도 과언이 아니었다. 더군다나 아침저녁으로 눈 빠히 뜨고 쳐다보는 딱한 가족들을 생각할라치면 확 울어버리고 싶은 심정이었다.

다른 집의 가장들도 다 그렇겠지만, 승우는 평소 최소한 가족들만은 굶길 수 없다는, 아니 자신이 굶어 죽는 한이 있더라도 가족들만은 최후까지 살려내야 한다는 비장한 각오와 다짐을 가지고 있었다. 그러나 모든 인간사가 그렇듯 생계 문제 또한 그런 다짐만으로 순순히 해결되는 것은 아니었다.

오늘이나 내일에라도 일감만 들어온다면 당장 팔을 걷어붙이고 덤벼들겠지만, 누군가가 일감을 들고 줄을 서 있지 않은 이상 언제 무슨 일감이 들어올지 막막하기만 했다. 기약도 없는 기다림. 숨통이 막힐 것 같은 그런 기다림은 사람을 더욱 지치게 했다.

승우는 잇따라 담배를 피워 물었다. 그는 방충망 밖으로 푸우푸우 담배 연기를 뿜어내면서 이렇게 살아갈 수밖에 없는 자신의 신세를 한탄했다. 타고난 운명이었을까, 아무튼 지나온 세월을 뒤돌아보면 실로 피와 땀과 눈물로 얼룩진 고난의 가시밭길 바로 그것이었다. 살얼음판을 걷듯이 위태위태하게 살아왔던, 숨 한 번 크게 내쉴 수 없었던 지난 시절이 한바탕 꿈결인 양 서글프기만 했다.

먹고살 것도 없는, 이대로 나가다간 그야말로 가족들과 함께 고스란히 굶어 죽지 않을 수 없는 이 절박한 마당에 속은 왜 이다지도 더부룩한 것일까. 이럴 때 트림이나 방귀라도 한 번 시원하게 터졌으면 좋겠는데, 거북한 속이 확 풀리기는커녕 시간이 흐르면 흐를수록 면도날로 저미듯이 뱃살이 더욱 아파 왔다.

병원에 가 볼까, 아니면 약국에 가서 약이라도 사 먹을까. 그러나 병원에 가고 싶어도 겁이 나서 선뜻 나설 수가 없었다. 만일 진찰 과정에서 미처 예상치 못한 큰 병인(病因)이라도 발견되면 어떻게 할까. 정기적으로 건강검진을 받아 왔다면 몰라도 모처럼 진찰을 받았다가 그동안 쌓이고 쌓인 병인이 발견된다면 정말 큰일이 아닐 수 없었다.

물론 호미로 막을 데 가래로도 못 막는다는 말을 모를 리 없었다. 하지만, 괜히 병원에 갔다가 만일 좋지 않은 진찰 결과라도 나오면 긁어 부스럼 만드는 꼴이 아니고 무엇일까. 승우는 그런 생각을 하면서 아무리 몸이 불편하더라도 참는 데까지 참기로 하였다.

그는 우직하게 고통을 참아냈고, 연신 손바닥으로 명치끝에서부터 배꼽 아래까지 뱃살을 싸악싸악 훑어 내리다가 문득 고향에서의 어린 시절을 회상했다. 그 시절 승우는 종종 복통으로 고생했는데, 그때마다 어머니가 두툼한 손바닥으로 정성스럽게 배를 쓸어주곤 했었다.

엄니 손은 약손, 승우 배는 똥배…… 엄니 손은 약손, 승우 배는 똥배…… 어머니가 동요를 부르거나 주문(呪文)을 외듯 똑같은 말을 되풀이하며 손바닥으로 배를 쓸어줄라치면 어느 사이엔가 스르르 통증이 가라앉았다. 그런 어머니 손은 참으로 신묘한 효험을 가진 약손이었던 것이다.

어디 그뿐인가. 어머니는 약재(藥材)에 관해서도 모르는 것이 없었다. 가족들이 병나거나 다치면 어머니는 집 주위에서 구한 풀뿌리며 나무껍질로 가족들의 질병과 부상을 치료해주었다. 그런 어머니는 민간요법에 통달한 명의(名醫) 중에서도 명의인 셈이었다.

지금처럼 속이 거북할 때 어머니는 익모초 이파리를 뜯어다 생즙을 내 주었었지. 굴뚝 모퉁이나 텃밭 가장자리에 지천으로 자라나던 익모초. 어머니는 밭을 맬 때에도 익모초만은 뽑아내지 않고 잘 가꾸어두었다가 가족들이 병나면 그 이파리를 뜯어다 절구나 확독에 넣고 잘근잘근 찧어 삼베 보자기로 꼬옥꼬옥 짜서 생즙을 내주곤 했었다.

그러니까 어머니는 가족들이 더위를 먹거나 소화불량으로 고생할 때에 대비하여 굴뚝 모퉁이나 텃밭 가장자리에 익모초를 가꾸어 둔 셈이었다. 이렇다 할 가정상비약을 마련해 두기 어려웠던 시절, 어머니는 여차하면 비상 구급약을 장만할 요량으로 그 식물을 애지중지 아꼈다.

쓰디쓴 익모초 생즙은 그 색깔도 마치 시커먼 먹빛이었다. 아니, 어떻게 보면 사극(史劇) 속의 인물이 받아 마시는 사약(死藥)을 연상케도 하였다. 하지만 그 생즙을 한 대접 쭈욱 들이켜고 얼마 있으면 더부룩했던 속이 언제 그랬느냐는 듯이 스르르 가라앉았다.

그래. 이럴 때 누군가가 익모초 생즙이라도 만들어준다면 얼마나 좋을까. 하지만 도회지에서 자란 아내는, 민간의 생약에는 까막눈인 데다 익모초가 어떻게 생겨먹은 식물인지도 몰랐다. 앓느니 죽는 편이 낫다고 할까, 아내에게는 익모초를 한 아름 안겨주어도 생즙을 낼 줄 모르리라.

승우의 집에 절구나 확독이 있을 리 만무했다. 마음만 먹으면 장독 뚜껑이나 플라스틱 바가지를 이용해서라도 얼마든지 생즙을 낼 수 있었다. 남들은 녹즙기를 사 놓고 몸에 좋다는 약초나 채소 따위를 생즙 내 먹는다는데 입에 풀칠하기도 바쁜 승우의 귀에는 그런 이야기가 남의 나라 이야기처럼 사치스럽게 들릴 따름이었다.

익모초만 구할 수 있다면 어떤 가재도구를 이용하든 쉽게 생즙을 낼 수 있을 텐데 이 삭막한 도시에서 어떻게 익모초를 구할 것인가. 약재상이 밀집해 있는 경동시장에나 간다면 모를까. 텃밭도 없는 이 광동주택 언저리에는 익모초가 자랄 수 있는 환경이 못 되었다.

하긴 익모초가 씨까지 말라 버린 것은 아니었다. 승우는 언젠가 월명초등학교 옹벽 밑에서 자생하는 익모초 몇 포기를 발견한 적이 있었다. 잡초들 사이에 초라하게 고개를 내밀고 돋아나 있던 익모초. 그러나 거기 자라나고 있던 익모초만으로는 뿌리째 캐낸다 해도 양이 모자랄 수밖에 없었다. 다만, 이 도시에도 익모초가 자라나고 있다는 그 사실이 승우에게는 그저 반갑고 경이로울 따름이었다.

만약 어머니가 살아 계셨다면 그 익모초를 잘 가꾸었을 텐데……. 그런데 승우는 언젠가 영등포시장을 지나다가 우연히 노점 좌판에 나와 있는 익모초를 본 적이 있었다. 이 도시에서도 때로는 익모초를 찾는 사람이 있기는 있는 모양이었다.

그렇다면 혹여 월명4동 재래시장에도 노점 좌판 어딘가에 익모초가 나와 있지 않을까. 아무튼 승우는 어떤 명의보다도 훌륭했던 어머니를 그리워하면서 괴로운 복통을 견디다 못해 의자에 털썩 주저앉았다. 이마에 기분 나쁜 식은땀이 끈적끈적 묻어나면서 속이 뒤틀리는 듯한 통증이 몰려 왔다. 그때 마침 욕실에서 나온 늦둥이 성현이가 통탕통탕 곁으로 다가왔다.

"아빠, 거기서 뭐하세요?"

"학교를 바라보고 있었지."

승우는 아픈 내색을 하지 않으려고 애썼다. 몸은 괴롭지만, 늦둥이 아들에게 어른답지 못한 몸가짐을 보이고 싶지 않기 때문이었다. 성현이가 물었다.

"저도 크면 학교에 보내줄 거죠?"

"그야 물론이지. 우리 성현이는 착하기도 하지. 벌써부터 학교 갈 생각을 하고 있구나."

"학교 보내주면 저는 일등 할 거예요."

"일등?"

"네. 누나들처럼 열심히 공부하면 되잖아요?"

"그래. 네 말이 맞다."

"아빠, 오늘은 월명산에 안 가세요?"

"가야지."

"언제 가실 건데요?"

"지금은 아빠 몸이 좀 안 좋거든. 조금 있다가 가면 안 될까……."

승우는 성현이게 양해를 구했다. 몸이 좋지 않은 지금, 월명산에 올라갈 자신이 없기 때문이었다. 그렇다고 월명산에 가자는 늦둥이 외아들 성현이의 소박한 꿈을 내칠 수가 없었으므로 그는 그렇게 유보적인 태도를 취했다. 성현이가 물었다.

"그럼 저도 데리고 가실 거죠?"

"그야 물론이지."

"야, 신난다."

성현이는 손뼉을 치면서 토끼 새끼처럼 깡총깡총 뛰더니 제 엄마한테로 쪼르르 달려가 한바탕 재롱을 떨다가 안방으로 들어갔다. 눈에 넣어도 아프지 않을 늦둥이 아들. 그런 성현이의 장래를 생각해서라도 뼈가 으스러지도록 일을 하지 않으면 안 될 입장이었지만, 몇 달째 일감이 들어오지 않는 터라 이러다간 정말로 불볕에 타들어 가는 농작물처럼 눈 빤히 뜨고 바작바작 말라 죽어야 할 판이었다.

며칠 전에도 그는 생활비 문제로 아내와 티격태격 다툰 적이 있었다. 아내는 밀린 생활비를 달라는 것이었고, 승우는 그럴 형편이 못 되었으므로 등골이 끈적끈적할 정도로 진땀을 빼지 않을 수 없었다.

승우 수완으로는 어디 가서 땡전 한 닢 꿀 수도 없었다. 아내는 그런 승우의 처지를 잘 알면서 생활비를 달라고 바득바득 졸랐다. 가진 돈이 없다는 것을 번연히 알면서 생활비를 내놓으라는 데는 그냥 혀를 빼물고 콱 죽어버리고 싶은 심정이었다. 견디다 못해 승우가 말했다.

"생활비? 없는 돈을 어떻게 내놓으라는 거야?"

"그럼 이대로 앉아서 굶어 죽으란 말인가요?"

"낸들 어쩌란 말야. 지금 무슨 방법이 없잖아."

"그럼 나더러 어떻게 하라는 거예요? 사실은 이미 오래전에 생활비가 떨어졌어요. 하지만 은경 아빠가 스트레스 받을까 봐 말도 못하고 있었지요. 근데 이제는 더 이상 견딜 수가 없게 됐어요."

"그래서 어쩌란 말야?"

"대책을 세워줘야죠."

승우는 천불이 나서 견딜 수가 없었다. 가정 형편이 이처럼 벼랑 끝에 몰려 있는데도 앞으로 살아갈 일을 걱정하기는커녕 도희와 어울려 가지고는 밖으로 나다니며 히히덕거리던 아내. 그런 여자가 무슨 낯으로 생활비를 요구하는 것일까. 승우가 말했다.

"대책이라니, 무슨 대책?"

"은경 아빠가 가장이잖아요. 최소한 가족의 생활문제는 가장이 책임져야 하는 것 아닌가요?"

"가장? 가장 좋아하시네. 이 근래 당신이 내 말을 듣기나 했어? 당신이
날 가장으로 생각했다면 내 말을 들었어야지. 당신은 도희한테 홀려 가지
고 내 말 따위는 들은 척도 하지 않았어. 그런 사람이 아쉬우니까 가장에
게 모든 책임을 뒤집어씌우려고 드는군. 도희한테 우리 가정 문제도 책임
지라고 해."

"왜 도희를 끌어다 붙이세요?"

아내의 낯빛은 대번 붉으락푸르락하였다. 승우의 입에서 도희 이야기가
튀어나오자 신경이 곤두서는 모양이었다. 승우가 말했다.

"우리 집에 도희가 드나들기 시작한 이후 재수가 없었어. 잘 생각해 봐.
언젠가도 얘기했지만 난 우리 형편이 이렇게 되리라는 것을 진작부터 예
감하고 있었어. 근데 당신은 도희와 어울려 다니느라 내 말 따위는 한 귀
로 듣고 다른 한 귀로 흘리더군. 내가 볼 때 도희는 정신 나간 여자야. 미
국 물 좀 먹었다고 미국 년 흉내 내기에 바쁜 여자……. 당신은 그 여자만
감싸고돌았잖아. 아무리 친구가 좋다지만 과연 그럴 수 있어? 당신이 집
안일도 팽개쳐 놓은 채 그 여자하고 돌아다니는 동안 일에 대한 내 의욕
은 땅에 떨어졌어."

"참, 별 말씀을 다하시는군요."

"별 말씀이라니, 당신이 내 속을 어떻게 알아? 그 설미친 여자가 나타난
뒤 가정 분위기가 확 달라졌어. 정말 이런 경우는 처음이야. 말이야 바로
하지만, 당신은 본래 그런 사람이 아니었어. 당신은 집안 식구 챙기면서
살림에만 충실했잖아. 그런데 도희를 만난 뒤로 허파에 잔뜩 바람이 들어
가지고는 괜히 밖으로만 나돌았어. 그게 잘한 일이야? 엉?"

"그만두세요. 도희 얘기라면 더 이상 듣고 싶지 않아요. 나도 바깥바람 좀 쐬면 안 되나요? 다른 집 주부들은 어떻게 지내는지 은경 아빠가 더 잘 알 거예요."

"그것도 형편 나름이지. 당신 입에서 그런 말이 나오게 된 것도 다 도희 때문이야. 나도 항상 당신에게 미안한 마음을 가지고 있어. 부유한 집 주부들은 지금 이 시간, 해외여행을 즐기거나 드넓은 골프장에 나가 골프를 치기도 하겠지. 하지만 당신이 알다시피 우리는 영세민 중에서도 가장 가난한 영세민이야. 영세민은 영세민답게 살아야 하는 것 아닌가. 끼닛거리도 없는 마당에 좀 더 긴장하고, 이 난국을 헤쳐 나가기 위해 머리를 맞대고 함께 고민해야 될 것 아냐? 그런데 당신은 그따위 버러지 같은 여자와 놀아나는 데만 정신을 팔고 있었어."

승우는 한껏 목청을 높였다. 그동안 수차에 걸쳐 알아듣기 좋게 충고한 바 있었고, 때로는 애걸복걸 매달리다시피 간청도 했을 뿐만 아니라, 나중에는 핏대를 올리며 대판 으박지르기도 했지만, 그러나 도희한테 흠뻑 빠진 아내는 들은 척도 하지 않았다.

미래가 보이지 않는 이 어려운 마당에 아내마저 등을 돌리고 딴전을 피우다니……. 고집불통의 아내. 승우는 그런 아내에 대한 애증을 증폭시키면서 거북한 속이 시원하게 푹 꺼지기를 기다리고 있었다. 그러나 속은 잔뜩 찌푸린 날씨만큼이나 점점 더 더부룩해지면서 부글부글 끓는 것이었다.

그뿐 아니라 몸이 불편하니까 자꾸 우울하고 불쾌한 잡념들이 꼬리를 물고 일어났다. 젠장, 날씨마저 잔뜩 찌푸린 날, 기분 나쁘게 주기범이나 심건래 같은 인물에다 도희까지 떠오를 게 뭐람. 그들이 보여준 같잖은 행각들을 생각할라치면 참으로 욕지기가 나서 못 견딜 지경이었다.

승우는 그런 잡념들을 떨치려고 애쓰며 밑져야 본전이라는 생각으로 일단 시장에 나가 익모초를 구해 보는 데까지 구해 보리라 작정하였다. 만약 월명4동 재래시장에 갔다가 허탕을 치게 되면 내친 김에 영등포시장까지 나가 볼 요량이었다.

그는 거실로 나와 힐끗 안방 쪽으로 눈길을 던졌다. 안방 문은 굳게 닫혀 있었는데, 월명산에 가자던 성현이는 제 엄마를 따라 밖에 나간 모양이었다. 도리어 잘된 일이었다. 승우가 밖에 나가는 줄 알면 그 녀석이 따라나설 것이기 때문이었다. 그 녀석이 따라나서면, 그리하여 녀석이 이것저것 말참견을 하거나 녀석의 기상천외한 질문에 답변을 하다 보면 발걸음이 한결 더뎌질 수밖에 없으리라.

승우는 그 녀석이 눈치 채지 못하도록 살그머니 밖으로 나왔다. 동네 애새끼들은 무슨 살판이 나서 밥만 먹었다 하면 저렇게 연립주택 벽을 겨냥해 뻥뻥 공을 내지르는 것일까. 마음 같아서는 그놈들에게 한바탕 호통을 쳐주고 싶었지만, 그러나 그놈들이야말로 이웃의 자녀들인지라 애써 참기로 하였다.

승우는 조금이라도 지름길로 질러가기 위해 슈퍼마켓 옆 골목으로 방향을 잡았다. 그 비좁은 소방 도로에는 승용차들이 줄지어 빼곡 들어차 있었다. 오나가나 승용차들 때문에 통행하기가 여간 불편한 것이 아니었다. 너도나도 먹고살기 어렵다고 죽는 시늉을 하면서도 승용차 없이는 살지 못하는 모양이었다.

그는 시장 입구를 거쳐 곧장 약국 앞 삼거리로 빠져나갔다. 익모초를 구할 생각에 마음은 급하기만 한데, 몸이 불편한 터라 발걸음은 여간 더딘 것이 아니었다. 속이 어떻게나 고약한지 숨이 컥컥 막히는 데다 뱃살이 땅겨서 발자국을 떼어 놓기조차 힘들었다.

그가 삼거리에 다다랐을 때, 은행나무 밑 평상에는 언제나 그랬던 것처럼 동네 노인들이 나와 있었다. 승우는 그곳에서부터 조잡스런 노점 좌판을 주의 깊게 살펴보았다. 그가 지나칠 때마다 상인들이 뭣뭣을 사라고 손짓했지만 승우는 대답할 기력조차 없었다.

그는 열무·배추·상추·쑥갓·아욱·시금치·부추·근대·호박잎·고구마 줄기 따위의 푸성귀가 진열돼 있는 어느 좌판에서 마침내 익모초를 찾아냈다. 잎에 투실투실 살이 오른, 즙이 듬뿍듬뿍 나올 것 같은 양질의 익모초. 드디어 찾았구나. 익모초를 발견하는 순간 큰 횡재라도 만난 듯 저절로 눈이 휘둥그레졌다.

집을 나설 때만 해도 과연 이 시장에 익모초가 나와 있을는지 반신반의했었는데 당초 예상보다는 훨씬 힘들이지 않고 그 약초를 찾아낼 수 있었다. 어쩌면 변두리 중에서도 변두리 시장인 데다 종종 찾는 사람들이 있으니까 그런 익모초가 나와 있는지도 모를 일이었다.

승우는 두말하지 않고 익모초 두 다발을 사들었다. 그러고는 아까보다 훨씬 잰걸음으로 그곳을 벗어나 집으로 향했다. 시장까지 갈 때는 발걸음이 여간 무겁지 않았지만, 그 귀한 익모초를 손쉽게 구해 손에 든 지금 그의 발걸음은 한결 가벼워지고 있었다.

그는 집으로 돌아오자마자 옹기 장독 뚜껑에 깨끗이 씻은 익모초를 얹어놓고 방망이 끝으로 잘근잘근 찧어 대접에 생즙을 냈다. 이윽고 시커먼 생즙이 대접에 가득 찼다. 그는 대접을 들고 잠시 익모초 생즙을 그윽이 들여다보았다. 아니나 다를까, 검은 생즙 위에 한 사내의 얼굴이 얼룩얼

룽 얼비치고 있었다.

먹빛 생즙 위에 어린, 너무 지친 그 얼굴은 승우의 삶을 상징적으로 대변해주는 것 같았다. 피를 말리다 못해 뼈를 깎고 영혼의 액즙까지 짜내며 힘겹게 살아온 그 험난했던 고난의 세월. 대접을 슬쩍 움직이면 그 안에 담긴 사내의 얼굴은 잔잔한 물결을 이루며 이리저리 흔들렸다.

승우는 얼마 동안 그 사내를 뚫어져라 응시하다가 먹물 같은 익모초 생즙을 단숨에 벌컥벌컥 들이켰다. 그 맛은 여간 쓴 것이 아니었지만, 그는 대접 밑바닥에 남아 있는 마지막 한 방울까지 알뜰하게 쪼옥 들이마셨다. 어렵게 익모초를 구한 데다 직접 장만한 생즙인지라 한 방울도 남길 수가 없었던 것이다.

그는 곧 익모초 생즙이 묻어난 대접을 수돗물에 헹궈 본래의 자리에 얹어 놓고 서재에 들어와 벌렁 드러누웠다. 생즙을 마실 때는 그 맛이 쓰디썼지만, 뒷맛은 쌉쌀하면서도 향기로웠고, 점차 시간이 흐르면서 더부룩했던 속이 점점 편안해지고 있었다.

참으로 신기했다. 하찮다면 하찮은 익모초 생즙 한 대접에 더부룩했던 속이 말끔히 가라앉았다. 승우는 다시 어머니를 그리워하였다. 어느 누구보다도 지혜로웠지만 한평생 죽을 둥 살 둥 혀 빠지게 고생만 하다가 돌아가신 어머니. 승우가 콧날이 시큰해짐을 느끼고 있을 때 제 엄마를 따라 밖에 나갔던 성현이가 돌아왔다. 그 녀석이 물었다.

"아빠, 월명산에는 언제 가실 거예요?"

"지금 갈까."

"좋아요. 어서 가요."

"그래, 가자꾸나."

승우는 성현이의 손목을 잡고 남루하기 짝이 없는 광동주택을 나섰다. 날씨는 여전히 우중충했지만, 어느 사이엔가 승우의 몸은 날아갈 듯이 가벼워져 있었다. 그들 부자는 햇살조차 들어오지 않는 비좁은 골목길을 벗어나 저 푸르른 월명산을 향해 성큼성큼 걸어가고 있었다.

《한국소설》 2002년 12월호)

달개비꽃

승우는 성현이와 함께 월명산 오솔길로 들어섰다. 월명산 기슭에는 오솔길이 거미줄처럼 여러 가닥으로 얼기설기 나 있었는데, 그들 부자는 배드민턴 연습장을 거쳐 월명산 공원 관리동(棟)이 있는 남쪽으로 이어진 밋밋한 코스를 택했다. 성현이가 물었다.

"아빠, 오늘은 왜 이쪽으로 가세요?"

"응. 오늘은 이쪽으로 가보고 싶은데……. 다른 길로 갈까?"

"아뇨. 아빠가 가고 싶은 길로 가세요."

"그래. 그렇다면 오늘은 한 번 이쪽으로 가보자꾸나."

승우는 월명산에 오를 때마다 코스를 바꾸곤 하였다. 거의 매일 오르내리는 산이지만, 그때그때 코스를 바꾸면 그 나름대로 느낌이 새로워지는 월명산. 그나마 동네에 이런 산이 있다는 것은 큰 행운이자 축복이라고 말할 수 있었다.

과거 개발독재 시대의 논리대로라면 이 산은 진작 마구 파헤쳐서 아파트 숲으로 둔갑했겠지. 그러나 시민들의 의식 수준이 높아지고 환경문제가 전 인류의 관심사로 떠오르면서 이 산은 이제 이 지역 주민들의 친근한 쉼터로 확실히 자리매김하였다.

월명동 주민들의 유일한 휴식공간인 월명산. 부유층만 모여 사는 월명아파트 주민들이야 골프장이다 헬스클럽이다 뭐다 해서 안 가는 데가 없겠지만 빈한하기 짝이 없는 월명동 달동네 주민들에게는 이 월명산밖에는 달리 갈 곳이 없었다.

본래 월명동이라는 동명(洞名) 자체가 월명산에서 비롯되었지만, 이 월명산이야말로 이 동네 주민들에게는 언제나 부담 없이 드나들 수 있는 안식처인 셈이었다. 만약 이 월명산이 없었다면 이 동네가 얼마나 삭막할까. 그래도 이 월명산이 있음으로 해서 월명동 주민들은 삶에 지친 육신의 피로를 덜 수 있었다.

승우 자신도 지난 십수 년 동안 거의 매일 이 월명산을 오르내렸다. 잠이 부족하여 뒷골이 뻐근하거나, 뭔가 조용히 구상을 가다듬어야 할 때 그는 거의 예외 없이 월명산에 오르곤 하였다. 아니나 다를까, 월명산 기슭을 한 바퀴 돌면서 맑은 공기를 마시다 보면 어느 정도 피로가 가시는 것은 물론 꼬인 실타래처럼 꽉 막혔던 생각들이 봇물 터지듯 좔좔 풀려 나왔다.

생계유지가 위험수위에 이른 이 근래에 들어와 그는 숨통을 옥죄어 오는 불안감을 잊어 보려고 더욱 자주 월명산을 오르내렸다. 앞이 보이지 않는 막막한 삶. 오늘이라도 당장 일감이 들어온다면 죽자 살자 그 일에 매달리겠지만, 일감을 마련해 보겠다던 학문당 박 사장이나 창조사 정 사장한테서는 아무런 소식이 없었다.

그는, 어디 가서 막노동이라도 해 볼까 궁리한 적도 있었다. 그러나 막노동도 아무나 할 수 있는 것이 아니었다. 막노동은 막노동대로 그 일에 종사할 만한 체력과 요령이 뒷받침되어야 할진대, 승우는 비루먹은 당나귀처럼 야윌 대로 야윈 데다 소싯적 이후 자료를 뒤적이고 남의 원고를 대필해주는 정신노동에만 종사한 터라 막노동에는 영 자신이 없었다.

승우는 얼마 전부터 인터넷에 들어가 취업과 구인 관련 정보를 샅샅이 뒤졌다. 하지만 승우는 나이도 있고 해서 발붙일 곳을 찾을 수가 없었다. 더군다나 조금이라도 괜찮다 싶은, 몸을 던져 일할 만한 값어치가 있다고 느껴지는 웬만한 회사에서는 거의 어김없이 대졸 학력을 요구하고 있었다.

기가 질렸다. 그러잖아도 이날 이때까지 학력의 벽을 뛰어넘지 못해 죽도록 고생했는데 신규 인력을 채용하는 곳에서는 아직도 거의 대부분 대졸자만 찾고 있었다. 정말 학력이 뭔지, 남들이 별로 알아주지도 않는 고등학교 졸업장을 가지고는 그 어디에도 발을 붙일 수가 없었다.

그는 지난주에도 버스정류장에 나가 《벼룩시장》이며 《가로수》, 《교차로》 같은 간행물까지 가져다가 갈피갈피 뒤적이며 일자리를 알아보았다. 그러한 간행물에는 구직이다 구인이다…… 뭐니 뭐니 해서 깨알 같은 광고가 빼곡히 나와 있었다. 그는, 밑져야 본전이라는 생각으로 몇 군데에 전화를 걸어 직접 상담을 벌여 보기도 했지만, 이거다 하고 딱 부러지게 결정할 만한 곳은 한 군데도 없었다.

하긴 원고 대필자를 뽑는 기업이 어디 있을까. '배운 도둑질'이라는 말도 있지만, 승우가 가진 기술이라고 할까, 능력이라고는 남의 원고 대필해주는 일밖에 없었다. 남의 원고를 대필하는 데는 귀재니 달인이니 최고의 칭호를 들어온 인물. 그는 자타가 공인하는 만물박사였지만, 그러나 이제 와서 막상 직업을 전환하자니 여간 막막한 것이 아니었다.

잘못하면 사기꾼에게 걸려들기 딱 좋은, 처음에는 감언이설로 어쩌구저쩌구 그럴싸한 조건을 제시해 놓고 일단 걸려들었다 하면 껍데기까지 홀딱 벗겨먹는 세상. 그는 몇 군데로 전화를 걸어 상담을 벌이는 동안 혹여 멋모르고 덤볐다가 덜컥 낚시 바늘에 코 꿰는 것은 아닐까 경계하면서 신중하게 대처하였다.

바로 그날 저녁때였다. 승우는 앞으로 어떻게 살아갈까 걱정하며 애꿎은 담배만 축내고 있었는데 난데없이 전화벨이 울렸다. 그는 혹시 학문당 박 사장일지도 모른다고 기대하면서 얼른 송수화기를 들었다. 그런데 전화를 걸어온 사람은 박 사장이 아니라 정체불명의 어떤 여성이었다. 그녀가 물었다.

"김승우 사장님 댁이죠?"

"사장은 아닙니다만……."

승우가 더듬더듬 응수하였다.

"김 사장님 되세요?"

그러나 상대방은 여성 특유의 웃음기를 머금은 낭랑한 목소리로 계속 '김 사장'이라는 호칭을 고집하고 있었다. 승우가 말했다.

"사장이 아니라고 했잖습니까?"

"참 겸손하시네요. 요즘은 다 사장님이라고 부르잖아요. 어떻든 좋습니다. 여기는 강남부동산컨설팅 회사인데요. 제 이름은 공지순이라고 합니다. 좋은 프로젝트가 있어서 소개해드리려고 해요. 조금만 투자하면 막대한 이익을 보장받을 수 있는 사업이거든요. 사장님, 기회는 자주 오는 게 아닙니다. 이 좋은 기회를 놓치지 마세요."

"나, 그런 일에는 관심 없습니다."

"사장님, 제 설명을 조금만 들으시면 좋은 일이 있을 거예요."

공지순은 응석을 부리듯 물고 늘어졌다. 요즘 이른바 텔레마케팅이라나 뭐라나 그런 것이 성업 중이라더니, 강남부동산컨설팅이라는 곳도 소위 전화로 고객을 유치하여 모종의 부동산 사업을 벌이는 회사인 모양이었다. 승우가 말했다.

"나는 투자할 만한 여력이 없는 영세민입니다."

"사장님, 제가 드리는 말씀을 잘 들어 보세요. 이렇게 경제가 어려운 때일수록 재테크에 관심을 가지셔야 해요. 적은 자금으로 큰돈을 벌 수 있다면 좋은 일이잖아요. 제가 그 좋은 정보를 드리려고 그러는 거예요. 지금 바쁘세요?"

"그렇게 바쁜 것은 아닙니다만……."

승우는 곧이곧대로 말했다. 웬만한 사람 같으면 싹둑 잘라버리거나 바쁘다는 핑계로 어물어물 끊어버릴 수도 있었겠지만, 승우는 본래 고지식한 인물이었으므로 마치 면접시험에 나선 순진한 응시자처럼 공지순의 질문에 고분고분 답변해주었다. 상대방이 말했다.

"그러시면 제 설명 좀 잘 들어보세요. 최종적인 결정은 사장님께서 내리시는 거지만 저는 어디까지나 유익한 정보를 드리려고 하는 거예요. 최근 남북 간에 경의선과 동해선을 연결하기로 합의했잖아요? 사장님도 잘 알고 계시죠?"

"그 정도야 잘 알고 있죠."

"그렇습니다. 사장님께서 뉴스에 밝으시니까 말씀드리기가 훨씬 편안하군요. 사장님께서 잘 아시는 것처럼 앞으로 곧 경의선과 동해선이 연결될 거예요. 그러면 그 일대의 부동산값이 상승할 것 아니겠어요?"

"글쎄요……."

승우는 부동산값 상승이라는 말을 듣는 순간, 그만 전신에 두드러기가 오르는 듯한 착각을 불러일으켰다. 이미 오래전 생활비까지 거덜 난 마당에, 누구 약을 올리려는 건지 상대방은 초장부터 승우의 관심에서 빗나가도 한참 빗나간 이야기를 늘어놓고 있었다.

그러나 승우는 끝까지 상대방의 인격을 최대한 존중해주기로 하였다. 직접 자기 사업을 위한 전화인지, 아니면 누군가에게 고용되어 그 일을 하는지 그것은 정확히 알 수 없지만, 어쨌든 그녀 역시 먹고살기 위해 하는 일이라 생각하면 매정하게 잘라버릴 일도 아니었으므로 건성으로나마 적당히 그녀의 말을 들어주었다. 그녀가 다시 물었다.

"사장님, 혹시 저진이라는 곳을 아세요?"

저진은 바로 강원도 고성군에 위치한, 군사분계선 바로 밑에 있는 마을이었다. 저진에는 저진역이 있는데, 그 역은 휴전협정 체결 이후 동해선의 최북단 역이 되었고, 장차 동해선을 연결할 경우 당연히 남한의 저진역과 북한의 온정리역을 잇게 되리라. 승우가 말했다.

"그야 잘 알고 있죠."

"어떻게 잘 아시죠?"

"그야 기본 아닙니까?"

"혹시 고향이 그쪽이세요?"

"아뇨."

"그런데도 어떻게 저진을 아시는지 정말 놀랍군요. 대부분의 사장님들이니 대진·가진·거진은 잘 알아도 저진은 잘 모르시는데……. 그럼 통일

전망대도 잘 아시겠네요?"

"물론이죠."

"어머나, 김 사장님은 정말 만물박사이신가 봐요."

그 말에 승우는 피식 웃었다. 만물박사? 생면부지의 인물인 공지순이 어떻게 남의 별명까지 알아냈는지 참으로 귀신이 곡할 노릇이었다. 승우가 말했다.

"그야 뭐 아무렇게나 생각해도 좋습니다만, 저는 아까도 말씀드렸다시피 부동산과는 전혀 인연이 없는 사람입니다."

"아이 참, 사장님도……. 지금이 어떤 세상인데 그런 말씀을 하세요? 재테크에는 부동산이 최고예요. 엊그제 정부에서 발표한 부동산 안정 대책 보셨지요? 김 사장님께서는 그 대책을 어떻게 생각하세요?"

"한마디로 개똥같이 생각합니다."

"그렇습니다. 정부가 부동산 대책을 발표한 이후 서울 강남 지역에 떠돌던 자금이 지금은 지방으로 몰리고 있습니다."

그거야 삼척동자도 다 아는 일이었다. 정부가 소위 부동산 안정 대책이라는 것을 발표한 이후 서울의 투기 자금이 지방으로 대거 이동하는 추세에 있었다. 그것은 충분히 예견된 일이기도 했다. 이미 증시(證市)가 무너지고, 모든 업종이 불황을 면치 못하는 데다 저금리(低金利) 정책이 계속되는 이 마당에 수도권의 부동산 매매까지 억제하면 그 돈이 어디로 갈 것인가. 승우가 말했다.

"그건 저도 잘 알고 있습니다."

"잘 아시는군요. 그렇다면 이번 기회에 별로 힘들이지 않고 손쉽게 돈을 벌 수 있잖아요? 저희 회사가 저진 일대에 약 150만 평의 땅을 확보해 놓고 있거든요. 그 가운데 조금만 사 두시면 큰 이익이 남을 거예요."

"그럴 형편이 못 된다고 했잖습니까?"

"김 사장님 말씀하시는 것으로 봐서 충분히 여유자금이 있을 것 같은 데……."

"잘못 짚었습니다. 저는 지금 아무것도 가진 것이 없습니다. 제가 왜 댁에 거짓말을 하겠습니까? 저엉 투자자를 찾으시려면 다른 곳을 알아보시는 게 좋을 것 같습니다."

승우는 정중하게 말했다. 공지순이야 달착지근한 미끼를 던져 어떻게 해서든 한 건이라도 엮어 보려는 것이었지만, 개뿔이나 투자는커녕 우선 당장 입에 풀칠하기도 바쁜 승우 귀에는 그녀의 말이 쏙쏙 들어올 리 만무했다. 상대방이 말했다.

"정말 몇백만 원도 없으세요?"

"몇백만 원은 고사하고 솔직히 말해서 몇백 원도 없습니다. 그런데 우리 전화번호는 어떻게 알았습니까?"

"그야 다 아는 수가 있죠. 저희들은 정보를 먹고사는 사람들이니까요."

공지순은 흐지부지 말끝을 흐렸다. 혹시 대어(大魚)를 낚을지도 모른다는 기대 속에 전화를 걸었다가 대어는커녕 피라미도 낚지 못한 채 미끼만 날린 꼴이 되어 그녀는 못내 실망스런 모양이었다.

뭐랄까, 승우는 내심 그런 공지순을 딱하고 가련하게 생각했다. 정보를 먹고산다? 그런 사람이 겨우 나 같은 사람을 찍었어? 그녀는 필경 전화번호부를 뒤적이다가 무작위로 상담 대상을 찍어 전화를 걸었거나, 아니면 어디선가 얼토당토않은 엉터리 정보를 주워 가지고는 한 건 올리겠답시고 덤벼든 것 아닐까.

그렇다면 공지순이 성공할 확률은 사실상 물어볼 필요도 없었다. 그런데도 그녀가 처음부터 끝까지 열심히 부동산에 대해 어떻고 저떻고 설명하는 것을 보면 성실성만은 나무랄 데가 없었다. 아니, 어쩌면 그녀가 아직 세상 물정을 잘 몰라 그런지도 몰랐다.

섣불리 남을 잡아먹으려다 도리어 남에게 잡아먹히는 이 험난한 세상……. 그런 무시무시한 세상에 아직도 공지순처럼 순진한 인물이 있었다니 도리어 이상하게 느껴지기도 하였다. 그녀가 과연 어떤 인물인지에 대해서는 전혀 알 수도 없고, 또 알고 싶지도 않지만, 상담 대상을 잘못 선택한 것만은 분명했다.

아무튼 승우는 그날 이후 정부의 부동산 안정 대책이라는 것에 대해 다시 한 번 생각할 기회를 갖게 되었다. 부동산 가격이 널뛰기를 할 때마다 정부는 판에 박힌 듯한 대책을 내놓곤 하였다. 올해에 들어와 벌써 네 차례나 발표된 부동산 안정 대책. 그러나 이번에 발표된 대책 역시 얼마나 실효성을 거둘 수 있을지 의문시되었다.

강남 일대의 아파트에 집중되고 있는 이른바 부동산 투기 열풍. 정부는 그 열풍을 잠재우기 위해 부랴부랴 부동산 안정 대책을 발표했던 것인데, 그 내용은 기준 시가 인상과 부동산 투기 혐의자에 대한 세무조사를 골자로 하고 있었다. 하지만 그런 발표에 대해 언론이나 일반 국민들은 핑핑 콧방귀를 뀔 따름이었다.

정부 당국의 발표는 도리어 세법에 어두운 서민 대중의 혼선만 가중시키고 있었다. 탈세에 이골 난 전문 투기꾼들이야 교묘히 법망(法網)을 빠져나가게 마련이지만, 평생 혀 빠지게 일해 간신히 아파트 한 채 장만한 사람에게는 별로 이로울 것이 없는 정책. 서민 대중은 아무런 일관성도 없이 그때그때 편의에 따라 요랬다조랬다 하는 정부의 정책을 더는 믿지 않으려 했다.

정말 정부는 뭐 하는 곳인지 알 수가 없었다. 기준 시가만 올리면, 그리고 투기혐의자를 대상으로 세무조사를 벌이겠다고 뺑뺑 엄포만 놓으면 부동산 가격이 안정된다고 믿는 공직자들. 그러나 그건 천만의 말씀이었다. 기준 시가를 올리면 아파트를 가진 사람들이 '열중쉬어' 하고 가만히 있을 줄 아는 모양인데 그것은 어림도 없는 착각이었다.

기준 시가가 오르면 아파트를 여러 채 가진 사람은 아파트값에 세금으로 흡수될 몫까지 얹음으로써 아파트 가격은 더욱 치솟을 수밖에 없었다. 그런데도 정부가 기준 시가를 올려 도리어 아파트값 인상에 부채질을 하다니……. 정말 정부에 들어가 있는, 소위 자칭 공복이라는 사람들은 과연 누구를 위해 그런 조치를 내놓는지 모를 일이었다.

하기야 초록(草綠)은 동색(同色)이었다. 사실 권력과 돈은 동전의 양면과 다를 바 없었다. 돈이 있는 곳에 권력이 있고, 권력이 있는 곳에 돈이 있게 마련이었다. 최근 제왕적 대통령의 황태자 같은 자제들과 돈 가진 작자들이 맞붙어 놀아난 천인공노할 작태는 그 대표적 사례가 아니고 무엇인가.

한심한 사람들……. 명색이 대통령의 아들이란 사람들이 자기 아버지 얼굴에 먹칠하는 것은 물론, 국가 전체가 국제적인 개망신을 당하는지도 모르고 부당하게 검은돈을 꿀꺽꿀꺽 집어삼킴으로써 범국민적 원성(怨聲)의 대상이 되다 못해 줄줄이 쇠고랑 차고 감방에 들어간 사건은 돈과 권력의 함수관계를 웅변으로 입증해주었다.

한때 대통령의 총애를 받아, 장관의 자리에까지 올랐던 작자가 외국으로 도망친 사건이야말로 당대의 희극이 아닐 수 없었다. 그 작자는 장관에 오르기 직전 국세청장으로 있으면서 여러 놈과 짜고 제 사복을 채우기에 바빴는데, 그 내용이 뒤늦게 언론을 통해 세간에 알려지자 허둥지둥 외국으로 달아나 머리카락 보일라 꼭꼭 숨은 터였다.

본래 쿠리쿠리한 똥이 있는 곳에 똥파리가 꾀고, 쇠똥이 있는 곳에 쇠똥벌레가 모여들게 마련이었다. 끗발 있는 놈들은 끗발 있는 놈들끼리 한통속이 되어 두 눈에 불을 켜고 저희들 몫을 챙겨 먹기에 바빠 너도 썩고 나도 썩고 함께 푹신 썩어 가는 세상. 권력이라는 끗발과 금력이라는 끗발은 그 어떤 시대에도 떨어지려야 떨어질 수가 없었다.

권력 가진 자들과 돈 거머쥔 자들은 악어와 악어새라 해도 과언이 아니었다. 언제나 찰싹 달라붙어 살아가는 공생의 천재들. 누이 좋고 매부 좋고……. 그러니까 그 작자들은 짜고 치는 고스톱의 명수들인 듯했다. 정부 당국에서 이 근래 발표한 일련의 부동산 대책을 볼라치면, 미상불 정책을 입안하는 정부 당국자 중에도 사복을 채우기에 급급한 투기꾼이 있을지 모른다는 심증이 들었다.

그렇지 않고서야 어떻게 겨우 서민아파트 한 채 장만한 서민 대중을 철저히 외면한, 도리어 특정 지역의 아파트값에 휘발유를 들이붓는 그따위 정책을 내놓을 것인가. 하긴 등 따시고 배부른 작자들에게 서민 대중의 삶을 참작해달라고 기대하는 것 자체가 어리석은 일인지도 몰랐다.

옛말에 오얏나무 밑에서 갓끈 고쳐 매지 말고, 참외밭 옆에서 짚세기 고쳐 신지 말라고 하였다. 오얏나무 밑에서 갓끈 고쳐 매다가 혹여 슬쩍 오얏을 따는 것으로 의심받을 수도 있고, 참외밭 옆에서 짚세기 고쳐 신다가 역시 참외 서리하는 것으로 오인받을 수도 있으니까.

그러나 요즘에는 세상이 달라져 있었다. 온 국민의 이목이 집중되어 있는데도 버젓이 도둑질을 일삼는 작자들이 얼마나 많은가. 서민들은 평생 구경조차 못할 거액을 늘큼늘큼 집어삼키고서도 대가성이 있느니 없느니 귀신 씻나락 까먹는 소리나 늘어놓는 작자들. 그들이 백주(白晝)에도 활개 치고 다니는 한 서민 대중의 삶은 더욱 어려워질 수밖에 없었다.

어디 그뿐인가. 떡 방앗간을 몇 개씩 차리고도 남을 뭉칫돈을 챙겨 넣고 서도 떡값이니 뭐니 씨도 먹히지 않을 잡소리를 늘어놓으며 국민들을 우롱하는 작자들을 볼라치면 그런 잡것들도 과연 인간의 반열에 들 수 있는 것인지 의구심을 품지 않을 수 없었다.

권력과 돈. 막말로 얘기해서 대갈통에 든 것이라곤 똥밖에 없는, 이른바 깡통 같은 것들이 권력을 내세워 돈을 마구잡이로 긁어 들이고, 또 돈 가진 자들이 권력과 결탁하여 세상을 제멋대로 농단하는 이 참담한 현실을 과연 어떻게 이해해야 할까.

알 만한 사람은 다 알고 있는 일이지만, 승우는 대쪽이 아니라 아예 대꼬챙이 같은 인물이었다. 하지만 그는 설 자리가 없었다. 승우처럼 청렴 강직한, 오직 자기 일밖에 모르는 교과서 같은 사람은 약은 놈들 등쌀에 쉬어 터진 보리 찬밥 신세가 되어 뒷전으로 밀려나야 했다. 개인의 능력이나 실력보다도 든든한 줄이 있어야 출세할 수 있는 이 사회가 진정으로 건전한 사회인지 실로 한심하기 짝이 없었다.

승우는 피눈물 나는 노력을 통해서 만물박사라는 칭호까지 얻었다. 일단 승우를 한 번 만난 사람이라면 어느 누구라도 끝도 없는 그의 학식에 탄복하게 마련이었다. 그는 백과사전이 무색할 만큼 다방면에 걸쳐 해박한 지식을 가지고 있었다.

그뿐이 아니었다. 승우는 다른 사람의 내면을 읽어내는 데도 천부적인 감각을 가지고 있었다. 척 하면 삼천리, 툭 하면 호박 떨어지는 소리, 쿵 하면 도둑놈 담 뛰어넘는 소리라는 말도 있지만, 그는 누군가와 대화를 나누더라도 상대방이 한두 마디 운을 떼었다 하면 그가 무슨 말을 하려는지 미리 결론을 읽어내곤 하였다.

그런 박학다식한 인재가 한구석에서 썩고 있다는 것은 실로 안타까운 노릇이었다. 『삼국지』에 나오는 방통(龐統), 즉 봉추(鳳雛) 같은 인물이라고나 할까, 그는 뛰어난 두뇌와 쟁쟁한 실력을 가지고 있으면서도 시대의 그늘에 가려 빛을 보지 못하고 있었다. 그런 점에서 그는 이래저래 시대를 잘못 타고난 셈이었다.

그 반면, 양심이라곤 씨알머리도 없는 작자들이 더 발호하는 시대. 사리사욕에 눈이 멀어 국민들을 볼모로 빙공영사(憑公營私)하는 놈들. 입으로는 국민들을 위해 일한다고 떠들면서도 뒷구멍으로는 제 잇속을 챙기는 후안무치한 작태. 그놈들은 역사와 국민들이 두렵지도 않은 모양이었다. 승우는 오솔길이 활처럼 휘어지는, 저 너머 월명4동과 약수터로 갈라지는 길목의 벤치로 다가가면서 성현이에게 물었다.

"성현아. 잠시 쉬어갈까?"

"네. 좋아요."

성현이의 콧잔등에는 풀잎에 묻어난 이슬방울처럼 땀이 송골송골 배어나와 있었다. 그들 부자는 벤치에 나란히 걸터앉았다. 승우는 담배를 피울까 하다가 성현이에게 담배연기가 날아갈까 봐 그만두기로 하였다. 간접흡연의 해독이 적지 않다는데, 어린 아들 곁에서 담배를 피우기가 마음에 걸린 탓이었다.

아침부터 잔뜩 찌푸렸던 날씨. 그러나 시간이 흐를수록 조금씩 구름이

걷혔고, 어떤 곳에는 제법 눈부신 햇살이 쏟아지고 있었다. 참으로 변덕스런 날씨였다. 세상이 온통 미쳐 돌아가는지라 요즘에는 날씨까지 이랬다저랬다 종잡을 수가 없었다. 그러나 아까부터 햇빛을 볼 수 있게 된 데다 더부룩했던 속까지 확 뚫림으로써 아까보다는 기분이 한결 나아졌다.

벤치에 의젓이 걸터앉은 성현이는 두 다리를 간들간들 흔들면서 숨을 고르고 있었다. 눈에 넣어도 아프지 않을 귀여운 녀석. 이 개똥같은 세상에 성현이가 태어나지 않았더라면 어떻게 되었을까. 캄캄한 앞길을 생각하면 그 어디 조용한 곳에 가서 소리 소문도 없이 삶을 끝장내고 싶을 때도 없지 않았지만 성현이를 보고 있을라치면 새로운 희망이 솟구쳤다.

그런 점에서 승우에게는 성현이가 새로운 생명의 은인인 셈이었다. 그러나 앞으로 성현이를 어떻게 가르칠까 생각하면 더럭 겁이 났고, 빈한한 집에서 태어나 별로 물려받을 것 없는 성현이가 성년이 되어 모진 세파(世波)에 시달릴 일을 내다볼라치면 저절로 가슴이 미어졌다.

엊그제였다. 월명2동의 한 서민 아파트에서 있어서는 안 될, 세상을 깜짝 놀라게 하는 충격적인 참사가 발생하였다. 생활고에 시달리던 한 젊은 주부가 어린아이 둘을 아파트 옥상에서 밑으로 집어던지고 스스로 투신자살한 사건이 그것이었다.

남편은 병석에 누웠고, 그녀 자신은 어린아이들 때문에 그 어디 파출부나 일용 잡부로라도 나서기 힘든 형편이었다. 벌이는 없고, 빚은 눈덩이처럼 불어나고……. 삶이 얼마나 고통스럽고 이가 갈렸으면 그 귀여운 어린 것들을 아파트 아래로 집어던지고 세상을 등졌을까. 유언장을 통해 밝혀진 일이지만, 그녀는 모진 생활고에 시달리다가 결국 그렇게 비참한 최후의 길을 택한 것이었다.

사실 생활고에 시달리는 사람들은 한둘이 아니었다. 주위를 돌아보면 이 월명동 주민들 중에도 아침 먹고, 점심 걱정, 점심 먹고 저녁 걱정하는 사람들이 지천으로 널려 있었다. 월명아파트 단지에서는 쓰레기통에서도 먹다 버린 고급 음식물이 넘쳐난다는데 길 하나 건넌 이쪽 동네에는 가난에 찌든 극빈자들이 힘겹게 살아가고 있었다.

지금 월명동에는 엊그제 자살한 그 주부처럼 삶에 지친, 빼지도 박지도 못할 곤경에 처한 주민들이 수두룩하였다. 물론 승우도 막다른 벼랑 끝에 서 있었다. 누구는 뭐 죽고 싶어서 죽나. 오죽했으면 살려달라고 애원하는 어린것들을 아파트 아래로 떨어뜨렸을까. 그는 월명2동 젊은 주부의 비정한 자살 사건이야말로 결코 남의 이야기가 아닌 바로 자신의 일일 수 있다고 생각했다.

권좌나 돈방석에 앉아있는 자들이 밑바닥 인생인 절대 빈곤층의 절박한 사정을 알 리 만무했다. 그들은 남이야 죽든 말든 배불리 먹고 즐길 것 다 즐기면서 띵가띵가 한 시대를 노래하고 있었다. 아니, 그들은 남의 몫을 빼앗아 자기 몫을 더 부풀리지 못해 혈안이 되어 있었다.

얼빠진 인간들이 어디 그뿐인가. 망둥이가 뛰면 꼴뚜기가 뛴다더니 돼 먹지 못한 졸부들까지 덩달아 설치면서 위화감을 불러일으키고 있었다. 정부가 조금이라도 사회복지에 관심을 기울이고 빈민 구제 대책에 적극성을 보인다면 얼마든지 소외 계층을 줄일 수 있을 텐데 어떻게 된 셈인지 빈부 격차는 날로 심화되고 있었다.

상대적 박탈감도 큰 문제가 아닐 수 없었다. 부익부, 빈익빈이 심화되면 심화될수록 저소득 계층과 절대 빈곤 계층은 당연히 상대적 박탈감을 느끼게 마련이었다. 절세(節稅)라는 명목으로 어떻게 해서든 한 푼이라도 세금을 덜 내려고 기를 쓰는 재벌들. 그러나 끗발 없는 선량한 서민들은 세정당국에서 발행하는 고지서대로 한 푼 에누리 없이 꼬박꼬박 세금을 낼 수밖에 없지 않은가.

본래 공직자들이란 생래적으로 강자 앞에 약하고 약자 앞에서 강하게 마련이었다. 그들은, 제 상전 앞에서는 굽실굽실하면서도 힘없는 민초들 앞에서는 직권을 남용하는 등 안하무인으로 놀았다.

강자 앞에서는 꼼짝 못하는 작자들이 서민 대중 앞에서는 어떻게 위세를 부리는지. 그렇기 때문에 서민 대중은 꼼짝없이 세정 당국에서 발행하는 고지서대로 세금을 물지 않을 수 없었다. 서민은 오나가나 동네북이었다. 이리 뜯기고, 저리 빼앗기고……. 문둥이 콧구멍의 마늘을 빼먹어도 분수가 있지, 조금이라도 끗발 있는 작자들은 약자들을 더 발라먹지 못해 안달하고 있었다.

더군다나 알게 모르게 국민들의 혈세가 낭비되는 곳은 한두 군데가 아니었다. 월명동만 하더라도 공사가 중복되는 곳이 즐비하였다. 아침에 파고, 점심때 메우고, 저녁때 다시 파고……. 정말 간덩이도 크지. 시민들이 두 눈 부릅뜨고 있는데도 그런 일들이 노골적으로 벌어지는 현실을 감안한다면 보이지 않는 곳에서 일어나는 혈세 낭비는 더는 물어볼 필요도 없지 않은가.

위정자들, 특히 정부 당국자들은 입만 열었다 하면 개나 걸이나 국민 통합과 삶의 질 향상을 거론하곤 하였다. 그러나 갈수록 지역 간·계층 간·세대 간 갈등의 골이 깊어지는 데다 숨통을 조여 오는 생활고에 견디다 못해 스스로 목숨을 끊는 사람들이 속출하는 실정이었다.

어디 그뿐인가. 몇 해 전에는 공무원들이 세금을 가로채 착복하는 사건까지 발생하여 세상을 떠들썩하게 하였다. 이른바 '세도(稅盜)' 사건이 바로 그것이었다. 사정이 이렇건만 정부 당국은 공평 과세 어쩌구 하면서 허울 좋은 개소리만 늘어놓고 있었다.

권력과 돈이면 안 되는 것이 없는 세상. 권력을 쥐면 돈을 긁어모으고, 돈이 있으면 권력을 매수하는 세상. 그리하여 권력이 있는 곳에 돈이 있었고, 돈이 있는 곳에 권력이 따라붙게 마련이었다. 이렇듯 권력과 돈이 결탁하여 춤추는 그 뒤안길에서 못 배우고 가진 것 없는 서민들은 더 죽어날 수밖에 없었다.

승우는 무심코 저쪽 능선으로 눈길을 던졌다. 거기, 흉물 중에서도 흉물인, 어느 민간 건설회사에서 지어 분양한 근대아파트가 서 있었다. 어떤 놈의 농간인지는 몰라도 밋밋한 능선 일부를 깎아 아파트를 지었는데, 그 아파트가 들어선 이후 월명산은 본래의 모습을 잃고 말았다.

빌어먹을. 승우는 그 근대아파트를 건너다볼 때마다 천불이 나서 견딜 수가 없었다. 그곳에 아파트를 지어 팔아먹은 건설업체도 그렇지만, 어떤 후레자식이 그곳에 아파트를 짓도록 건축허가를 내주었는지 정말 한심하기 짝이 없었다. 그놈은, 한 번 훼손당한 자연은 기본적으로 원상 복구가 안 된다는, 그 간단한 대자연의 법칙조차 무시한 채 썩은 뇌물에 눈이 멀어 그곳에 아파트 건축 허가를 내준 모양이었다.

그 근대아파트가 들어선 이후 주민들의 여론은 비판 일색이었다. 오죽하면 그 아파트에 입주한 주민들까지 그런 곳에 건축허가를 내준, 월명산을 망친 행정 당국의 처사에 혀를 내두르는 형편이었다. 동네 여론이 이렇다 보니 근대아파트 주민들은 그 아파트에 산다는 자체만으로도 괜히 주눅이 들어 월명산을 오르내리는 한 동네 사람들에게도 그곳에 산다는 사실을 떳떳이 밝히지 못한 채 은근히 꼬리를 사리곤 하였다.

개중에는 입주하자마자 재빨리 아파트를 팔아버리고 떠난 사람들도 있었으며, 소위 시세 차익을 노리고 그 아파트를 분양받았던 투기꾼들은 별로 재미를 보지 못한 채 슬그머니 보따리를 싸 가지고 물러난 터였다. 그러니까 근대아파트는 어느 누구에게도 만족을 주지 못한, 아니 만족은커녕 도리어 실망만 안겨준 실패작 중의 실패작이라고 말할 수 있었다.

들리는 바에 의하면, 그 아파트가 들어선 이후 주민들이 행정 당국에 찾아가 집단 항의하였고, 서면이나 전화는 물론이고 인터넷을 통해서도 각종 비난이 빗발친다고 하였다. 여건만 허락한다면 승우도 행정 당국에 찾아가 책임자의 멱살을 거머쥐고 개 끌 듯이 질질 끌어내고 싶은 심정이었다. 하지만 당장 발등에 떨어진 불을 끄기도 화급한 실정인지라 그 분노를 행동으로 옮기지 못한 채 부글부글 속만 끓일 따름이었다.

며칠 전, 승우는 그 아파트 뒷길로 해서 이쪽으로 건너온 적이 있었다. 근대아파트 뒤쪽 깎아지른 단애(斷崖)를 따라 전방의 군사분계선을 방불케 하는 철책이 둘러쳐져 있었다. 종전에는 밋밋한 경사면이었는데, 문제의 아파트 공사가 시작될 때 산기슭을 깎아낸 탓에 그런 벼랑이 생겨난 것이었다.

월명산을 오르내리는 시민들의 안전 문제는 더 말할 나위도 없거니와 폭우라도 쏟아지면 무지막지하게 깎아낸 낭떠러지가 온전히 견뎌낼 수 있을지 의문이었다. 지난번 집중호우 때에는 운 좋게도 조용히 넘어갔지만 언젠가는 반드시 엄청난 산사태가 나서 큰 재앙을 부르게 되리라.

이 근래에 전국 각지에서 일어난 재난이 천재(天災) 아닌 인재(人災)였음을 감안할 때, 근대아파트야말로 그 건물이 들어서는 순간부터 엄청난 재앙을 부르고 있는 셈이었다. 승우는 근대아파트를 바라볼 때마다 울화가 치밀어 견딜 수가 없었다. 후손에게 대대손손 물려줘야 할 소중한 땅을 그렇게 마구 파헤쳐 가지고는 흉물스런 아파트를 지어 팔아먹어도 되는 건지 정말 알다가도 모를 일이었다. 승우가 성현이에게 말했다.

"성현아. 우리 이제 저쪽으로 가 볼까."

"좋아요."

성현이는 벤치에서 벌떡 일어나 고사리 같은 손으로 엉덩이를 툴툴 털었다. 신통방통한 녀석. 엉덩이에 별로 묻어난 것도 없는데, 노련한 어른들처럼 엉덩이를 툴툴 터는 동작이 여간 귀엽지 않았다. 승우는 그런 성현이를 보면서 아주 신선한, 그리고 가슴 뿌듯한 기쁨을 맛보았다.

승우와 성현이는 상수리나무 두 그루가 수호신처럼 서 있는 비탈길을 지나갔다. 상수리나무 사이의 비탈길은 동네 사람들이 하도 오르내려 마치 기름을 발라 놓은 듯 반질반질하였다. 다른 곳은 흙이 푸석하여 먼지가 풀풀 날리는 반면, 이쪽 기슭은 흙에 그런대로 찰기가 있어서 미끈해 보였다.

그런 길을 따라 상수리나무 사이를 빠져나가자 개암나무가 군락을 이루고 있었다. 개암나무 가지에는 드문드문 개암이 열려 있었다. 이 도시에서 개암을 볼 수 있다니……. 승우는 개암이 존재한다는 사실만으로도 기이하게 느꼈다. 개암나무를 가리키면서 성현이가 물었다.

"아빠, 이 나무는 무슨 나무예요?"

"개암나무란다."

승우는 호랑이와 개암나무 전설을 가르쳐줄까 하다가 일단 참기로 하였다. 성현이는 아직 어렸고, 그런 전설이나 동화를 이해하기에는 버겁지 않을까. 성현이가 물었다.

"개암나무는 왜 여기에 있어요?"

"글쎄, 그건 개암나무한테 물어봐야겠는데⋯⋯. 성현이가 직접 물어봐."

그러자 성현이는 순진하게도 눈을 찡긋하더니 개암나무에게 물었다.

"개암나무야. 넌 왜 여기에 와 있니?"

하지만 개암나무가 무슨 말을 할 리 만무했다. 개암나무는 미동도 하지
않은 채 잠자코 있었다. 그때 꿀벌 한 마리가 개암나무 숲 위를 가로질러
소나무 숲 쪽으로 날아갔다. 승우가 성현이에게 말했다.

"성현아. 개암나무가 말을 알아듣지 못하는구나."

"에이, 바보."

성현이는 개암나무를 향해 눈을 흘깃했다. 철없는 아이. 승우는 마음속
으로 웃으면서 성현이의 순진무구함에 탄복하지 않을 수 없었다. 정말 성
현이와 함께 있을라치면 인간의 원형(原形)을 보는 듯하여 세파에 검게 찌
든 영혼이 한결 맑아지는 듯했다. 승우가 성현이에게 물었다.

"성현아. 산에 오니까 기분 좋지?"

"네. 참 좋아요."

"우리 그럼 저쪽으로 가 볼까."

"월명정 있는 쪽으로요?"

"그래."

승우는 성현이의 손목을 잡고 오리나무들이 울창하게 우거져 있는 비
탈길을 지나갔다. 아침나절부터 조금 전까지만 해도 배가 더부룩하여 몸
을 제대로 움직일 수가 없었는데, 집에서 익모초 생즙을 장만하여 한 대접
쭈욱 들이켠 뒤로는 속이 확 뚫린 데다 기분까지 상쾌하여 날아갈 듯하였

다. 성현이가 물었다.

"아빠, 백두산은 월명산보다 더 높아요?"

"물론이지. 백두산은 우리나라에서 제일 높은 산인데 뭐."

"그럼 저 산이 백두산이에요?"

성현이는 오리나무 숲 사이로 희뿌옇게 보이는 관악산을 가리켰다. 날씨가 화창한 날 같으면 관악산의 전모가 한눈에 들어왔겠지만, 아직도 그쪽에는 구름이 덜 걷힌 데다 스모그 현상까지 겹쳐 있었으므로 그 산은 허공 속에 희미한 윤곽만 그려놓고 있었다. 승우가 말했다.

"백두산은 여기서 안 보이구…… 저 산은 관악산이야."

"백두산은 왜 안 보여요?"

"워낙 멀리 있으니까 그렇지."

성현이 녀석은 아직 거리 개념에 어두웠고, 그런 아이에게 백두산의 위치를 정확히 설명하기란 사실상 불가능했다. 집에 돌아가면 지도를 펴놓고 백두산의 위치를 설명해 줘야지. 승우는 그런 생각을 하면서 벌통이 있는 언덕 쪽으로 올라갔다.

누가 벌통을 갖다 놓았을까. 월명산 기슭에는 언제부턴가 벌통이 놓여 있었는데, 승우는 아직까지 벌통의 임자를 본 적이 없었다. 누군가 필경은 벌통의 임자가 있을 것이고, 오다가다 벌통 관리하는 장면을 목격할 수도 있었으련만 그는 이제껏 한 번도 그 주인을 만나지 못했다.

흰 페인트가 칠해진 벌통 위에는 허름한 가마니가 얹혀 있었고, 벌통에 뚫려 있는 납작한 구멍으로는 꿀벌들이 연신 들락날락하였다. 이 무덥고 답답한 여름에도 바쁘게 움직이는 꿀벌들. 승우는 그런 꿀벌들을 한없이 부러워했다. 일감만 있으면 엉덩이가 물러터지다 못해 욕창이 난다 해도 불철주야 의자에 눌러앉아 일할 수 있을 텐데 그렇지 못한 현실이 그저 안타까울 따름이었다.

벌통 밑으로는 깊은 구렁이 나 있었는데, 그 구렁의 좌우 비탈에는 무성하게 우거진 잡초들 틈에 닭의장풀이 웃자라 파란 꽃이 무더기로 피어 있었다. 오리나무 그늘 아래 파랗게 피어난 꽃. 언제 어디서나 쉽게 볼 수 있는 꽃이지만, 다른 때와는 달리 오늘 따라 그 꽃이 사뭇 신선하게 느껴졌다.

한낮이 훨씬 지난 오후인데도 꽃은 싱싱했다. 아침나절에는 이슬을 머금고 더욱 싱싱했겠지만, 구렁이 깊은 데다 오리나무 그늘까지 드리워져서 아직까지 시들지 않은 듯했다. 그뿐 아니라 온갖 잡초가 우거진 구렁 속은 흙이 촉촉한 모양이었다.

승우의 고향에서는 닭의장풀을 주로 달개비라 불렀다. 그래서 지금도 닭의장풀보다는 달개비라는 이름에 더 친근감이 가는 것이었다. 닭의장풀은 달개비 이외에도 닭의밑씻개라고도 하는데, 길가나 풀밭이며 냇가의 습지 같은 곳에서도 잘 자라는 한해살이풀이었다.

그 달개비 무더기를 물끄러미 바라보던 승우는 문득 고향이 그리워 가슴이 먹먹하고 눈시울이 화끈해짐을 느꼈다. 백마강 남쪽 고향 마을 어디에나 지천으로 피어나던 달개비꽃. 고향의 집 뒤꼍이나 닭장 모퉁이는 말할 것도 없고 밭두렁이며 논두렁 같은 곳에 달개비가 즐비하게 군락을 이루곤 했었다.

어쩌다 고향을 떠나오게 되었을까. 고향에 손바닥만 한 농토라도 있었더라면 객지로 나오지 않았을 텐데, 덜렁 맨손으로 고향을 떠난 이래 승우는 땀과 눈물로 얼룩진 고난의 가시밭길을 걷지 않으면 안 되었다. 달개비

160

꽃을 가리키면서 성현이가 물었다.

"아빠, 저 파란 꽃은 무슨 꽃이에요?"

"응…… 저 꽃은 닭의장풀꽃이란다."

"닭의장풀꽃이라고 했어요?"

"그래. 그냥 달개비꽃이라고도 하지."

"꽃이 참 예쁜데요."

"아빠가 보기에도 예쁘구나."

승우는 당장 구렁으로 달려 내려가 그 꽃을 한두 송이 따다가 성현이에게 안겨주고 싶은 충동을 받았다. 그러나 그 밑으로 뛰어들기에는 비탈이 가파른 데다 구렁 또한 너무 깊었다. 더군다나 온갖 잡초가 우거져 있었으므로 발을 헛디디면 구렁텅이로 처박힐 위험이 있었다.

달개비야 본래 흔한 잡풀이니까 조금 더 올라가다 보면 다른 데도 있겠지. 승우는 그런 생각을 하면서 월명정으로 가는 지름길을 버리고 월명4동이 바라다 보이는 능선 쪽으로 방향을 돌려 잡았다. 그 길은 평소 잘 가지 않는 곳이었지만, 이쪽보다 다소 음습한 그쪽으로 가야 안전한 곳에서 달개비꽃 군락지를 쉽게 만날 것 같은 예감이 들었다. 성현이는 아까 월명산 초입으로 들어설 때와 똑같은 질문을 던졌다.

"아빠, 오늘은 왜 이쪽으로 가요?"

"성현이에게 달개비꽃을 따주려고……. 저쪽으로 가면 달개비꽃이 많을 것 같구나."

"아, 그렇군요."

성현이는 아주 어른스럽게 말했다. 성현이는 아직 어린아이임에 틀림없지만, 녀석은 종종 영감 같은 말투로 어른들에게 신선한 충격을 안겨주곤 하였다. 이처럼 귀여운 늦둥이 아들도 있겠다, 조금만 일이 풀리면, 그리하여 최소한의 생계유지만 할 수 있다면 더 바랄 나위가 없을 것 같은데 앞이 보이지 않는 터라 참으로 죽을 지경이었다.

그들 부자는 굴참나무와 찔레나무 같은 잡목이 우거져 있는 비탈길로 들어섰다. 그곳은 다른 곳에 비해 사람들의 발길이 뜸한 터라 나무들 사이에 거미줄이 디룽디룽 매달려 있었다. 저 멀리 월명4동 44번지 일대의 게딱지 같은 불량 주택이 한눈에 들어왔다. 선거 때마다 재개발이니 뭐니 별의별 공약이 무성했지만, 그 동네는 10여 년 전이나 지금이나 하등 달라지는 것이 없었다.

승우는 그쪽을 바라보다가 다시 한 번 푸우 하고 한숨을 내쉬었다. 월명산 등성이 하나를 사이에 두고 어쩌면 이렇게 주거환경이 다를 수 있을까. 고층 아파트가 쭉쭉 뻗어 올라간, 온갖 값비싼 수목들이 한바탕 꽃 잔치를 벌이고 있는 월명아파트 단지가 별천지라고 한다면, 달동네 중의 달동네인 월명4동 일대는 이른바 빈민들의 난민촌이나 다름없었다.

웃어야 할까, 울어야 할까……. 승우는 그 불량 주택들을 바라보면서 그나마 내 집이랍시고 아직까지 그 옹색한 연립주택이라도 가지고 있는 것을 큰 축복이라 받아들였다.

그래. 저 동네에 사는 사람들은 얼마나 고단할까. 이대로 나가다가는 나도 언제 저쪽으로 밀려날지 모르잖아. 승우는 자기도 모르는 사이 그런 위기의식에 사로잡히면서 온몸에 쫘악 소름이 끼쳐옴을 느꼈다.

어디선가 부웅부웅 중장비의 굉음이 들려오고 있었다. 아마 산자락 저쪽 약수터 부근에서 무슨 공사가 벌어진 모양이었다. 이쪽 기슭으로는 워낙 오랜만에 들어온 터라 구체적으로 어떤 공사가 벌어지고 있는지 사뭇 궁금하기만 했다. 만약 근대아파트처럼 월명산을 깎아먹는다면 정말 큰일이 아닐 수 없었다.

아무튼 승우는 계속 이어지는 중장비의 굉음에 촉각을 곤두세우며 성현이를 데리고 바랭이·여뀌·방동사니 같은 잡초가 우거져 있는 야트막한 구렁으로 내려갔다. 아니나 다를까, 어느 무연고 분묘 아래 째보의 인중처럼 쩍 갈라진 긴 고랑을 따라 달개비꽃이 흐드러지게 피어 있었다. 그곳 역시 주위의 나무들로 그늘진 데다 땅에 수분이 많아 아까 저쪽 구렁에서 보았던 달개비꽃 못지않게 이곳 달개비꽃도 싱싱하였다. 승우가 성현이에게 말했다.

"성현아. 여기 봐라. 달개비꽃이 많지?"

"야, 정말 많군요."

승우는 예쁜 달개비꽃 두 개를 따서 성현이에게 주었다. 다년생 나무를 꺾는 것도 아니고, 흔해빠진 잡초에 지나지 않는 일년생 달개비꽃 한두 송이를 따내기로서니 큰 문제가 없을 듯했다. 성현이는 나비의 날개 모양으로 벌어진 하늘색 꽃잎을 신기한 듯이 바라보았다. 승우가 물었다.

"성현아. 꽃이 예쁘지?"

"네. 꼭 나비 같아요."

"그래. 아빠 눈에도 나비처럼 보이는구나."

"아빠. 저기 풀밭에 나비들이 앉았다가 꽃이 됐나 봐요."

성현이는 긴 고랑에 가득 피어 있는 달개비꽃을 가리키면서 싱글벙글 웃고 있었다. 총명한 녀석. 승우는 그런 성현이의 표현력에 새삼 감탄을 금할 길 없었다. 아직 다섯 살도 안 된 어린아이가 그런 표현을 쓸 수 있다니……. 성현이의 표현을 그대로 옮겨 놓으면 좋은 동시(童詩)가 되고도 남겠지. 승우는 성현이가 하도 신통하게 느껴져서 녀석의 머리를 쓰다듬어 주었다. 그가 말했다.

"아이구 예뻐라. 우리 성현이는 똑똑하기도 하지. 자, 그럼 이제 그만 저쪽으로 가자꾸나."

승우는 성현이의 손목을 잡고 그 구렁을 벗어나 산자락을 따라 약수터 쪽으로 난 오솔길을 따라갔다. 발자국을 옮겨 놓으면 옮겨 놓을수록 중장비 소음이 점점 크게 들려왔다. 부웅부웅 부우웅 부웅……. 공사에 동원된 중장비는 한두 대가 아닌 듯했다.

그들 부자는 야트막한 산자락을 넘어가 약수터 능선으로 다가갔다. 그런데 이게 웬일일까, 그 기슭에 무성했던 나무들은 어디로 갔는지 그림자조차 찾을 수 없었고, 그 대신 '위험', '출입금지'라고 써 붙인 경구와 함께 함석판으로 된 차단벽이 떠억 앞을 가로막고 있었다.

함석판 차단벽은 끝 간 데 없이 길게 이어져 있었다. 승우는 거의 동물적 육감으로 불길한 징조를 느끼면서 함석판 틈새를 통해 그 안을 들여다보았다. 아니나 다를까, 그 안에서는 산을 깎아내는 토목공사가 한창이었고, 굴착기 다섯 대가 여기저기 흩어져서 덤프트럭에 열심히 흙을 퍼 담고 있었다. 언제부터 공사를 시작했는지 산자락은 벌써 뭉툭하게 잘려나가 있었으며, 그 대신 온갖 나무들이 무성했던 그 자리에는 수천 평의 대지가 조성되는 중이었다.

그는 함석판 차단벽을 따라 배수지가 있는 등성이 쪽으로 올라갔다. 문제의 차단벽은 월명4동과 배수지를 잇는 진입로 근처에서 직각으로 꺾어지고 있었는데, 그 모서리에서 조금 떨어진 곳에 공사 개요를 알리는 대형 안내판이 세워져 있었다. 거기 명시된 내용인즉, 조진건설이라는 민간

건설업체가 월명산 기슭을 깎아 518세대 규모의 조진아파트를 건립한다는 것이었다.

그 안내판을 올려다보는 동안 승우는 가슴 저 깊은 곳에서부터 끓어오르는 분노를 삭일 수가 없었다. 정녕 개발독재 시대의 망령이 되살아난 것일까. 저쪽에 근대아파트라는 흉물이 들어선 이후 주민들의 항의와 지탄이 빗발치고 있는데도 행정 당국에서는 아직까지 정신을 못 차리고 있었다. 아니, 어쩌면 그놈들에게는 환경 문제나 주민들의 권익 따위가 안중에도 없는 모양이었다.

그곳에 또다시 조진아파트 허가를 내준 인간은 도대체 어떤 작자일까. 공사의 성격으로 미루어 그놈 역시 건설업자와 결탁하여 더러운 뇌물을 꿀꺽꿀꺽 집어삼킨 듯했다. 이미 근대아파트를 통해 한 번 뜨거운 국물을 마셨으면 이제는 정신을 차릴 법도 하련만, 그놈들은 뭘 믿고 또다시 이런 엉터리 같은 공사를 허가해주었는지 알다가도 모를 일이었다.

하기야 윗물이 왕창 썩었으니 아랫물이야 오죽할 것인가. 승우는 이런 땅, 이런 시대에 태어난 것을 탄식했다. 이렇다 할 철학도 없는, 개뿔도 모르는 작자들이 행정관청에 앉아 뻥뻥 사고만 저지르는 이 현실을 과연 어떻게 받아들여야 할까. 그런 깡통들이 계속 공직에 몸담고 제멋대로 인허가를 남발하는 한 우리 사회의 전도는 어두울 수밖에 없었다.

우리 사회에 부익부, 빈익빈을 비롯하여 온갖 부조리가 만연하고 있는 이 끔찍스런 현실도 우연한 일이 아니었다. 바보 천치보다 별로 나을 것 없는 덜떨어진 작자들이 공직에 눌러앉아 공익보다는 사리사욕을, 서민 대중보다는 부유층을, 약자보다는 강자를 먼저 생각하는 한 부조리는 더욱 판을 치게 마련이었다.

승우는 무자비하게 파헤쳐지는 월명산 기슭 조진아파트 공사 현장을 얼마 동안 하염없이 바라보다가 성현이의 손목을 이끌고 힘없이 돌아섰다. 그들 부자가 월명정으로 올라가는 동안 중장비의 소음이 마치 월명산의 비명인 양 끊임없이 귓가에 묻어나고 있었다. (《문학저널》 2002년 송년호)

새삼

승우는 성현이와 함께 월명산에서 내려와 우리나라 지도를 들여다보고 있었다. 다른 집의 젊은 부모들은 유아원이다 유치원이다 해서 어린아이들에게 조기교육을 시키는 모양이지만 승우 부부는 아직 이렇다 할 결정을 내리지 못하고 있었다. 마음 같아서는 성현이를 진작 유아원에 보내고 싶었지만, 주머니를 털어야 먼지만 풀풀 쏟아져 나오는 이 근래 형편으로는 그것조차 엄두를 낼 수가 없었다.

성현이는 여간 명석하지 않았다. 고등학교에 다니는 저희 누나들은 그저 보통보다 조금 나은 수준을 유지하고 있지만, 늦둥이로 태어난 성현이는 제 또래의 다른 아이들보다 훨씬 총명했다. 승우가 볼펜 끝으로 지도의 한 지점을 가리키면서 말했다.

"성현아. 백두산은 여기에 있어."

"그럼 한라산은 어디에 있어요?"

"여기……."

승우는 제주도를 가리켰다.

"그럼 이 섬이 제주도예요?"

"그렇지."

"그럼 독도는 어디예요?"

"여기……."

승우는 울릉도 동쪽에 외로이 떠 있는 독도를 가리켰다.

"아, 그렇군요. 그럼 미국은 어디에 있어요?"

"음, 이 지도는 우리나라 지도거든. 그러니까 미국은 여기에 나타나지 않아. 미국이 어디에 있는지 알려면 세계지도를 봐야 해. 아빠가 세계지도 보여줄까."

"네, 좋아요."

승우는 세계지도를 꺼내놓고 성현이에게 미국·영국·캐나다·중국·일본·프랑스·독일·오스트레일리아 등등 세계의 주요 국가들의 위치를 가르쳐주었다. 그러자 성현이는 이만저만 기뻐하는 것이 아니었다. 승우가 말했다.

"우리 성현이가 커서 어른이 되면 이런 나라에 다 가 볼 수 있어."

"정말로요?"

"물론이지."

"야, 신난다."

순진무구한 성현이는 손뼉을 치며 좋아했다. 그때 마침 위층에 사는 호찬이가 놀러왔으므로 지리 공부를 멈추지 않을 수 없었다. 두 녀석은 동갑내기이기도 했지만, 이 광동주택 안에서 비교적 죽이 잘 맞는 편이었다.

지도를 덮고, 승우는 그 두 녀석에게 주섬주섬 장난감 지폐를 챙겨주었다. 조잡스럽게 만든 싸구려 장난감. 완구점에는 값비싼 장난감이 지천으로 쌓여 있건만, 승우 형편으로서는 눈에 넣어도 아프지 않을 늦둥이 아들 성현이에게 고작 그런 장난감을 사주었다.

성현이와 호찬이는 그것도 장난감이랍시고 시장의 상인들처럼 돈을 주고받으면서 재미있게 놀고 있었다. 그런 두 아이를 물끄러미 바라보다가 승우는 자기도 모르게 콧날이 시큰해짐을 느꼈다. 도대체 가난이 뭔지. 부잣집 아이들은 비싸고 품질 좋은 장난감을 가지고 노는데, 가난한 집에 태어난 아이들은 기껏 그런 엉터리 싸구려 장난감이나 가지고 놀아야 했던 것이다.

승우는 창밖 월명초등학교 쪽으로 눈길을 던졌다. 착하고 머리 좋은 성현이를 잘 가르쳐야 할 텐데……. 그러나 지금 이 상태로 나간다면 아이를 잘 가르치기는커녕 머지않아 온 가족이 빳빳이 굶어 죽어야 할 형편이었다.

정말 산다는 것이 너무 버거웠다. 지금 시중에는 자금이 지천으로 남아돌고 있다는데 승우의 삶은 날이 갈수록 어려워지고 있었다. 부익부 빈익빈은 어제오늘의 문제가 아니지만, 대통령과 그 자제들을 비롯한 위정자들은 자기들 배불리기에만 급급하여 서민들이야 죽건 말건 전혀 신경을 쓰지 않는 듯했다.

지난주 화요일 오후, 승우는 실로 오랜만에 복지 매장 옆 월명서점에 들러 홍 사장을 만났다. 그가 점포 안으로 들어서자 사람 좋기로 유명한 홍 사장이 반갑게 맞아주었다. 월명동 터줏대감인 홍 사장은 20년 이상 똑같은 자리에서 서점을 운영해왔는데, 법 없이도 살 수 있는 호인 중의 호인으로 동네 주민들 사이에서 신망이 높았다. 홍 사장이 승우에게 말했다.

"오랜만이군요."

"그렇습니다. 그간 별고 없으셨겠죠?"

"저야 항상 염려해주시는 덕택에 잘 지냈습니다. 박사님은 바쁘셨던가 봐요. 여름 내내 꼼짝도 않으신 걸 보면……."

홍 사장도 언제부턴가 승우에게 박사라 불러주었다. 박사? 솔직히 말해서 승우는 학위를 받은 사실이 없었다. 그런데도 승우에 대해 잘 아는, 아니 일면식이라도 있는 사람이라면 누구나 박사라 불러주었다. 승우가 말했다.

"별로 바쁜 것도 없었어요. 그저 빈둥빈둥 놀고 지냈는데요 뭐. 그래 요즘 서점 경기는 어떻습니까?"

"말도 못해요. 이 상태로 나가면 곧 문을 닫아야 할 것 같아요. 저쪽 월명3동에 있는 제일서점도 문을 닫았잖아요. 그래도 이 인근에서는 가장 잘나가던 서점인데……."

홍 사장의 말대로 제일서점은 이 일대에서 모르는 사람이 없었다. 버스 종점 근처에 있던 그 서점은 오랜 세월 월명3동 주민들에게 좋은 책을 공급해주었을 뿐만 아니라 주민들의 문화 공간 역할을 해주었다. 그 역사와 전통을 자랑하는 서점이 문을 닫았다니 정말 믿어지지 않았다.

"그래요?"

"견딜 수가 없었거든요. 책이 팔려야지요. 우리 서점만 해도 벌써 몇 달째 적자를 보고 있는데 이거 심각합니다. 정부에서는 경기가 나아질 거라고 떠들어대지만 저희 같은 서적상들은 지금 죽을 지경입니다. 이 상태로 나가면 살아남을 서적상이 한 군데도 없을 것 같아요."

홍 사장은 여간해서 엄살을 부리는 사람이 아니었다. 그런데도 그렇게 말하는 것을 보면 사태가 심각해도 이만저만 심각한 것이 아닌 듯했다. 승우는 이 달동네에 월명서점 같은 문화 공간이 있다는 사실만으로도 그나마 작은 위안을 얻곤 했는데 이제 서점까지 문을 닫게 되면 동네 전체가 더 삭막해질 전망이었다. 승우가 말했다.

"참으로 안타까운 일이군요."

"저희 집에 오시는 단골손님들은 다 점잖으신 분들이거든요. 기본적으로 책을 가까이하는 분들이니까요. 그런데 열이면 열 분 모두 다 형편이 어렵다고 해요. 한때 잘나가다가 백수가 되신 분도 한둘이 아니구요. 저쪽 학교 뒤에 사시는 분은 얼마 전까지만 해도 잡지사 편집부장으로 근무했거든요. 근데 그 잡지사가 경영난으로 문을 닫는 바람에 지금은 놀고 있어요. 저희 가게에서도 잡지가 거의 안 나가는데요 뭐. 한때는 이것저것 합쳐서 매달 수백 권씩 팔았었는데 지금은 죽어라 하고 안 팔리거든요."

"그럼 무슨 책이 잘 나갑니까."

"특별히 잘 나가는 책도 없습니다. 문학을 비롯해서 인문과학 서적은 사그리 죽어버렸고, 그나마 컴퓨터 관련 서적, 재테크 관련 서적, 외국어 관련 서적이 조금 나가는 편인데 잡지 판매는 급격히 떨어졌어요."

"그것 참 큰일이군요. 좋은 잡지는 나가줘야 할 텐데……."

"그게 어디 뜻대로 되나요. 더군다나 요즘에는 컴퓨터 시대가 돼서 책을 더 안 읽는 것 같아요. 어른이나 아이들이나 전부 컴퓨터에만 매달려 있잖아요. 이러다가 우리 인간 사회가 앞으로 어떻게 되려는지 모르겠어요."

홍 사장은 실의에 젖어 있었고, 승우는 마치 혹 떼러 갔다가 도리어 혹을 한 개 더 붙인 나무꾼 꼴이 되고 말았다. 입맛이 썼다. 혹여 서점에 들르면 좋은 소식이나 들을까 기대하고 나갔던 것인데, 홍 사장의 한숨 섞인

하소연은 승우의 마음을 더욱 어둡고 착잡하게 했다.

하기야 너도나도 돈에 눈먼, 아니 돈이 인생의 전부라는 인식이 보편화된 시대에 서점이 제대로 될 리 없지 않은가. 잘 먹고, 잘 입고, 돈 잘 쓰면 그만이라고 생각하는 사람들에게는 책 따위야말로 한갓 거추장스런 무용지물이 아니고 무엇일까. 이제 정녕 이 시대의 인간들은 스스로 인간이기를 포기하고 동물로 회귀해 나가는 것 같았다.

주위를 돌아봐도 저마다 돈에 미쳐 있었다. 특히 권력을 가진 자들은 돈에 환장한 듯했다. 일반 서민들은 언감생심 꿈도 꾸기 어려운 권력. 그러나 그들은 권력을 가졌다는 자체만으로 만족하는 것이 아니라 자기가 가진 권력을 돈 긁어모으는 수단으로 이용해 먹고 있었다.

이렇듯 윗물이 푹신 썩었는데 아랫물인들 온전할 리 없지 않은가. 망둥이가 뛰면 꼴뚜기까지 뛰듯 윗놈이 도둑질을 해먹으면 아랫놈도 덩달아 훔쳐 먹게 마련이었다. 권력형 비리가 판치는 나라. 권력과 재벌이 결탁하여 온갖 흙탕물을 일구는 사회. 권력과 돈방석은 동전의 양면이라 해도 과언이 아니었다.

권력을 잡은 자가 뭉칫돈을 거머쥐고, 돈방석에 앉은 자가 권력까지 농단하는 현실이야말로 이제 자타가 공인하는 움직일 수 없는 사실이었다. 그렇다면 정직한 사람이 설 자리는 과연 어디인가. 부정과 부패가 만연한 사회일수록 정직하고 성실한 사람은 뒷전으로 밀려날 수밖에 없지 않은가. 승우가 말했다.

"그래도 힘을 내십시오. 서점이 살아야 동네가 살고 더 나아가 나라가 삽니다."

"서점이 살아남기는 틀린 것 같아요. 제일서점 자리에는 단란주점이 들어왔더군요."

"차암, 답답한 일이군요. 서점이 잘돼도 시원찮을 마당인데 단란주점이라니……. 물론 단란주점도 필요하겠죠. 하지만 이웃에 사는 아이들은 어떻게 하죠? 서점 옆에 사는 아이들과 단란주점 옆에 사는 아이들은 정서적으로도 다를 텐데……. 사람은 환경의 지배를 받게 마련이잖습니까. 책을 가까이 해야 할 아이들이 단란주점에 드나드는 어른들로부터 무엇을 본받겠습니까."

"한심한 일입니다. 저는 이 동네에서 수십 년 살았잖아요. 이 서점을 운영한 지도 20년이 넘었구요. 서점에 자주 오는 아이들은 전부 심성이 착하더군요. 책을 많이 읽은 아이들이 다 성공했구요. 하지만 저쪽 광동주택 아이들은 얼마나 별쭝맞습니까. 박사님도 그쪽에 살고 계시지만, 그 동네 아이들은 숫제 서점에 놀러오지도 않아요."

"책을 살 돈이 없어서 그런지도 모르죠."

"그럼 축구공은 어떻게 샀겠어요? 그 동네 아이들은 책 읽기보다 놀기를 더 좋아하는 것 같아요. 그렇다고 그 동네에서 축구선수가 나왔다는 말은 아직 들어보지 못했습니다. 그 대신 사고뭉치 문제아들만 쏟아져 나왔지요."

그 말을 듣는 순간, 승우는 가슴이 철렁하다 못해 내심 모골이 송연해짐을 느꼈다. 홍 사장의 지적은 틀린 말이 아니었다. 광동주택에서는 그동안 사고뭉치 문제아들이 쏟아져 나온 것이 사실이었다. 본받을 것이라곤 아무것도 없는 그런 동네에서 아이들을 키워야 하다니…….

불행 중 다행이라고나 할까, 은경이와 옥경이는 아직 나쁜 물이 들지 않고 건전하게 자라났지만 성현이까지 곱게 자라나게 되리라는 보장이 없었다. 아들을 잘 가르치기 위해 세 번씩이나 이사했던 맹자 어머니의 경우는 논외로 하더라도 그렇게 열악한 환경에서 아이들을 기르지 않으면 안 되는 현실이 안타깝기만 했다. 승우가 말했다.

"하긴 광동주택에 사는 제 자신이 너무 부끄럽습니다."

"웬걸요. 그곳 아이들이 박사님만 본받는다면 얼마나 좋겠어요? 그런데 그쪽 아이들은 그전부터 그렇게 말썽만 부리더군요. 박사님도 잘 아시다시피 그 동네에 아이들이라면 학교 선생님들도 혀를 내두르잖아요. 아마 광동주택은 터가 그런가 봐요. 저는 미신 같은 걸 믿지 않습니다만 그 동네 아이들은 그 전부터 그렇게 놀더라구요. 큰 아이들이 드세게 노니까 작은 아이들도 그걸 본받고……. 그러다 보니 그게 아주 광동주택 아이들의 전통으로 굳어진 것 같습니다."

"가난한 아이들일수록 더 정신 바싹 차려야 할 텐데 정말 큰일입니다."

승우는 홍 사장과 한풀이 같은 대화를 나누다가 월명서점을 나섰는데, 길가의 가로수들까지도 더위에 지쳐 축 늘어져 있었다. 다만, 길 건너 월명아파트 단지에는 장미꽃을 비롯한 온갖 꽃들이 흐드러지게 피어 요란뻑적지근한 꽃물결을 이루고 있었다.

어쩌면 이럴 수가……. 불과 도로 하나 사이건만 저쪽 월명아파트 단지가 별천지처럼 느껴지는 반면, 이쪽 동네는 퇴락한 가옥들 못지않게 주민들까지 한결같이 남루하고 구차스런 몰골을 하고 있었다. 그는 인도를 따라 터벅터벅 걸었는데, 심지어 도로를 따라 인도 가장자리에 기다랗게 심겨 있는 저쪽의 쥐똥나무들과 이쪽의 쥐똥나무들까지 판이해 보였다.

저쪽 길가의 쥐똥나무들은 검푸른 초록색으로 빼곡히 이어져 있었고, 이쪽의 쥐똥나무들은 누리끼리한 빛을 띠고 있는 데다 마치 쥐가 뜯어먹

174

은 듯 더끔더끔 줄이 고르지 못했다. 토질이나 토양이라는 면에서는 도로 저쪽이나 이쪽이나 별로 다를 것이 없었다. 그런데도 어쩐 일인지 양쪽의 나무들은 확연한 차이를 보이고 있었다.

수종이 달라서 그런 것일까. 승우는 밑져야 본전이라는 생각으로 횡단보도를 건너 월명아파트 쪽의 쥐똥나무들을 직접 확인해 보았다. 그러나 양쪽의 쥐똥나무는 하등 다를 바가 없었다. 빌어먹을…… . 빈부의 양극화 현상이 심화되니까 쥐똥나무까지 부촌과 빈촌을 알아보는 것일까. 승우는 그런 생각을 하면서 혹시 누군가가 이쪽의 쥐똥나무에 화학비료를 주어 그런지도 모른다고 유추해 보기도 했다.

그렇다면 과연 누가 이쪽 아파트 단지 도로변의 쥐똥나무에 화학비료를 주었을까. 소위 돈깨나 주무르는 자들이 사는 동네이긴 하지만, 월명아파트 주민들이 자발적으로 나서서 단지 바깥에 있는 쥐똥나무에까지 화학비료를 주었을 리는 없고, 설령 끗발깨나 가진 자들이 사는 동네라 해도 구청이나 동사무소에서 특별 예산을 투입하여 화학비료를 살포했을 까닭이 없었다. 그런데도 이쪽의 쥐똥나무들은 먹빛에 가까운 초록색을 띠며 촘촘히 우거진 채 보기 좋게 잘 자라나고 있었다.

그 반면, 저쪽 월명서점 앞의 쥐똥나무들은 참으로 보잘 것이 없었다. 아무래도 이상한 일이었다. 승우는 다시 횡단보도를 건넜고, 월명서점과 안경점 사이의 중간쯤에 서서 쥐똥나무들을 유심히 살펴보았다. 아니나 다를까, 이쪽의 쥐똥나무 울타리에는 어디라 할 것 없이 갯지렁이 같은, 보기만 해도 섬뜩한 새삼이 뒤죽박죽으로 엉겨 붙어 있었다.

문제는 바로 그 새삼이었다. 아, 그랬었구나. 울긋불긋한, 그러면서도 투실투실 살 오른 새삼 줄기가 미친년 산발하듯 쥐똥나무 울타리를 따라

끝 간 데 없이 뒤엉켜 난마(亂麻)를 이루고 있었는데, 승우는 그제서야 양쪽의 쥐똥나무가 확연히 다른 원인을 극명하게 밝혀 낼 수 있었다.

새삼은 정말 지독한 식물이었다. 승우는 고향에서 자랄 때부터 새삼에 대해 알 만큼 알고 있었다. 새삼은 본래 목본식물(木本植物)에 기생(寄生)하는 덩굴식물인데 콩이든 팥이든 일단 새삼이 붙었다 하면 농사를 망치게 마련이었다. 그 종자는 땅 위에서 발아하지만 그 싹이 숙주식물(宿主植物)에 올라붙자마자 땅속의 뿌리가 없어지고 그 대신 갯지렁이 같은 줄기를 통해 숙주식물의 양분을 빨아먹으며 자라는 못된 식물. 정말 새삼이야말로 농사꾼들에게는 골칫거리가 아닐 수 없었다.

고향에 살 때, 언젠가 한 해에는 이웃집 만용이네가 새삼 때문에 참깨 농사를 송두리째 망친 적이 있었다. 만용이 아버지는 아침저녁으로 새삼을 뜯어내느라 안간힘을 썼지만, 새삼은 그의 그런 노력을 비웃기라도 하듯 여기저기 참깻대에 찰거머리처럼 엉겨 붙어 참깨 농사를 완전히 조져 놓았다.

그해 가을, 참깨 농사를 사그리 망친 만용이 아버지가 새삼의 씨를 말리기 위해 참깨밭 전역에 석유를 뿌리고 불을 질렀다. 불과 두어 시간 만에 참깨밭은 시커먼 잿더미로 뒤덮였고, 밭의 주인인 만용이 아버지뿐만 아니라 우리 안장말 주민들은 이제야말로 새삼이 확실하게 근절되었으리라 믿었다. 석유까지 뿌리고 밭에 불을 지른 이상 땅에 떨어졌던 씨앗까지 모조리 불타버렸다는 것을 의심할 나위가 없기 때문이었다.

그 이듬해, 만용이 아버지는 그 밭에 참깨 대신 콩을 심었는데 또다시 새삼의 피해를 입지 않으면 안 되었다. 그나마 불행 중 다행인 것은 불을 지르기 전보다는 새삼이 한결 줄어들었다는 사실이었다. 가을걷이를 마친 만용이 아버지는 그해에도 어딘가에 떨어져 있을 새삼의 씨를 태워 버리기 위해 그 밭에 다시 석유를 뿌리고 불을 질렀다.

정말 새삼을 근절시킨다는 것은 이만저만 어려운 일이 아니었다. 아무리 강력한 제초제가 나온다 해도 사실상 새삼만 선별적으로 잡아 죽일 수는 없었다. 새삼을 죽이려면 숙주, 즉 잘 가꾸어야 할 농작물의 희생이 뒤따를 것이기 때문이었다. 말하자면 빈대 잡으려다 초가삼간 태우는 형국이라고나 할까, 아무튼 새삼이란 놈은 숙주식물에 기어올라 너 죽고 나 죽자는 식으로 끈질기게 엉겨 붙었다.

새삼은 메꽃과의 한해살이풀에 지나지 않았다. 그러나 열매가 삭과(殼果)로 되어 있어서 씨를 말리기가 더욱 어려울 수밖에 없었다. 열매의 속이 여러 칸으로 나뉘고 각 칸에 여러 개의 종자가 들어 있는데 그것이 산지사방으로 튀어나가면서 번식하였다. 지금도 길가의 새삼 줄기에는 꽃차례가 송알송알 무더기로 매달려 있었다. 그 꽃이 지고 열매가 영글면 그 안에서 얼마나 많은 씨앗이 쏟아져 나올지 모를 일이었다.

한방(韓方)에서는 다 익은 종자를 약재로 쓴다고도 하는데, 새삼 씨앗은 강정(强精)이나 강장(强腸)에 효과가 있는 것으로 알려져 있었다. 또한 줄기 말린 것은 토혈·각혈·혈변·황달·간염·장염 등을 치료하는 데 효험이 있었다. 과연 그것을 이용하여 얼마나 많은 사람이 효과를 봤는지는 몰라도 새삼이 다른 숙주식물에 미치는 해독은 이루 말할 수가 없었다.

승우는 두어 번 쥐똥나무에 붙어 있는 새삼 줄기와 꽃차례를 뜯어냈다. 새삼 줄기는 쥐똥나무를 용수철처럼 친친 감고 있는 데다 잡아당기면 도마뱀 꼬리처럼 한 토막씩 동강동강 끊어지는지라 어떻게 해 볼 방도가 없었다. 정말 쥐똥나무에 붙어 있는 새삼을 퇴치한다는 것은 한꺼번에 불 질러 태워버리지 않는 한 사실상 불가능한 일이었다.

그런데 하필이면 왜 새삼이 이쪽에만 붙었을까. 새삼도 부자들만 사는 저쪽 아파트 단지 쪽에는 무서워서 가지 못하고 영세민들만 살아가는 이쪽이 더 만만하게 느껴지는 모양이었다. 서러웠다. 못 가진 것도 억울한데 별 볼일 없는 새삼까지 사람을 차별하는 것 같아 여간 서러운 것이 아니었다.

그랬다. 없는 사람은 오나가나 서러움을 많이 타게 마련이었다. 일종의 피해 의식이라고나 할까, 승우는 그동안 가진 자들 앞에서 기를 못 펴고 살아온 것이 사실이었다. 더욱이 가진 자들일수록 새삼 못지않게 질겼고, 더군다나 그런 자들일수록 힘없는 자들의 고혈을 더 빨아먹지 못해 안달하고 있었다.

벌써 몇 해 전이었다. 승우는 정말 새삼보다 더 질기고 지독한 작자를 만나 실망의 차원을 넘어 나중에는 인간에 대해 환멸까지 느낀 적이 있었다. 몇 년이 지난 지금도 가끔 그놈이 꿈에 나타나곤 했는데, 꿈속에서 그 자식을 보았다 하면 최소한 사나흘씩 재수 없는 일을 겪곤 하였다.

그해 여름, 승우는 논문 출판의 대부 격인 학문당 박일기 사장의 소개로 어느 화장품회사의 전흥길이라는 부장을 만났다. 전흥길……. 다시 생각하고 싶지 않은 이름이지만, 아무튼 그 작자는 처음 만나는 순간부터 어떻게나 교만하게 까불던지 기분을 확 구겨놓고 말았다. 그가 물었다.

"김 선생이야말로 만물박사라고 하던데 그동안 논문을 몇 편이나 썼습니까?"

"만물박사는 남들이 불러주는 별명일 뿐이구요, 논문이야 몇 편을 썼는지 잘 기억나지 않습니다."

"자기가 쓴 논문조차 기억을 못한단 말입니까?"

"저로서는 그럴 수밖에 없습니다. 양해해주십시오. 설령 수백 편을 썼다 해도 내 이름과는 무관한 일이니까요."

"그건 또 무슨 해괴한 말씀입니까."

"나중에 알게 될 것입니다만, 그저 그 정도로만 알아주십시오."

전홍길은 하나만 알았지 둘을 모르고 있었다. 전문적으로 남의 논문을 대필해주는 사람더러 목숨과도 같은 그 비밀을 밝히라니 그것은 말도 안 되는 소리였다. 만약 누구누구의 논문을 대필해주었다고 발설하면 그 논문의 주인공들은 어떻게 되란 말인가. 논문 대필은 본래 비밀을 전제로 한 것인지라 목에 칼이 들어온다 해도 쌍방의 묵계를 끝까지 밝힐 수가 없었다. 전홍길이 말했다.

"거 참, 무슨 말씀인지 모르겠군요."

"지금 전 부장님이 제게 논문 대필을 의뢰했다고 가정해 보십시오. 그럼 제가 논문을 써 드릴 것이고, 그 논문은 당연히 전 부장님 이름으로 발표될 것 아닙니까?"

"그야 그렇죠."

"그렇게 해서 논문이 발표된 이후 그 논문은 제가 쓴 거라고 떠들어 보십시오. 전 부장님 체면은 뭐가 되겠습니까. 또, 제가 끝까지 견지해야 할 직업윤리라는 것도 있잖습니까. 그래서 속 시원히 밝히지 못하는 겁니다."

"하지만 나한테는 슬쩍 일러줄 수도 있는 것 아닙니까."

한마디로 싸가지 없는 자식이었다. 초면 댓바람에 불알을 잡아도 분수가 있지, 그놈은 그런 식으로 계속 깔작대면서 남의 속을 발칵발칵 뒤집어 놓고 있었다. 그런데도 즉각 그 자리를 박차고 일어나지 못한 것은 순전히 중간에서 다리를 놓아 준 학문당 박 사장의 체면과 인격 때문이었다. 승우가 말했다.

"전 부장님께서 굳이 그것을 알아서 무엇 하겠다는 겁니까. 저는 학문당 박 사장이 소개해서 이 자리에 왔을 뿐입니다. 전 솔직히 부장님께서 저를 찾으신 이유가 뭔지도 모릅니다."

승우는 잘해야 서너 살 더 많은 전홍길에게 깍듯한 예의로써 나이대접을 해주었다. 하지만 전홍길 쪽에서는 최소한의 예의조차 지킬 줄 몰랐다. 그가 말했다.

"우리 회사 회장님께서 경영과 관련한 논문을 내시려고 합니다. 그래서 여기저기 마땅한 필자를 수소문하게 됐죠. 그 과정에서 학문당 박 사장을 알게 되었고, 그분의 소개로 김 선생을 부르게 된 겁니다. 저희 회장님께 김 선생의 인적사항을 보고 드리려면 경력을 자세히 알아야 할 것 아닙니까?"

"필요하시다면 이력서를 써드릴 수도 있습니다. 하지만 앞에서 말씀드린 바와 같이 논문 대필의 경력만은 밝힐 수 없습니다."

"논문 대필 경력이 빠진 이력서라면 무슨 의미가 있겠습니까. 그거야 앙꼬 없는 찐빵 같은 거 아닙니까. 아무튼 답답한 일이군요. 근데 지금 사시는 곳은 어디라고 하셨죠?"

"월명동입니다."

"아주 부자 동네에 사시는군요. 월명동이라면 아파트값 높기로 유명한 동네 아닙니까?"

놈은, 교육시설 좋기로 유명한, 투기꾼들이 들끓어 부동산 가격 상승을 부채질하는 월명아파트를 연상하는 모양이었다. 쳇, 아파트값이 비싸건

180

싸건 무슨 상관이람? 놈은 처음 만나는 사람에게 이번 용무와는 무관한 이야기까지 중언부언 늘어놓고 있었다. 승우가 말했다.

"저는 월명아파트 건너편 연립주택에 살고 있습니다."

광동주택이라는 이름을 가진 그 연립주택은 월명아파트 단지가 조성되기 훨씬 이전부터 그곳에 있었는데, 지금은 너무 낡고 허술해서 재산 가치로서는 따지고 자시고 할 것도 없었다. 놈이 되물었다.

"연립주택이라고 했습니까?"

"그렇습니다. 아주 오래된 연립주택이죠."

"그럼 집값도 몇 푼 안 되겠군요?"

놈의 말버릇은 고약하기 짝이 없었다. 남의 집값이 똥값이라 한들 저하고 무슨 상관이 있을까. 더군다나 놈이 좋은 말 째게 놔두고 '몇 푼'이라는 막말을 내뱉을 때에는 그만 귀싸대기를 올려붙이고 싶었다. 낡아빠진, 남들이야 집으로 인정해주지 않건 어쨌건 당초 승우가 처음 그 집을 장만할 때만 하더라도 광동주택이라면 월명동 일대에서 그런대로 괜찮은 편에 속했었다.

그뿐 아니라 그 집은 승우가 혀 빠지게 고생하여 장만한 가족들의 보금자리였고, 지난 세월 그 많은 논문을 대필하느라 남모르는 땀과 눈물깨나 흘린 작업 현장이기도 했다. 그렇게 소중한 남의 집을 놓고 '몇 푼'이니 뭐니 버르장머리 없는 개나발을 불다니 그놈의 주둥아리를 확 걷어차도 시원찮을 판이었다. 승우가 말했다.

"집값 같은 것은 잘 모르겠습니다만……."

"본래 연립주택은 돈이 안 됩니다. 여태 돈 벌어서 번듯한 아파트 한 채 장만하지 못하고 뭐했습니까?"

놈은 승우를 더 얕잡아 보고 있었다. 고가에 거래되는 월명아파트가 아닌, 그놈 말마따나 돈 안 되는 싸구려 연립주택에 산다니까 눈에 뵈는 것이 없는 모양이었다. 그러나 승우는 끝까지 인내력을 발휘했다. 이번 일을 잘 성사시켜 다만 몇 푼이라도 얻어먹으려면 참을 수밖에 없기 때문이었다. 그런 점에서 전홍길이 칼자루를 쥔 입장이라면 승우는 칼날을 잡고 있는 약자인 셈이었다. 승우가 말했다.

"돈은 무슨 돈을 법니까? 남의 논문을 대필해 봤자 그 수입이란 뻔하잖습니까? 저 같은 사람은 날품팔이와 똑같습니다. 직장인처럼 고정 수입이 있는 것도 아니고, 상여금이 나올 리도 없잖습니까? 그저 가족들과 함께 굶지 않고 하루하루 사는 것만으로도 다행이라 여깁니다."

"제가 볼 때에는 엄살이 심하신 것 같은데요."

최소한의 교양마저 갖추지 못한 전홍길. 그런 놈이 어떻게 명색 상장회사의 부장 자리까지 올라 목에 힘을 주고 거들먹거리는지 알 수가 없었다. 하지만 그놈이 아무리 잘난 척하더라도 사실 승우의 눈에는 화장품회사의 부장쯤이야 장기판의 졸(卒), 그것도 초장에 죽어 나자빠진 졸 정도로 보일 따름이었다.

말이 나왔으니까 얘기지만, 승우는 그동안 남의 논문과 회고록을 대필해주면서 이른바 거물급 인사만 상대해 온 터였다. 그중에는 공중에 뜬 새도 떨어뜨린다는 정계(政界)의 실력자를 포함하여 이름만 대면 삼척동자라도 알 수 있는 고관대작에 이르기까지 예 간다 제 간다 하는 인사들이 수두룩했다.

재계(財界)만 하더라도 금융계의 황제나 다름없는 대흥증권 창업주 정희만 회장은 물론이려니와 최근 경제계의 샛별로 떠오르는 태흥물산의 김영호 회장하며 어쨌든 승우가 알고 지내는 재벌급 인사들은 한둘이 아니었다. 그렇건만 화장품회사의 일개 부장에 지나지 않는 피라미 같은 작자가 하룻강아지 범 무서운 줄 모르고 밑구멍으로 껌 씹는 소리나 늘어놓고 있었다. 승우가 말했다.

"엄살이라구요? 아무렇게나 생각해도 좋습니다. 저로서는 이번 일이 잘 진행되어 반드시 성공적으로 마무리되었으면 합니다."

"그야 걱정하지 마십시오. 제가 회장님께 잘 보고 드려서 수일 안에 공식적으로 계약을 체결하도록 하겠습니다. 만약 계약이 체결되면 곧 작업에 착수해야 할 겁니다. 그리고 논문이 작성되는 대로 저한테 먼저 보여 주십시오. 제가 검토한 뒤에 회장님께 최종 승인을 받도록 하겠습니다."

점입가경이라고나 할까, 놈은 시간이 흐를수록 더욱 농도 짙게 나불나불 주접을 떨고 있었다. 뭐? 제 놈이 먼저 검토해? 시거든 떫지나 말지, 지나가는 개가 그 말을 들었으면 방귀를 뀌면서 앙천대소할 노릇이었다. 승우가 물었다.

"꼭 계약서를 써야 합니까?"

"물론이죠. 회사 공금이 나가는데 계약서를 안 쓸 수는 없잖습니까?"

"그건 좀……."

승우는 이번 일이 고약하게 돌아간다는 것을 직감하였다. 회장은 사비(私備)로 논문을 펴내려는 것이 아니라 회사 공금으로 자기 논문을 발간하기 위해 전홍길에게 은밀히 그 업무를 맡긴 모양이었다. 천하의 도둑놈 같으니……. 회계 부서에서 무슨 명목으로 어떻게 처리할지는 모르지만, 회장이라는 작자가 제 개인적인 일에 공금을 투입한다는 것은 있을 수 없는 일이었다.

그러나 승우는 남의 회사 내부 문제를 놓고 감 놔라 배 놔라 할 수 있는 입장이 아니었으므로 입을 굳게 다물 수밖에 없었다. 정희만 회장이나 다른 기업인들이 그랬던 것처럼 개인 돈으로 대필료를 지불해주면 승우 쪽에서도 떳떳하고 좋을 텐데, 회장의 하수인에 지나지 않는 전홍길은 이번에 소요되는 비용을 전액 회사 공금으로 집행하려는 수작이었다.

승우는 그날 문제의 회장이나 인간쓰레기에 지나지 않는 전홍길이나 '그밥에 그 나물'이라는 느낌을 받았다. 더러운 작자들. 그놈들이야말로 공(公)과 사(私)를 구분하지 못하는, 아니 개인의 이익을 위하여 회사 공금을 가로채는 비리의 주인공들인 셈이었다. 어디까지나 회장 개인의 필요에 의해 소요되는 논문 대필료까지 공금으로 정산하는 놈들이라면 다른 부분은 더는 물어볼 필요도 없지 않은가.

아무튼 며칠 뒤 그 회사와 공식적으로 집필 계약을 체결한 승우는 회장이 어떤 주제의 무슨 논문을 희망하는지 회장의 의중을 타진하기 시작했다. 이를테면 본격적인 집필에 앞서 논문의 기본 방향을 설정하기 위한 전초 작업이라고 말할 수 있었다.

물주의 의도와 논문의 용도를 정확히 파악하는 일이야말로 반드시 거쳐야 할 수순으로서 일종의 통과의례와 같은 셈이었다. 만약 그것을 정확히 파악하지 못한다면 아무리 기막힌 논문을 쓴다 해도 물주한테 퇴짜를 맞을 수밖에 없기 때문이었다.

승우는 지금까지 남의 논문을 대필해오면서 상대방의 의중과 논문의 용도를 절묘하게 파악하여 단칼에 논문을 완성할 수 있었다. 즉, 상대방의 의중을 빈틈없이 헤아려 그가 꼭 필요로 하는, 마음에 쏙 드는 논문을 써내곤 했다. 그뿐 아니라 대화 과정에서 상대방이 즐겨 쓰는 어휘와 특이

한 어법까지 파악하여 논문에 반영하곤 했다. 그것은 승우가 오랜 세월 쌓아온 노하우를 의미하는 것이었고, 새파란 애송이 따위는 감히 엄두도 내지 못할 일이었다.

이렇듯 단칼에 논문을 완성하려면 누가 뭐래도 물주, 즉 문제의 회장을 면담하는 것이 급선무 중의 급선무라고 말할 수 있었다. 그런데 그 회사에 갈 때마다 전홍길이 앞을 가로막고 은연중 회장과의 면담을 차단하기 위해 훼방을 놓았다. 그뿐 아니라 논문 대필이 어떻게 이루어지는지조차 모르는 자식이 어찌나 까탈을 부리는지 볼따구지를 확 쥐어박고 싶을 때가 한두 번이 아니었다.

회장과의 면담이 시작된 지 사흘째 되던 날이었다. 그날도 승우는 비서실에 가서 회장 면담을 신청해 놓고 있었는데 어떻게 냄새를 맡았는지 전홍길이 잽싸게 들어와 괜히 고춧가루를 뿌리고 나섰다. 그가 마뜩잖다는 듯이 말했다.

"오늘 또 오셨습니까?"

"앞으로도 몇 차례 더 와야 할 것 같습니다."

"그래요? 꼭 그렇게 해야 할 필요가 뭐죠?"

"회장님 마음에 꼭 드는 논문을 쓰기 위해서는 어쩔 수 없습니다."

"그거야 쓰시는 분이 알아서 쓰시면 안 됩니까."

"그렇지 않습니다. 저는 회장님의 의중을 확실히 파악해야 합니다."

승우는 아직 회장의 의중을 제대로 파악하지 못한 터였다. 이미 두 차례에 걸쳐 면담을 했는데도 상대방이 초점을 흐리며 갈팡질팡했기 때문이었다. 하긴 초등학교 문턱에도 가보지 못한, 자기 이름도 똑바로 쓸 줄 모르는 일자무식의 회장이 알면 무엇을 알 것인가. 기다리고 기다리다 어렵게 면담이 이루어지면 회장이란 작자는 논문의 기본 방향과는 관계없는 객담만 늘어놓다가 다른 손님을 만나야 한다면서 일방적으로 면담을 끝내곤 하였다. 전홍길이 말했다.

"저는 그동안 회장님 연설문을 많이 썼습니다. 군이 회장님께 여쭤 보지 않고서도 쓸 수 있었죠. 계약만 하면 김 선생께서 그냥 척척 써주시는 줄 알고 있었는데……. 그게 아닌 모양이군요."

"지금 제가 맡고 있는 일은 생각보다 훨씬 어렵고 까다롭습니다."

"제가 볼 때는 쉽게 쓸 수 있을 것 같은데……. 그건 그렇구, 그동안 김 선생은 남의 논문을 써서 돈을 얼마나 벌었습니까?"

놈의 말버릇은 시종 그런 식이었다. 아무리 싸가지 없는 놈이라 하지만 그 자식은 불상놈 중의 불상놈이었다. 사람을 몰라봐도 분수가 있지, 최고의 지성과 교양을 갖춘 승우에게 그따위 언사를 구사하다니 그 새끼는 인간 망종이라 해도 과언이 아니었다. 승우가 말했다.

"글쎄요. 그야 상상에 맡기겠습니다."

"아무튼 계약 날짜는 꼭 지키셔야 합니다."

그놈은 계속 승우의 자존심에 비수를 날렸고, 승우는 그 아니꼬움과 더러움을 참느라 초인적인 인내력을 발휘하지 않으면 안 되었다. 마음 같아서는 당장 해약을 하는 한이 있더라도 그 일을 걷어치우고 싶었지만 다리를 놓아준 학문당 박 사장의 체면도 있고 해서 끝까지 참을 수밖에 없었다. 승우가 말했다.

"그야 여부가 있겠습니까. 마감 날짜까지 원고를 넘겨드리겠습니다."

"만약 마감 날짜를 지키지 못하면 위약금을 물어야 한다는 거 잘 아시죠?"

186

"압니다."

그때 회장과 요담을 마친 손님이 나왔으므로 승우는 여비서의 안내를 받아 회장실로 들어섰다. 그러나 회장은 별로 반가워하는 눈치가 아니었다. 그는 승우의 자료 요청은 물론 격조 높고 날카로운 질문에 질려버린 까닭이었다.

그날도 승우는 별 소득을 얻지 못한 채 면담을 마쳐야 했다. 승우는 논문 집필과 관련하여 몇 가지 질문을 던졌는데 회장은 대화의 본론과는 상관없이 자기가 가진 돈 자랑만 하였다. 명색 유명 화장품회사의 회장이라면 그 이름에 값할 만한 상식이 있어야 할 텐데 그 작자야말로 깡통 중의 깡통이었다.

나중에 알게 된 일이지만, 그 작자는 시장 사정이 어둑했던 시절 이른바 '구리무(クリーム)' 장사로 한몫 잡아 사업 기반을 닦은 뒤 현재의 회사를 차렸고, 정권이 바뀔 때마다 쥐새끼처럼 재빠르게 권력에 빌붙어 금융 등 여러 가지 특혜를 받아 재벌급으로 성장하였다.

그런 인물이 돈방석에 앉게 되다니 세상은 정말 요지경 속이었다. 그러나 그는 한평생 무지(無知)의 콤플렉스에서 허우적거렸고, 이제 다 늙을 대로 늙어 저승길 문턱까지 다다른 마당에 지적(知的) 허영심에 사로잡혀 자기 명의의 논문을 내겠다고 나섰던 것이다.

몇 차례 의중을 타진한 결과 그는 논문의 주제도 화장품과 전혀 관련이 없는 경영 이론을 요구하고 있었다. 정경유착의 표본이나 다름없는 그 작자 주제에 경영에 관해 알면 얼마나 안답시고 그런 논문을 내려는 것인지……. 하지만 논문 대필을 생업으로 삼고 있는 승우로서는 전문가다운 직업의식을 발휘하여 선방이 요구하는 대로 고분고분 따라주지 않으면 안 되었다.

그 논문을 대필하는 동안 승우는 더럽고 치사해서 견딜 수가 없었다. 이틀이 멀다 하고 작업 진척상황을 확인하는 전홍길의 매너며, 논문이 완결되었을 때 그놈이 벌이던 음흉한 수작질은 죽을 때까지 결코 잊을 수가 없을 것 같았다. 놈은 이것저것 말도 안 되는 꼬투리를 잡으면서 은근히 리베이트라는 명목으로 사례금까지 요구했다.

계약서에 명시된 잔금을 받기로 된 날이었다. 작업을 진행하는 동안 이틀이 멀다 하고 진척 상황을 점검하던 전홍길. 그런 놈이 잔금 지불에 대해서는 가타부타 말이 없다가 그날 오후 늦게서야 전화를 걸어왔다. 그가 말했다.

"김 선생. 오늘 잔금 안 받으실 겁니까."

"당연히 받아야죠."

"그럼 회사로 나와주십시오."

"일도 모두 마무리되었겠다, 제 계좌로 송금해주시면 안 되겠습니까?"

"그렇게 되면 송금 수수료가 들어야 합니다."

정말 더러운 놈이었다. 송금 수수료 때문에 회사까지 나오라니, 그렇다면 남의 시간과 교통비는 아깝지 않단 말인가. 승우가 말했다.

"그럼 잔금에서 그걸 공제하고 주십시오."

"너무 그러지 마십시오. 이제 일이 끝났다고 안면까지 바꾸실 생각입니까?"

"그건 아닙니다만……."

"회장님 면담하실 때는 매일 오시더니 잔금 받아 가시라는데 그게 싫습니까? 내가 경리부에서 잔금을 받아놨습니다. 오늘 퇴근하기 전에 회사로 들러주십시오."

"알겠습니다. 그렇게 하죠."

정말 회장이라는 작자와 전홍길을 생각할라치면 그쪽에 대고 소변도 보고 싶지 않은 심정이었지만 승우는 하루라도 빨리 잔금을 받기 위해 울며 겨자 먹기로 그 회사를 방문하지 않을 수 없었다. 만약 회사를 방문하지 않는다면 그 더러운 자식이 무슨 수작질을 벌일지 모르기 때문이었다. 회사에 도착했을 때 전홍길이 승우를 회의실로 잡아끌었다.

회의실은 조용했다. 마침 퇴근 무렵이어서 다른 사원들도 들어오지 않았다. 무슨 까닭인지 전홍길은 선뜻 잔금을 내놓지도 않으면서 질질 시간을 끌고 있었다. 그가 말했다.

"이번 일이 누구 때문에 성사됐는지 잘 아시죠?"

"그야……."

"김 선생이 쓰신 원고를 보고 회장님께서 몇 번씩 퇴짜 놓으려고 하더군요. 그때마다 내가 잘 말씀드려서 회장님 마음을 돌려놓곤 했죠. 그렇다면 나에게도 그만한 대가를 줘야 하는 것 아닙니까. 그런데도 김 선생은 지금까지 소주 한 잔 사지 않더군요."

승우는 전홍길의 속내를 훤히 꿰뚫어 보고 있었다. 아, 그랬구나. 놈은 뭔가 생각이 있어서 오후 느지막이 회사로 나와 달라고 한 것이었다. 승우가 물었다.

"잔금이 나오긴 나왔습니까?"

"나왔죠. 잔금을 드리겠습니다. 자, 여기 영수증을 써주십시오."

놈은 잔금과 함께 영수증 용지를 내놓았다. 승우는 봉투 속에 든 수표의 액면을 확인한 뒤 영수증을 작성했다. 뒷맛이 여간 찝찝하지 않았다. 전홍길이가 갉작거리면서 기분을 잡쳐 놓은 탓이었다. 영수증을 내놓고 승우가 자리에서 일어섰다.

"자, 그럼 저는 이만 돌아가겠습니다."

"정말 그냥 가실 겁니까?"

기가 막혔다. 힘센 대기업이 힘없는 협력업체로부터 리베이트를 받아먹는다는 말은 들었어도 그 알량한 논문 대필료 몇 푼 주면서 삥땅을 하려고 손을 벌리다니 목구멍에서 울컥 구역질이 치밀어 몇 년 묵은 똥물까지 확확 게워내고 싶은 심정이었다. 아무리 논문 대필의 대가로 얼마간 대필료를 받았기로서니, 거기에서 일부 사례비를 떼어준다는 것은 차마 상상도 못할 일이었다.

하기야 회사 공금으로 회장 개인의 논문을 수천 부씩 제작하여 여기저기 마구 뿌리는 놈들이니 오죽할 것인가. 아니, 제 분수도 모르는 천하의 무식쟁이 '구리무' 장수가 창피한 줄도 모르고 남의 힘을 빌어 번드르르한 논문을 내어 제법 유식한 체 떠들어대는 마당이라면 그놈들의 인간성에 관한 한 더는 물어볼 필요도 없었다. 승우가 말했다.

"그것은 있을 수 없는 일입니다. 저에게도 자존심이 있으니까요. 제가 뭐 고정적인 납품업자도 아니잖습니까?"

승우는 전홍길의 요구를 단호히 거절했다. 그러자 전홍길은 벌레 씹은, 아니 새 신발 신고 똥 밟은 표정을 지으면서 먼 산만 바라보는 것이었다. 모름지기 인간의 탈바가지를 썼으면 인간답게 놀아야 할 텐데 놈은 처음부터 끝까지 지저분하게 굴면서 거랑말코 같은 수작을 벌이는 것이었다.

벼룩의 간을 꺼내먹는다고 할까, 어린아이 쌈지에 붙어 있는 보리밥풀을 떼어 먹어도 분수가 있지 그래 그까짓 몇 푼 되지도 않는 논문 대필료에서 제 몫을 챙겨먹으려 들다니……. 자기들 입맛에 맞는 논문을 쓰기 위해 며칠씩 밤을 꼬박꼬박 새웠고, 때로는 코피까지 쏟아가며 일을 해주었는데도 고마운 줄도 모르고 사례금이나 요구하다니…….

전홍길은 승우가 대필해준 회장의 논문이 책자로 간행되었을 때에도 학문당 박일기 사장에게 손을 벌렸다. 정말 인격을 모독하는 짓이었다. 하지만 박 사장이야 사업하는 사람이니까 이 썩어빠진 사회의 오랜 관행대로 큰 거부감 없이 그놈에게 리베이트라는 이름의 사례금을 몇 푼 떼어주었다. 아무리 거래 관계로 맺어진 사이라고는 하지만, 일을 똑 부러지게 잘해주었으면 감사할 줄을 알아야 할 텐데 거래처에 도리어 손을 벌리다니, 그런 전홍길이야말로 은혜를 원수로 갚고도 남을 놈이었다.

도대체 그 작자는 지금까지 옆구리 찔러 절 받는 식으로 얼마나 많은 사례금을 갈취했을까. 정말 그 작자야말로 농작물의 양분을 빨아먹으며 만용이네 한 해 농사를 사그리 망쳐 놓았던 참깨밭의 새삼보다 더하면 더했지 그보다 못할 것이 없었다.

승우는 그놈의 상판대기가 떠오를 때마다 몸서리를 치곤 했다. 하지만 그런 흡혈귀 같은 놈을 제거할 수 없다는 것은 일종의 비극이었다. 세상이 험악해지면 험악해질수록 그런 놈은 점점 더 늘어날 전망이었다. 참으로 안타까운 현실이었다.

아까부터 줄곧 창밖을 내다보던 승우는 두 아이에게로 눈길을 돌렸다. 그 녀석들은 아직도 장난감 지폐를 주고받으면서 잘 놀고 있었다. 티 없이 깨끗한 아이들. 그 녀석들에게만은 전홍길처럼 똥걸레 같은 인간들이 붙지 말아야 할 텐데……. 승우는 그런 생각을 하면서 다시 창밖을 바라보았다.

그때 난데없이 전화벨이 울렸다. 승우는 오늘같이 답답하고 우울한 날이게 웬일인가 싶어 재빨리 전화기 옆으로 다가갔다. 누굴까, 이 무덥고 기분 나쁜 날에 전화를 걸어준 사람은……. 그는 바로 학문당 박 사장이었다. 그가 말했다.

"집에 있었군. 뭐하고 있었어?"

"그냥 명상에 잠겨 있었지."

"아, 그랬었군. 오늘 희한한 소식을 들었어."

"뭔데?"

"저어, 언젠가 화장품회사 일을 한 적이 있었지? 그때 전홍길 부장을 만났을 거야."

"물론이지. 그 지저분한 사람……."

"그 사람이 오늘 아침에 죽었다는 거야."

승우는 귀를 의심했다. 아무리 요절하는 사람이 많은 세상이지만 기껏 쉰대여섯 살밖에 안 된 사람이 죽었다니 잘 믿어지지 않았다. 그가 되물었다.

"뭐야? 혹시 회장이 죽은 것 아냐?"

"천만에. 회장은 아직도 멀쩡한데 전홍길이가 먼저 죽었다니까."

귀가 번쩍 띄었다. 새삼보다도 더 고약한 전홍길. 리베이트라는 명목으로 사례금이나 갈취하여 천년만년 살 것 같던 인간쓰레기. 나이도 몇 살 안 된 그 새끼가 돌연 죽었다니 잘 믿어지지 않았지만, 그러나 그가 죽었다는 소식을 듣는 순간 거의 반사적으로 짜릿한 쾌감이 솟구쳤다. 승우가 물었다.

"오, 그래? 어쩌다 죽었을까?"

"우리가 모르고 있어서 그렇지 간염으로 오래 고생했던 모양이야."

'간염'이란 말을 듣는 순간, 승우는 다시금 쥐똥나무에 징그럽게 뒤엉켰던 새삼을 떠올리면서 야릇한 느낌을 받았다. 놈이 간염으로 오래 고생했다면 혹여 말린 새삼 줄기를 약재로 썼을지도 모르겠군. 남의 고혈이나 빨아먹던 놈이 숙주식물에 기생하는 새삼을 약재로 썼다면 궁합이 잘 맞을 법도 했다. 하지만 그따위 버러지 같은 놈이 과연 그런 약재가 있는지 알기나 했을까. 승우가 물었다.

"그럼 결국 간염으로 죽었나?"

"아니. 간염이 나중에는 간암으로 발전했다는 거야. 본래 욕심 많기로 유명한 사람인데 너무 일찍 죽었지 뭔가. 살면 얼마나 산다고 그렇게 탐욕을 부렸는지……."

"누가 아니래. 나도 그런 사람은 처음 봤어."

"아무튼 그 개새끼 아주 잘 뒈졌어."

박 사장의 입에서 그 험악한 욕설이 나오다니 그건 기상천외한 일이었다. 박 사장은 애당초 점잖은 인물이었는데 그런 입에 담지 못할 욕설을 아무런 거침없이 마구 퍼부어 대고 있었다. 승우가 되물었다.

"개새끼?"

"사실은 개보다도 못한 놈이었어."

호랑이는 죽어서 가죽을 남기고 사람은 죽어서 이름을 남긴다는데, 아니 사람은 죽어서 제대로 평가를 받게 된다는데 전홍길은 세상을 떠나자마자 개새끼라는 무지막지한 욕설을 듣고 있었다. 승우가 물었다.

"그래 조문은 어떻게 할 셈인가?"

"조문은 무슨 조문……. 나는 그 개새끼 살아생전에 이미 부조금까지

다 냈다네."

살아생전의 부조금이란 곧 그놈에게 바쳤던 사례금을 의미했다. 통화를 마치고, 승우는 한바탕 껄껄껄 웃었다. 사람이 죽었다면 마땅히 슬픈, 그러면서 고인에 대한 애도의 감정이 들어야 할 텐데 난데없이 통쾌 무비한 폭소가 터져 나오는 것은 무슨 까닭인지 알 수가 없었다. 그와 동시에 그의 뇌리에는 시커멓게 불탔던 만용이네 참깨밭이 영화 속의 한 장면처럼 끝없이 펼쳐지고 있었다.(《한국문화예술》 2002년 창간호)

만물박사(18)

쥐똥나무꽃

전홍길이가 죽었다구? 으하하하……. 그거야말로 듣던 중 반갑고도 통쾌한 소식이었다. 마음 같아서는 저승길로 떠난 그놈에게 멋진 축전이라도 보내고 싶은 심정이었다. 제 분수도 모르고 밥맛없게 굴던 자식. 별로 대단치도 않은 제 직분을 이용해 괜히 목에 힘주며 대필료를 뜯어먹으려고 손이나 벌리던 그놈의 더러운 행실을 생각할라치면 울컥 욕지기가 치밀었다. 숙주식물에 빌붙어 자양분이나 갈취해 먹는, 이른바 기생식물보다 별로 나을 것이 없는 그 백해무익한 놈이 죽어 없어졌다는 것은 낭보(朗報) 중의 낭보가 아닐 수 없었다.

그놈은 살아생전 대관절 얼마나 도적질을 해먹었을까. 아니, 그놈은 이날 입때껏 얼마나 많은 사람들로부터 부당한 뇌물을 받아 챙겼을까. 정말 아무한테나 손을 벌리던, 교만하기 짝이 없던 그놈이야말로 비위가 얼마나 좋은지 노래기를 회 쳐 먹고도 남을 놈이었다.

무릇 인간의 탈을 쓰고 태어났으면 최소한 인간의 냄새라도 풍겨야 할 텐데 그놈에게서는 인간의 냄새는커녕 애당초 인간다운 구석을 발견할 수가 없었다. 세상에는 별 쓰레기도 다 있구나. 승우는 그놈과 처음으로 대면하던 순간부터 더러운 인상을 받았는데 실지로 겪어 본 결과 놈은 지저분하기 짝이 없었다.

아무튼 그놈이 죽었다는 것은 참 잘된 일이었다. 그 자식의 식솔들에게는 대단히 죄송한 얘기지만, 그런 작자가 지구를 떠난 것은 어느 모로 보나 여러 사람을 위해 유익한 일이었다. 제 배를 불리기 위해 수단과 방법을 가리지 않는 철면피. 승우의 뇌리에는 아까부터 계속 괴물 같은 그놈의 상판대기가 떠올라 여간 찜찜한 것이 아니었다.

승우는 처음부터 맺지 말았어야 할 그놈과의 고약한 인연을 생각하며 애꿎은 담배만 축내고 있었다. 놈이 죽어 주민등록을 말소하게 되었다는 것은 썩 잘된 일이지만 그때 그 일을 되돌아볼라치면 자존심이 상하고 오장육부가 뒤틀려 속이 사뭇 부글부글 끓었다.

하기야 이 혼탁한 세상에 전홍길 같은 놈은 한둘이 아니었다. 지금까지 살아오면서 느낀 일이지만 이 세상에는 스스로 인간이기를 포기한 놈들이 지천으로 널려 있었다. 문제는 그렇게 가죽 두꺼운 놈들일수록 양심적인 사람들보다도 훨씬 부유하게 잘 산다는 사실이었다.

월명산으로 올라가는 동안에도 승우의 눈앞에는 줄곧 전홍길의 그 유들유들한 낯짝이 어른거리고 있었다. 야비하기 짝이 없는 개새끼. 승우는 종래에 다니던 길을 버리고 일부러 인적이 뜸한 비탈길을 따라 걸었다. 비탈길에는 메마른 흙이 드러나 있었고, 발자국을 떼어놓을 때마다 푸석푸석한 흙먼지가 일곤 하였다.

이미 오래전 철도청에서 폐기 처분한 침목으로 계단을 꾸민 저쪽 능선은 주민들의 통행이 많아 다소 번잡한 반면 이쪽은 비교적 한적한 편이었다. 저쪽 숲이 인간들로부터 뭇 시달림을 받는 데 비해 이쪽 숲은 원시의 처녀림처럼 그런대로 본래의 모습을 간직하고 있었다.

나무들의 생김생김도 달랐다. 저쪽 길가의 나무들이 사람들의 손을 많이 타 나무 둥치며 몸통이 반들반들한 데 비해 이곳 나무들은 제 모습 그대로 자연스럽게 자라고 있었다. 산기슭에는 소나무·굴참나무·개암나무·조팝나무·아그배나무·싸리나무 외에도 칡넝쿨·청미래넝쿨·댕댕이넝쿨이 제멋대로 우거져 있었다. 얼마 전에는 저 건너편 구렁에서 광대버섯을 발견한 적도 있었는데, 이쪽 비탈길은 워낙 메말라서 생명력 강한 다년생 식물 이외에는 풀 한 포기 자라지 않고 있었다.

그는 바위가 불거져 나온 비탈길을 지나다가 우연히 난쟁이 같은 쥐똥나무 한 그루를 발견했다. 아, 여기에도 쥐똥나무가 자생하고 있었구나. 그동안에도 더러 이 길로 다닌 적이 있었는데 청미래넝쿨 틈바구니에서 작달막한 쥐똥나무를 발견한 것은 이번이 처음이었다.

그는 얼기설기 뒤엉킨 청미래넝쿨을 헤집고 쥐똥나무 곁으로 다가갔다. 볼품없이 자란 못난이 쥐똥나무가 돌 박힌 비탈에 아슬아슬 위태롭게 서 있었다. 기름진 땅을 째게 놔두고 왜 하필이면 이런 척박한 땅에 뿌리를 내렸을까. 불과 두어 뼘만 옆으로 나가도 평평한 땅인데 그 박토에 뿌리 내린 쥐똥나무가 너무 처량하게 느껴졌다.

그는 가녀린 쥐똥나무를 관찰하다가 다시 한 번 탄성을 자아냈다. 키는 보잘 것이 없었지만 가지 끝에는 구차스런 꽃망울이 맺혀 있었다. 참, 제 몸 하나 건사하기 어려운 형편이면서도 뒤늦게나마 꽃을 피우려는 쥐똥나무. 가상하다고나 할까, 아니면 가련하다고나 할까, 아무튼 그 쥐똥나무야말로 어떻게 보면 승우의 삶을 상징하는 것 같기도 했다.

승우는 문득 자신의 삶을 반추했다. 이 사회에는 하 많은 직업이 있건만 왜 하필이면 돈벌이도 안 되는 길로 들어서서 이 고생을 하는 걸까. 삶이 이렇게 힘든 줄 알았다면 결혼도 하지 않고 아이들도 낳지 않았을 텐데 어쩌다 두 딸에다 덜렁 늦둥이 성현이까지 낳았는지 정말 후회되는 일 한두 가지가 아니었다.

쥐똥나무야, 어쩌다 이런 곳에 자리를 잡았니? 아니, 어쩌자고 꽃을 피워 이 척박한 땅에 씨를 퍼뜨리려 한단 말이냐? 승우는 자신의 고통스런 삶을 되돌아보면서 설레설레 고개를 가로저었다. 자신의 지긋지긋한 삶을 아이들한테까지 물려줘야 한다고 생각하면 숨이 콱 막히면서 심장이 멎는 듯했기 때문이었다.

승우는 쥐똥나무를 어루만지면서 올망올망 맺힌 꽃망울들을 거듭 눈여겨보았다. 저 아래 월명아파트단지의 검푸른 쥐똥나무 울타리에는 꽃이 한물 피었다 져서 진작 열매가 맺혔건만 이 쥐똥나무는 이제야 꽃을 피워 뭘 어쩌겠다는 건지 보기에도 딱하기만 했다.

예로부터 대기만성(大器晚成)이란 말이 있고, 후생가외(後生可畏)란 말도 있다는 것을 모르는 바 아니지만 이 쥐똥나무야말로 너무 어려운 환경에 처해 있었다. 더군다나 주위에는 두억시니 같은 청미래넝쿨이 뒤엉키고……. 아무리 생명력 강한 식물이라고는 하지만 어쨌거나 삶터를 잘못 잡은 여기 이 쥐똥나무는 가엾기 짝이 없었다.

그나마 불행 중 다행이라면 이쪽이야말로 다른 곳에 비해 사람들의 발길이 뜸하다는 사실이었다. 만약 사람들이 뻔질나게 드나드는 곳이라면 씨앗이 싹을 틔우자마자 그 자리에서 으깨졌겠지. 그래도 쥐똥나무는 살아남을 운명이었던지 그 후미진 곳에 뿌리를 내림으로써 근근이 질긴 생명을 부지하고 있었던 것이다.

그는 얼마 동안 쥐똥나무를 관찰하다가 다시 비탈길로 들어섰다. 숲 사이로 바람이 불어왔고, 꼭대기 쪽으로 올라가면 올라갈수록 눈부신 월명아파트 단지가 한눈에 들어왔다. 승우 같은 영세민에게는 그 아파트 단지가 감히 다가서지 못할 신비의 세계처럼 느껴질 따름이었다.

그는 내친 김에 월명정까지 올라갔다가 월명사 앞길로 내려와 우편취급소 옆 쌀집 골목으로 들어섰다. 골목길에는 아직도 하수도 공사가 덜 끝나 여기저기 흙더미가 쌓여 있었다. 지난번 땅을 파다가 상수도관을 잘못 건드려 물이 흥건하게 넘쳐흘렀던 그 자리는 아직도 수렁처럼 질퍽질퍽했다.

그는 광동주택 입구로 들어섰다. 페인트가 벗겨져 얼룩덜룩한 연립주택 외벽에는 군데군데 쩌걱쩌걱 금이 가서 건물 전체가 금방이라도 붕괴될 것만 같았다. 그런데도 애새끼들은 무슨 살판이라도 만났는지 그런 외벽을 향해 축구공을 뻥뻥 내지르고 있었다. 월명아파트 아이들은 놀아도 고상하게 놀건만 이 빈민굴 같은 광동주택 아이들은 미운 짓만 골라서 하고 있었다.

본래 나물 될 싹은 떡잎부터 알아본다고 했다. 이 별쫑맞은 아이들이 과연 제대로 자랄 수 있을까. 아이들이 그렇게 분별없이 노는데도 광동주택 주민들은 그저 수수방관할 뿐이었다. 싹수가 노란 자식들. 모르긴 해도 제멋대로 자란 이 아이들은 월명서점 홍 사장의 말처럼 학교에 가서도 사고깨나 치지 않을까.

승우는 혀를 끌끌 차면서 자기 집 앞에 이르러 열쇠로 굳게 닫힌 출입문을 열었다. 옥경이와 은경이는 도서관에 갔겠지만 아내 현숙은 늦둥이 아들 성현이를 데리고 어디 갔는지 알 수가 없었다.

그전에는 아내 현숙이 집을 비우고 나갈 경우 꼬박꼬박 메모라도 남겼었는데 도희를 만나 허파에 바람이 들기 시작한 이후 그녀는 언제 그랬느냐는 듯이 제멋대로 놀아나고 있었다. 승우는 이 불쾌한 감정을 희석시키기 위해 애써 통쾌하기 짝이 없는 전홍길의 죽음을 생각했다.

하지만 이번 여름은 왜 이다지 길고도 지루한지 알 수가 없었다. 승우는 발코니로 나가 담배를 피워 물고는 월명초등학교의 콘크리트 옹벽을 바라보며 한숨을 푸우푸우 내쉬었다. 억장이 무너져 내리는 듯한 한숨. 하늘이 무너져도 솟아날 구멍이 있다지만, 이 난관을 헤치고 살아나갈 일을 생각할라치면 정말 앞이 안 보이는 것이었다.

내 삶이 어쩌다 이렇게 되었을까. 사실 지나온 세월을 되돌아볼 때 단 하루도 마음 편한 적이 없었다. 마치 서슬 퍼런 칼날 위를 걷듯 아슬아슬하게 살아온 삶. 남들은 만물박사네 뭐네 그럴 듯한 별명을 붙여주었지만, 그런 것은 한갓 허명(虛名)에 지나지 않았고, 그의 삶은 예나 지금이나 조금도 나아질 기미를 보이지 않고 있었다.

말이야 바로 하지만 승우가 소싯적 이후 오늘날까지 남들한테 대필해 준 논문을 한곳으로 다 모은다면 대형트럭으로도 한 트럭이 넘었다. 오죽하면 지문이 다 닳아 없어졌을까. 과거 원고지에 논문을 쓸 때에는 자가품이 나서 이만저만 고생한 것이 아니었고, 컴퓨터로 작업하기 시작한 뒤로는 얼마나 자판을 두들겨 댔던지 지문이 닳아 없어져서 손끝이 만질만질해진 터였다.

그는 자판기에서 나오는, 뜨거운 커피 담긴 종이컵조차 제대로 잡을 수가 없었다. 지문이 닳아 없어진 까닭에 종이컵 속의 뜨거움이 그대로 손가락 끝으로 전달돼 오기 때문이었다. 그런데도 그의 생활은 언제나 그 모양 그 타령이었다.

승우는 시간 가는 줄도 모르고 월명초등학교 옹벽을 하염없이 바라보면서 막막하기 짝이 없는 자신의 신세를 한탄하고 있었다. 그때였다. 난데없이 전화벨이 울렸다. 누굴까. 별로 반가운 소식이 있을 것 같지도 않은데……. 승우는 그런 생각을 하면서 코딱지 같은 거실로 들어와 송수화기를 들었다. 상대방이 물었다.

"거기, 김승우 형제님 댁인가요?"

'형제님'이란 말을 듣고 승우는 성당에서 온 전화임을 직감했다. 지난번 입교 문제를 논의하기 위해 성당에 들렀을 때, 그리고 예비자 교리 수강신청서를 제출하러 갔을 때 사무장이 꼬박꼬박 '형제님'이라 불러주었기 때문이었다. 승우가 말했다.

"그렇습니다. 제가 김승웁니다. 성당 사무장님이십니까?"

"아, 아닙니다. 사무장은 아니구요, 저는 예비자 교리반 봉사자 김택성 프란치스코라고 합니다."

승우는 전화기 옆의 공책에 재빨리 상대방의 이름을 메모했다. 통화 중에 일일이 메모하는 것은 그의 오랜 습관이기도 했다. 짐작컨대 사무실에 제출했던 예비자 교리 수강신청서가 그 사람에게 넘어간 모양이었다. 승우가 말했다.

"아무튼 반갑습니다."

"찾아뵙고 인사드려야 하는데 불쑥 전화부터 드리게 돼서 죄송합니다. 교리 공부 문제로 몇 가지 여쭤 보고자 합니다. 지금 통화하시기 괜찮습니까?"

"예, 괜찮습니다."

"성인반은 이번 주 목요일 저녁에 개강합니다. 그날 성당으로 나오실 수 있는지요?"

"예, 나갈 수 있습니다."

"그럼 그날 저녁 여덟 시까지 성당으로 나와주십시오."

"어디로 가야 합니까?"

"지하실에 있는 교리실로 나오십시오. 제가 그곳에서 기다리고 있겠습니다. 그럼 그날 뵙기로 하죠."

모처럼 반가운 소식이었다. 통화를 마치고 나서 승우는 작은, 그러나 뭐라 말할 수 없는 특이한 기쁨을 맛보았다. 당초 성당에 교리 수강신청서를 제출할 때에는, 그리고 사무장과 면담할 때에는 언제 교리반이 개강될지 불투명하게 느껴졌는데 의외로 일찍 좋은 소식이 날아들었다.

무엇보다도 아우 승환이와의 약속을 지키게 된 것이 여간 흐뭇하지 않았다. 승환이는 전화할 때마다 은연중 입교를 권면하곤 했었는데 이제 비로소 그 약속을 지키게 되었다. 그는 벽에 걸린 달력 앞으로 다가가 목요일 날짜 밑에 '20:00시 성당'이라고 써넣었다. 그날 만사를 제쳐놓고 꼭 성당에 나가리라.

성당에 나가기만 하면 뭔가 좋은 일이 있겠지. 그는 그런 희망적인 예감을 느끼면서 승환이 못지않은 좋은 신자가 되어 보리라 다짐했다. 이 불안을 떨치고 마음의 평화를 찾을 수 있으리라는 기대. 승우는 그런 마음가짐으로 며칠 뒤 목요일을 기다리기로 했다.

그러나 절박한 생활고를 생각할라치면 이마는 물론 등골에서 끈적끈적

한 진땀이 묻어났다. 더욱이 최근에는 어중이떠중이 할 것 없이 논문 대필에 뛰어들어 버젓이 회사까지 차려 놓고 사업적으로 나선 터라 학문당 박 사장을 통하여 알음알음으로 극비리에 그 일을 해 온 승우가 설 자리는 그만큼 줄어들 수밖에 없었다.

특히 인터넷에는 오래전부터 논문 대필 광고까지 올라와 있었다. 간덩이도 크지, 그들은 어쩌자고 공개적으로 광고까지 띄우는 것일까. 아무튼 세상이 혼탁해질 대로 혼탁해지다 보니까 별 희한한 일이 다 벌어지고 있었다.

며칠 전이었다. 검찰은 논문 대행업체 대표 몇 사람을 구속했다. 검찰 발표에 의하면 그들 두 사람은 휘하에 직원들까지 두고 남의 논문을 전문적으로 대필해주면서 짭짤한 수익을 올린 것으로 알려졌다. 그들은 인터넷 등에 광고를 올리고, 남의 논문을 대필해주는 대가로 수백만 원씩 챙기다가 업무 방해 등 혐의로 검찰에 구속되었다.

그 기사를 보는 순간, 승우는 올 것이 왔다는 생각과 함께 만감이 교차함을 느꼈다. 이제껏 논문 대필을 생업을 삼아 온 그의 입장에서는 검찰에 적발되지 않은 것만으로도 천행이 아닐 수 없었다. 그 자신 논문 대필업이 정당한 직종으로 인정받을 수 없다는 것은 잘 알고 있었지만 어느 사이엔가 사법 처리 대상이 되었다는 점에서 놀라움을 금할 길 없었다.

그런데 더욱 놀라운 사실은 논문 대필 회사에서 써준 논문들이 대부분 남의 논문을 이것저것 베끼고 따다가 짜깁기했다는 점이었다. 죽일 놈들……. 하기야 승우는 지금까지 그런 논문들을 한두 편 본 것이 아니었다.

더욱이 지금까지 승우가 대필해준 논문은 거의 예외 없이 표절을 당해 왔다. 그러니까 그의 논문이야말로 표절 전문가들에게는 일종의 모본(母

本)인 셈이었다. 표절 전문가들은 승우가 대필해준 논문을 슬쩍슬쩍 베끼거나 순서를 바꾸거나 여기저기 뼈다귀에서 살 바르듯 살짝살짝 발라내어 짜깁기를 하고 있었다.

예나 지금이나 승우가 쓴 논문은 토씨 하나 손댈 데 없는 완벽한 문장을 토대로 논리 정연한 전개 과정이며 가장 인상적인 결론 제시 등 논문의 모범 답안이라 해도 과언이 아니었다. 실지로 그가 대필해준 논문은 심사과정에서 단 한 번도 수정을 요구받은 적이 없었다.

단언하건대 승우가 쓴 논문을 트집 잡는다는 것은 있을 수 없는 일이었다. 왜냐하면 그는 언제나 논문 심사 위원이라는 작자들보다 훨씬 우위에 있었기 때문이었다. 그는 소위 학계에서 방귀깨나 뀐다는 학자들의 실력을 훤히 꿰뚫어 보고 있었으므로 그의 논문은 항상 심사 위원들의 수준을 몇 단계 뛰어넘고 있었다.

만약 그들이 승우가 쓴 논문을 가지고 어떠네 저떠네 시비를 건다면 그것은 마치 하룻강아지가 범을 능멸하는 어리석음과 다를 바 아니었다. 그는 논문 작성을 천직으로 알아왔고 유려한 문장과 무궁무진한 학식을 바탕으로 의뢰자의 입맛에 착착 달라붙는 논문을 써주었다.

따라서 논문 대행회사를 차려놓고 괴발개발 그것도 논문이랍시고 마구잡이로 써내는 돌팔이들이 그의 논문을 베껴먹기의 모본으로 삼는 것은 어쩌면 당연한 일이기도 했다. 승우의 논문을 슬쩍슬쩍 베끼면 그만큼 일정한 품격과 논조를 유지하는지라 수월하게 심사를 통과할 수 있기 때문이었다.

하지만 승우는 자신의 논문이 이놈 저놈에게 무자비한 윤간을 당하는데도 입을 꾹 다물고 있을 수밖에 없었다. 그의 논문은 전부 남의 이름으로 둔갑해 나갔고, 그 논문으로 학위를 받아 챙긴 자들은 그것으로 자족할 뿐 자기 명의의 논문이 표절을 당하는지 윤간을 당하는지도 모르고 있었다.

그런데 더욱 가공할 일은 그렇게 해서 표절한 논문을 다시 표절해 먹은 작자도 한둘이 아니라는 사실이었다. 낱낱 그런 놈들일수록 논문 인쇄 과정에서 빚어진 오자(誤字)나 탈자(脫字)조차 눈치 채지 못한 채 그대로 베껴먹고 있었다. 사태가 이 지경에 이르고 보면 입이 저절로 다물어질 지경이었다.

어디 그뿐인가. 승우의 논문을 베껴 표절한 엉터리 글을 다시 도용하고, 그 글을 재차 삼차 잇따라 표절했는데도 그 글이 표절 논문인지조차 모르고 통과시켜주는 심사 위원들은 대관절 뭐 하는 작자들인지 알 수가 없었다.

하기야 교수들 중에도 승우의 논문을 베껴먹은 사람들이 적지 않았다. 심건래와 주기범이 그 대표적 인물이었다. 그들은 승우의 논문을 표절한 대학원 제자들의 학위논문을 감쪽같이 베껴 학계에 발표하고서도 버젓이 고개를 들고 다녔다. 사실은 그 학위논문의 원작자가 바로 승우였던 것이다.

승우는 오늘날까지 그런 식으로 피해만 입으면서 살아왔다. 그는 어렸을 때부터 신동(神童)이란 칭송을 들으며 자랐지만 그 탁월한 능력과 큰 뜻을 제대로 펼쳐 보지도 못한 채 남에게 피해만 입었다. 특히 고향 떠나 서울로 올라온 이후 그는 이놈 저놈한테 피를 빨리며 뼈가 부서지는 중노동에 시달리지 않으면 안 되었다.

말로만 듣던 서울. 고등학교를 졸업하던 그 해, 서울에 가면 그래도 기회가 있지 않을까 하는 기대 속에 서울행 열차에 몸을 실었지만, 그러나 사돈의 팔촌도 살지 않는 서울은 그렇게 호락호락하고 만만한 곳이 아니었다.

영등포에 첫발을 디딘 그가 가진 것이라곤 몸뚱이와 고졸이라는 학력뿐이었다. 대학 졸업자들도 직장을 구하지 못해 실업자가 넘쳐나던 그때 고졸 학력 가지고는 어디 가서 발을 붙일 수가 없었다.

더군다나 그는 호적상으로 아직 미성년에 머무르고 있었다. 출생신고가 잘못되어 나이가 두 살이나 줄었기 때문이었다. 그 나이로는 공민권을 행사할 수가 없었으므로 어떤 공직 채용 시험에도 응시조차 할 수가 없었다. 그런 상황에서 당장 먹고살아야 한다는 현실적 과제가 어깨를 짓누르면서 숨통을 옥죄었다.

그는 식품점 점원, 시장 바닥의 지게꾼에서부터 공사장의 막노동은 물론이고 공장의 공원에 이르기까지 밑바닥을 박박 기지 않으면 안 되었다. 식품점 점원으로 일할 때에는 악마 같은 주인을 만나 살인적인 노동 착취를 당하며 이만저만 고생한 것이 아니었다.

승우는 그때 순진하게도 문제의 식품점 주인에게 무작정 상경한 자신의 처지를 밝혔다. 그러자 오갈 데 없는 승우의 약점을 알아챈 주인은 겨우 용돈 정도의 꼴 난 급료를 주면서 무자비한 중노동을 강요했다. 그 후 노동판을 전전하다가 구로동의 한 공장에 들어갔지만 그곳에서도 그는 짐승보다 별로 나을 것 없는 대우를 받아야 했다.

그 무렵, 평화시장 노동자 전태일(全泰壹) 씨가 분신자살하는 충격적인 사건이 발생했다. 노동자에 대한 억압과 착취가 얼마나 극에 달했으면 자기 몸에 휘발유를 끼얹고 불을 붙였을까. 근로기준법 같은 것은 있으나 마나 했다. 당시 우리나라의 노동 현실은 비참하기 짝이 없었는데, 승우가 몸담고 있던 그 공장 역시 노동자를 쇳덩어리 기계 이상으로 부려먹고 있었다.

실의와 좌절의 반복. 아무튼 승우가 영등포 일대에 뿌린 땀과 눈물과 피는 이루 헤아릴 수가 없었다. 눈 감으면 코 베어간다는 서울. 그것은 낭만적인 시대의 전설이었고, 승우는 두 눈 뻔히 뜨고서도 일방적으로 고혈을 빨리지 않으면 안 되었다.

그러다가 천신만고 끝에 들어간 곳이 잡지사였고, 그는 그때부터 그 지긋지긋한 육체노동에서 벗어나 이른바 정신노동을 하게 되었다. 그것도 불과 몇 년, 연예인 누드와 스캔들 위주의 호화판 주간지가 판을 치면서 양상이 달라졌던 것이다.

친구 따라 강남 간다는 말도 있지만, 그 후 승우는 학문당 박일기 사장의 사업을 돕다가 논문 대필에 뛰어들었다. 힘든 세월이었다. 상여금이나 퇴직금이 보장되지도 않는 막노동 같은 직업. 그래도 승우는 그 일을 할 때마다 논문을 쓰지 못해 전전긍긍하는 사람들을 위해 봉사한다는 자부심과 함께 고졸 학력으로 석·박사 뺨친다는 짜릿한 쾌감을 맛보곤 했다.

한데 그가 이 근래 몇 달 동안 일손을 놓은 채 빳빳이 놀고 지내야 하는 그 뒤안길에는 그럴 수밖에 없는 눈물겨운 사연이 있었다. 실력도 없는 잡상인들이 회사까지 차려 놓고 인터넷에 광고까지 띄우며 덤핑 공세를 하기 때문이었다.

그 논문 장사꾼들은 맹렬한 판촉전을 벌이는 가운데 논문의 질에 상관없이 건수 올리기에 혈안이 되어 있었다. 그뿐 아니라 그들은 대필료를 깎아주는 것은 물론 교묘한 수법으로 논문 수요자들에게 달착지근한 미끼를 던졌다.

하기야 물주들에게는 논문의 질 따위는 문제될 것이 없었다. 자기 이름으로 나가는 논문이 표절이든 뭐든 굳이 옥석을 가리려 하지도 않았다. 꿩 잡는 것이 매라고, 그들은 오직 학위 심사 통과만 노리고 있었다. 남의 논문을 전혀 읽지도 않는, 표절 논문이라 해도 표절인지 뭔지도 모르는 심사 위원들을 구워삶아 일단 심사를 통과하기만 하면 그만이었다.

본래 비지떡은 싸게 마련이었다. 물주들은 싼 대필료를 지불하고 엉터리 같은 싸구려 논문을 사들여 논문 심사를 거뜬히 통과하곤 했다. 개뿔도 모르는, 더러는 뇌물까지 집어삼킨 심사 위원들이 그 논문에 도장을 콱콱 누르고 서명하는 사이 학사·석사·박사가 조폐공사 인쇄공장에서 돈 찍혀 나오듯 줄줄이 탄생하였다.

심사 위원들이 썩으면 썩을수록 논문의 질은 떨어질 수밖에 없었고, 그 과정에서 논문 대필회사와 거기에 소속된 함량 미달의 대필자들이 재미를 보는 것은 당연한 귀결이었다. 논문 대필회사와 대필자들은 백화점에서 세일하듯 마구잡이로 수준 낮은 논문을 양산해 내곤 했다.

욕심이 지나치면 화를 부르게 마련이었다. 그들은 세상 무서운 줄 모르고 버젓이 공개적으로 그 일을 하다가 검찰에 덜미를 잡히고 말았다. 그러면 그렇지. 승우는 이 근래 개점휴업 상태로 파리만 날린 자신의 처지를 되돌아보며 이제는 진정 이 바닥에서도 살아남을 수 없게 되었다는 것을 깨달았다.

더욱이 논문 대필자들이 구속까지 되는 상황에서 어떻게 이 일을 더 지속할 것인가. 과거에는 논문을 쓰려 해도 쓰지 못하는 물주들의 딱한 사정을 감안하여 얼마간 선의와 동정심을 가지고 대필 작업을 할 수 있었지만 논문 대필자들이 사법 처리 대상으로 떠오른 이 마당에서는 설령 일감이 들어온다 해도 덥석 덤빌 수가 없었다.

이제는 논문 대필이고 뭐고 걷어치워야 할 상황이 아닌가. 만약 논문 대필의 비밀이 탄로 나는 날에는 어떻게 될까. 겨우 입에 풀칠이나 하려고 그 일을 계속하다가 쇠고랑을 차게 될 수도 있다고 생각하면 아찔하기만 했다.

그러나 이제 와서 새로운 직업을 찾는다는 것도 난망한 노릇이었다. 승우가 할 수 있는 일이라곤 논문 대필 이외에 달리 무슨 뾰쪽한 대안이 있을 수 없었다. 가진 자본이나 있다면 모를까, 이 보잘것없는 연립주택을 판다 해도 노점이나 포장마차조차 차리기 힘든 실정이었다.

하긴 노점이나 포장마차라 해도 아무나 차리는 것은 아니었다. 그 일은 그 일대로 용기와 경험이 있어야 할 텐데 승우에게는 그런 경험이 전무했다. 논문을 써내라면 얼마든지 써낼 수 있었지만 노점이나 포장마차를 경영한다는 것은 엄두조차 나지 않았다.

그렇다면 꼼짝없이 굶어 죽어야 한단 말인가. 빌어먹을…… 상여금이나 퇴직금이 있을 수 없고 날품팔이처럼 근근이 살아온 승우로서는 불안해서 살 수가 없었다. 불안, 불안…… 정말 이 상태로 나가다간 온 가족이 언제 굶어 죽게 될지 모르는 형편이었다.

엊그제였다. 승우는 실로 오랜만에 한국논픽션작가협회 회원인 후배 손갑동에게 전화를 걸었다. 손갑동은 역사물 전문작가로 방송과 잡지를 통해 깃발을 날리고 있었다. 동료 논픽션 작가들 사이에서도 노력파로 알려진 그는 이제 확실히 자기 세계를 구축해 놓고 있었다. 그가 말했다.

"아이구, 선배님. 제가 먼저 전화를 드렸어야 하는데 거꾸로 됐군요. 죄송합니다. 그동안 안녕하셨죠?"

"물론이지. 갑동이는 요즘 아주 잘 나가더군."

"사실은 그렇지도 않아요."

그는 언제나 겸손했고, 역사 공부를 많이 한 터라 역사의식에도 투철했다. 한국논픽션작가협회의 다른 작가들도 그렇지만 승우 역시 평소 손갑동을 아껴주었다. 승우가 말했다.

"어젯밤 텔레비전에서 〈어느 노동자의 인간선언〉 잘 봤어. 아주 잘 썼더군. 대본은 좋은데 연출이 못 따라갔어. 그게 좀 아쉬웠지만 내레이션이 인상적이더군."

〈어느 노동자의 인간선언〉은 바로 전태일 분신자살 사건을 재조명한 다큐멘터리 프로그램이었다. 그것은 손갑동이 대본을 쓰고 이영식이라는 피디가 연출한 작품이었다. 물론 내레이션 역시 모두 손갑동의 문장이었다. 손갑동이 말했다.

"선배님이시니까 좋게 봐주신 거죠. 그 작품이 나간 뒤 저는 항의도 많이 받았어요."

"항의?"

"어떤 놈들은 협박까지 하더라니까요."

"누가 협박해?"

"그야 뻔하죠 뭐. 수구 꼴통들이 뭐라는지 아세요? 전태일을 너무 미화시켰다는 겁니다."

"미친 자식들이군. 그런 놈들 말에 일일이 신경 쓸 필요가 없잖아? 썩은 놈들. 우리 사회가 제대로 되려면 그런 놈들을 뿌리 뽑아야 해. 아직도 정신 못 차리고 갈팡질팡 헤매는 놈들. 그놈들 때문에 우리나라가 이 모양 이 꼴이라니까."

"그렇습니다. 선배님, 오늘 시간 좀 내실 수 있겠어요?"

"왜?"

"저도 모처럼 시간이 났거든요. 선배님, 제가 그쪽 월명동으로 갈까요?"

"아니. 그럴 필요 없어. 저엉 만나고 싶으면 내가 나가면 되지 뭐. 어디서 만날까?"

"화곡동 쪽으로 오시면……."

손갑동은 화곡동의 한 호텔 커피숍을 만날 장소로 지목했다. 그 호텔 커피숍은 승우가 지난날 어느 정부 투자 기관 간부의 논문을 대필할 때 종종 들른 곳이기도 했다. 마침 그 간부가 그곳 근처에 살고 있었기 때문이었다. 호텔 뒤편으로는 유흥업소가 즐비했는데 밤이면 불야성을 이루곤 했다. 승우가 말했다.

"알았어."

그는 약속 시간에 맞추어 그곳으로 나갔다. 언제나 손님들로 가득했던 그 커피숍은 썰렁하기 짝이 없었다. 거짓말 좀 보태서 말하자면 그 업소는 파리만 날린다고 할까, 아무튼 정부 투자 기관 간부를 만날 때와는 아주 딴판이었다.

그는 한쪽 구석에 자리를 정하고 앉았다. 종업원이 다가와 냉수 한 컵을 놓아주었다. 살결이 유난히도 흰 종업원의 몸매를 슬쩍 훔쳐보고 있을 때 손갑동이 허둥지둥 들어와 넙죽 허리를 꺾으며 인사했다. 그가 말했다.

"나와주셨군요. 제가 먼저 도착했어야 하는데 한발 늦었네요."

"괜찮아. 나도 방금 도착했어. 거기 앉지."

"네."

손갑동은 승우의 맞은편에 얌전히 앉았다. 언제나 싹싹하고 예의 바른 손갑동. 겉보기에는 색시 같지만, 그의 내면은 차돌처럼 단단하기만 했다.

승우가 물었다.

"집안에도 별일 없었어?"

"그럼은요. 근데 날씨가 왜 이렇게 무더운지 모르겠어요."

"그러게 말야. 이번 여름은 유난히도 무덥고 지루해. 이렇게 기분 나쁜 여름은 처음이야."

"저도 그래요. 세상 돌아가는 꼬락서니를 보면 괜히 우울해요. 뭐 제대로 되는 일이 있어야지요. 그럼 차부터 주문하실까요?"

"그렇게 하지."

승우의 말이 떨어지자 손갑동은 손을 깝작거리며 종업원을 불렀다. 다리가 미끈한, 보기 드문 미인인 종업원이 다가오자 두 사람은 차를 주문했다. 승우는 뜨거운 커피를 시켰고, 손갑동은 오렌지주스를 주문했다. 손갑동이 물었다.

"선배님. 창식이한테 들으니까 아주 어렵게 지내신다구요?"

"아주 힘들군. 너무 오래 놀았어."

"선배님도 다시 방송 일을 하시면 안 될까요?"

"글쎄……. 나야 너무 오래 방송에서 떠나 있었잖아. 나하고 같이 일했던 피디들은 이제 거의 옷을 벗었어."

"사실은 그렇게 됐죠. 선배님께서 다큐멘터리를 쓰시면 참 좋을 텐데요. 언젠가도 말씀드렸습니다만 하긴 방송계도 그전과 같지 않아요. 새파란 놈들이 어떻게 설쳐대는지 정말 눈꼴이 시어서 못 볼 지경이라니까요. 협회 총회 때 많이 보셨잖아요? 그놈들은 까마득한 선배한테 인사할 줄도 모릅니다."

"피디들도 그럴 텐데 누가 나 같은 사람을 써주겠어?"

"제가 알아볼게요. 오다가다 더러 정신 똑바로 박힌 피디들도 있으니까요."

그러나 승우는 뭐라 할 말이 없었다. 일부러 들여다보지 않아도 그 동네 사정을 짐작할 수 있기 때문이었다. 어느덧 천덕꾸러기로 전락해버린 나이. 지난날 같으면 중견으로서 그에 합당한 예우를 받을 수 있었을 텐데 세상이 혼탁해진 오늘날에는 40대 중반만 되어도 오나가나 천덕꾸러기 취급을 받게 마련이었다. 승우가 말했다.

"우리가 신인이었을 때에는 중견들을 깍듯이 모셨지. 그분들은 풍부한 경험과 지식을 바탕으로 무르익은 작품도 많이 써냈고……. 하지만 이 근래에는 신인들 세상이 됐어."

그랬다. 한국논픽션작가협회 소속 회원들만 하더라도 중견 이상 중진들은 사실상 일손을 놓고 있었다. 그들이야말로 한창 원숙한 작품을 내놓아야 할 연배라고 말할 수 있었다. 그러나 현실은 그렇지 못했다. 젊은이 일색으로 짜인 방송사나 출판계 종사자들이 그들을 외면하기 때문이었다.

그들은 뭐가 뭔지도 모르면서 오직 얄팍한 테크닉에 의지해 젖비린내 나는 설익은 프로그램과 특집 기사를 내놓고 있었다. 이를테면 그들이 만든 프로그램이나 특집 기사야말로 학부나 대학원 재학생들이 아무렇게나 휘둘러 써낸 논문과 다를 바 없었다. 손갑동이 말했다.

"그렇습니다. 이제는 어른 애도 없는 세상이 됐습니다. 선배님 앞에서는 대단히 죄송한 말씀입니다만, 저 같은 사람만 하더라도 은근히 배척당하는 실정입니다. 젊은 애들이 볼 때에는 소위 코드가 안 맞는다는 거죠."

"코드?"

"정치 놀음과 다를 바 없습니다. 저희들끼리만 놀겠다는 뜻이죠. 바보는 바보끼리, 젖비린내 나는 애송이는 젖비린내 나는 애송이끼리, 설익은 아마추어는 설익은 아마추어끼리 코드가 맞을 수밖에 없잖아요? 그놈들 수준에 어떻게 자기보다 나은 중견·중진·원로들과는 코드를 맞출 수 있겠습니까. 그러니까 사회가 하향 평준화될 수밖에 없죠."

"맞는 말이야."

어른을 모실 줄 모르는 사회는 망할 수밖에 없었다. 원로들이 쌓아온 풍부한 경험을 토대로 그 위에서 사회를 발전시켜 나가야 할 텐데, 요즘 젊은 아이들은 그 소중한 자산을 함부로 용도 폐기한 채 저희들 멋대로 놀아나고 있었다.

사정이 이렇다 보니 도처에서 시행착오가 빈발하게 마련이었다. 정치도 예외가 아니었다. 이렇다 할 경험도 철학도 없는 새파란 작자들이 자기 역량보다 훨씬 큰 감투를 쓰고 권좌에 앉아 권력을 좌지우지하니까 사회 각 분야에서 삐거덕거리는 소리만 날 수밖에 없었다.

지금 우리 사회에서는 물가 비상에다 실업자까지 넘쳐나고 있었다. 올해 대학 졸업자가 30만 명이 넘는데 몇백 대 1의 경쟁을 뚫고 간신히 취업한 사람은 겨우 5천 명에 불과했다. 그런데도 대통령과 정부 당국자들은 걸핏하면 우리나라를 동북아 물류 중심 국가를 만든다느니, 곧 국민소득 3만 불 시대를 연다 어쩐다 하면서 요란한 구호를 외치고 있었다.

본래 똥 누는 소리 요란하면 똥개 몫이 없게 마련이었다. 정부는 스스로 자신이 없기 때문에 이렇듯 시끌짝한 구호만 외칠 따름이었다. 정치에서는 일정 부분 구호가 필요한 것도 사실이지만, 그러나 정부는 씨도 먹히지 않을 잠꼬대 같은 소리만 되풀이하고 있었다.

국제통화기금의 구제금융 체제 이후 우리 사회에서는 중산층이 붕괴되고 최근에는 빈곤층이 급증하고 있었다. 특히 지난 몇 년간 근로자들의 소득 격차가 크게 벌어지고 부동산 가격이 폭등하면서 무주택자들이 극빈자로 전락하게 되었다.

그 과정에서 톡톡히 재미를 본 계층이 있었다. 소위 부유층이었다. 그들은 더 많은 재산을 긁어모아 부익부 빈익빈을 부채질했다. 그리하여 이제는 상위층 1.6%의 소비가 전체 소비의 25%를 차지하는 실정이었다. 그런데도 정부는 빈곤층 대책을 마련하기는커녕 탱탱 배부른 소리만 늘어놓고 있었다. 손갑동이 말했다.

"대통령부터 역사의식이 없어요. 역사 앞에 어떤 대통령으로 남을 것인가를 생각한다면 우리 사회를 이대로 방치할 수는 없잖아요. 어쩌면 우리나라와 국민의 운명이 이 정도 수준에서 멈추게 되는지도 모르죠. 선배님, 어디 가서 저녁식사라도 하시죠."

"아, 아니야. 난 정말 갑동이한테 신세지고 싶지 않은데……."

승우는 머뭇거렸다. 지갑에 돈푼이라도 있다면 모를까, 주머니가 팅팅 비어 아무것도 가진 것 없이 누군가에게 맨입으로 얻어먹으려면 어쩐지 기가 꺾이는 것이었다. 손갑동이 말했다.

"신세는 무슨 신셉니까. 아직까지는 그런대로 괜찮습니다. 자, 저쪽에 가시면 좋은 음식점이 있습니다. '부여식당'이라고 제가 가끔 가는 곳입니다."

"지금 '부여식당'이라고 했어?"

"네. 그렇습니다."

"내 고향이 충남 부여잖아. 그 주인도 부여 사람인 모양이지?"

"아마 그럴 거예요. 아무튼 제가 그 음식점으로 모시겠습니다."

그들은 커피숍에서 나와 호텔 뒷길로 나섰다. 해가 저물고 있었다. 언제나 인파로 북적대던 거리. 하지만 그날은 이상하다 싶을 정도로 행인들의 발길이 뜸했다. 승우가 말했다.

"이 거리가 왜 이렇게 썰렁하지?"

"썰렁한 정도가 아니라 아예 냉기까지 느껴지는군요. 여기는 본래 낮이나 밤이나 발 디딜 틈이 없는 곳인데 상황이 이 지경이라면 시중의 경기가 얼마나 불황인지 알 만합니다."

그들은 여러 음식점과 단란주점과 룸살롱과 노래방과 편의점을 지나 '부여식당' 앞에 이르렀다. '부여식당'이라? 그 순간, 승우는 백마강 남쪽 고향이 그리워 콧날이 시큰해짐을 느꼈다. 나이가 들면 들수록 고향과 관련된 간판만 봐도 고향이 더욱 그리워졌다.

그들은 그 음식점으로 들어갔다. 아니나 다를까, 그 음식점도 방과 홀을 가릴 것 없이 텅텅 비어 있었다. 저쪽 구석진 곳에 청년 두 사람이 앉아 소주를 마시고 있을 따름이었다. 이심전심이라고나 할까, 승우와 손갑동은 누가 먼저랄 것도 없이 마주 보고 헤설피 웃었다.

그들은 방에 들어가 자리를 정하고 앉았다. 잠시 후 종업원이 들어왔고, 승우와 손갑동은 서로 의논하여 삼겹살에다 공깃밥, 반주로는 소주를 주문했다. 철판 위에서 지글지글 삼겹살이 익자 그들은 천천히 소주를 마시기 시작했다. 그때 외출에서 돌아온 여주인이 손갑동을 발견하고는 여간 반가워하는 것이 아니었다. 그녀가 물었다.

"언제 오셨어요?"

"방금 전에 왔지요. 그동안 잘 지내셨습니까?"

"네. 하지만 장사가 안 돼서 큰일 났지 뭐예요. 근데 손 선생님은 왜 그렇게 발길이 뜸했어요?"

그녀는 힐끗 승우의 눈치를 살피면서 손갑동 곁에 앉았다. 손님이 북적거릴 때 같으면 어림도 없겠지만 워낙 일손과 시간이 남아도는지라 손님 곁에 합석할 수 있는 여유가 생긴 셈이었다. 손갑동이 그녀에게 말했다.

"앞에 계신 선생님께 인사드리지요. 이 어른은 우리 모두가 존경하는 선배님이시거든요."

그러자 여주인은 엷은 미소를 머금은 채 다소곳이 고개를 숙여 정중히 인사했다.

"처음 뵙겠습니다. 저는 김영애라고 합니다. 10년 전부터 이 자리에서 장사하고 있는데 앞으로 많이 도와주십시오. 부족한 점이 있으면 항상 가르쳐주시고요……."

이제 갓 깎아놓은 꿀배처럼 사근사근한 김영애는 괜찮은 여성으로 보였다. 나름대로 교양을 갖춘 여성. 도희가 걸레 중에서도 똥걸레라고 한다면 김영애는 비단 중에서도 양질의 공단이나 양단이라고 말할 수 있었다. 승우가 말했다.

"반갑습니다. '부여식당'이라는 간판을 보고 얼마나 반가웠는지 모릅니다. 사실은 내 고향이 부여거든요."

"어머나, 그러세요? 제 시댁과 친정도 모두 부여예요. 저희들이 서울로 올라온 지는 20년쯤 됐구요."

"아, 그러시군요. 여기에서 고향 분을 만나다니 정말 세상은 넓고도 좁다는 생각입니다."

"정말 그렇군요. 근데 제가 이렇게 귀한 손님 자리에 끼어들어도 되는지 모르겠네요."

"괜찮습니다. 우리끼리 뭐 대단한 비밀 이야기를 할 것도 아니니까요."

승우와 손갑동은 알맞게 구워진 삼겹살을 먹으면서 김영애와 함께 이런저런 대화를 나누었다. 손갑동도 그렇지만, 승우도 아주 조심스럽게 술을 마셨다. 승우야말로 과거에는 두주(斗酒)를 불사하던 술꾼이었다. 그러나 이 근래에는 최대한 술을 경계하고 있었다. 손갑동이 김영애에게 물었다.

"나, 바보 같은 질문 한 가지 합시다."

"뭔데요?"

"오늘따라 왜 이렇게 손님이 없지요?"

"사실은 오늘만 이런 게 아니에요. 이 근래 들어와 토옹 장사가 안 돼요. 저희 집만 그런 게 아니구 모두들 죽겠다고 아우성이에요. 손 선생님도 잘 아시는 것처럼 원래는 이 일대가 황금 상권이었잖아요. 그런데 장사가 하도 안 돼서 여러 집이 두 손 반짝 들고 울며 떠났지 뭐예요. 음식점이 잘 안되면 노래방이나 술집이 안되고, 단란주점이나 나이트클럽 같은 술집이 안 되면 늦게 집에 들어가는 승객이 격감해서 택시가 불황을 겪게 되죠. 이제 서민 경제는 완전히 죽었다고나 할까요."

김영애는 오랜 현장 경험을 통해서 선험적으로 경제에 통달한 듯했다. 그녀는 어떤 경제학자 못지않게 음식점과 주점, 주점과 택시 영업의 상관관계까지 분석하면서 시장경기를 진단하고 있었다. 승우가 말했다.

"그렇군요. 정치를 잘못하니까 이 나라가 이 모양 이 꼴로 돌아가지 뭡니까."

"저도 동감이에요. 대통령부터 눈과 귀를 막고 있나 봐요. 중산층이 무너지고 서민들이 다 죽어 가는데도 대통령은 태평한 소리만 늘어놓고 있지 뭐예요."

승우는 자기도 모르게 푸우푸우 억장이 무너지는 한숨을 내쉬었다. 시중 국민들의 원성이 이렇건만 대통령은 입을 열었다 하면 우리 경제가 곧 회복될 것이라는 호언장담으로 일관하고 있었다.

이제 이 나라는 갈 데까지 간 모양이었다. 대통령을 비롯한 정부 당국자들이 헛소리나 늘어놓고 정부와 국민의 틈새가 자꾸 벌어지는 데다 세상인심까지 피가 팍팍 튈 정도로 살벌해지는 것을 보면 멸망의 전조처럼 느껴졌다.

저녁식사를 마치고 승우와 손갑동은 밖으로 나왔다. 김영애의 말대로 이 지역 황금 상권을 이루었던, 늘 시골의 대목장날처럼 시끌시끌하고 휘황찬란했던 이곳의 밤거리는 인적조차 드물었다. 도로에는 빈 택시들이 줄지어 서 있고……. 손갑동이 말했다.

"저쪽 '부여식당' 여주인 말이 맞군요."

"정말 어떻게 살아야 할지 모르겠군."

"아무튼 건강하십시오. 지금처럼 어려운 때일수록 건강하셔야 합니다. 자, 그럼……."

그들은 호텔 앞에서 헤어지기로 했다. 승우는 월명동으로 가는 버스에 올랐고, 손갑동은 버스 안의 승우에게 손을 흔들다가 버스가 정류장에서 출발한 뒤 횡단보도를 건너갔다. 버스를 타고 집으로 돌아오는 동안에도 승우는 불안해서 견딜 수가 없었다. 앞으로 어떻게 살아야 할지 너무 막막하기 때문이었다.

그는 월명산 아래 농협 앞 정류장에서 내렸고, 광동주택을 향해 터덜터덜 걸어 나갔다. 소주를 두어 잔 마신 탓일까, 밑바닥을 박박 기며 처절하게 살아온 인생이 더욱 서러워졌다. 더군다나 회사까지 차려 놓고 남의 논문을 대필해주던 사람들이 덜커덕 검찰에 구속된 것을 생각하면 앞으로는 그런 일감이 들어온다 해도 설불리 맡을 일이 아닌 듯했다.

괜히 그 일을 잘못 맡았다가 쇠고랑을 차고 감옥에 가게 되면 어떻게 할까. 그는 우편취급소 골목으로 해서 광동주택을 향해 터덜터덜 걸어갔다. 그 연립주택 일대는 어두컴컴하였다. 길 건너 월명아파트 단지에는 불빛이 찬란한데 이 구질구질한 빈민촌에는 보안등조차 제대로 세워주지 않기 때문이었다.

승우는 집으로 들어가자마자 학문당 박 사장에게 전화를 걸기로 했다. 박 사장이 편안히 쉬고 있을 이 밤에 집으로 전화를 걸어도 괜찮을까. 그러나 논문 대행회사 대표 구속 사건이 자꾸 뇌리에 떠올랐으므로 조바심이 나서 견딜 수가 없었다.

술도 얼큰해졌겠다. 그는 용기를 내어 박 사장에게 전화를 걸었다. 마침 전화는 박 사장이 직접 받았다. 승우가 말했다.

"어이, 박 사장. 이 밤중에 전화를 걸어 미안해."

"괜찮아. 그런데 어쩐 일이야?"

"나 오늘 모처럼 파계(破戒)하는 심정으로 소주 한잔 했어."

"잘했군. 때에 따라서는 가끔 소주도 마셔야지."

"그런데 말이야, 며칠 전 논문 거래에 관한 기사 봤어?"

"봤지."

"그 기사를 보니까 정말 놀랍더군. 이제 나야말로 잠수함 타고 어디론가 훌쩍 사라져야 할 것 같아."

"그건 또 무슨 소리야? 천만의 말씀이지. 우리 일은 이제부터야. 회사까지 물을 흐려놓던 잡상인들이 정화됨으로써 앞으로는 일감이 폭주할 거야. 그 돌팔이 같은 사람들이 된서리를 맞은 이상 그 논문 수요가 어디로 몰리겠어? 우리처럼 비밀을 잘 지키는 사람한테 몰리게 돼 있어. 두고 보게. 만물박사는 다른 것은 다 알면서 한 가지를 모르는군. 위기는 곧 기회인 거야. 나는 이 위기를 기회로 삼겠어."

승우가 가득 위축되어 벌벌 떨고 있는 반면 박 사장은 도리어 쾌재를 부르고 있었다. 사업가다운 기질이라고나 할까, 박 사장은 앞으로 급격히 일어나게 될 업계의 판도 변화를 예측하고 있었다. 승우가 물었다.

"그러다가 감옥에 가면 어떻게 해?"

"감옥? 하하하……. 감옥에 가지 않는 방법이 있지. 만물박사를 끝까지 잘 숨겨주면 되잖아? 철저히 비밀을 보장하고, 만물박사를 보호해주는 데 무슨 상관이 있어? 이름도 얼굴도 없는 만물박사……. 어때? 내가 만물박사를 전면에 노출시키지 않으면 돼. 신출귀몰하는 제갈량 전법이 있잖은가."

"제갈량 전법?"

"그래. 만물박사가 알다시피 내게는 제갈량을 뺨치고도 남을 만한 복안이 있다구."

박일기 사장은 자신만만했다. 하기야 박 사장의 특출한 수완에 대해서는 의심할 나위가 없었다. 그뿐 아니라 박 사장은 충분히 신뢰할 만한 인격을 가진 인물이었다. 의리 빼놓으면 시체와 다를 바 없는 사람. 그렇게 확실한 사람을 믿지 못한다면 이 세상에서 어떤 놈을 믿을 것인가. 승우가 말했다.

"난 박 사장을 믿어. 하지만 우리 모두 조심해야겠어."

"괜찮다니까 그러네. 이제까지 만물박사는 일부에 얼굴만 노출되었을

뿐 본명보다도 별명으로 더 널리 알려졌잖아. 내가 일찍이 만물박사라는 별명을 붙여 놓은 것도 다 까닭이 있었던 거야. 만약 문제가 생기면 내가 다 책임질게. 내게는 비장의 카드가 있지. 하하하……. 내가 누군가. 만일의 사태에 대비해서 벌써 변호사들한테 법률 자문까지 받아 놓았어. 조금도 걱정하지 마. 문제가 생기면 내가 기꺼이 십자가를 질 테니까. 감옥에 가더라도 내가 가야지 만물박사가 간대서야 말이 안 되지. 아무튼 조금 더 관망하면서 기대해 보자구. 좋은 일이 있을 거야. 사실은 전화상으로 얘기하기 곤란한 것도 많아. 기분 전환도 할 겸 내일 낮에 회사로 나올 수 있겠어?"

"그야 어렵지 않지."

"그래. 내일 회사로 나와 줘."

통화를 마치고 승우는 서재로 들어와 벌렁 드러누웠다. 박 사장은 뭘 믿고 그렇게 큰소리 빵빵 치는지 알 수가 없었다. 물론 뭔가 복안이 있겠지만, 그러나 승우는 파도처럼 밀려오는 불안감을 떨칠 수가 없었다.

어느 사이엔가 그의 눈앞에는 월명산 기슭에서 보았던 가련한 쥐똥나무 꽃이 어른거리고 있었다. 그 척박하기 짝이 없는 박토의 비탈에 씨앗을 퍼뜨리겠다고 올망올망 맺혀 있던 쥐똥나무꽃. 승우는 안방 제 엄마 품에서 잠자고 있을 성현이를 생각하고는 두 주먹을 불끈 쥐었다.

《서울문학》 2003년 봄호)

버드나무

그 이튿날, 승우는 아침 일찍 집을 나섰다. 그는 동네 정류장에서 시내버스를 탔는데, 버스 안은 냉방이 아주 잘 되어 있었다. 승우는 문득 저 60년대나 70년대의 시내버스를 회상했다. 그 당시에는 버스마다 차장이 있었다. 나중에는 차장이라는 이름 대신 좀 고상하게 안내양이라는 명칭을 쓰기도 했지만, 아무튼 그 당시에는 안내양이 승강구에 매달려 승객들을 꾸역꾸역 버스 안으로 밀어 넣곤 했었다.

버스가 정류장에 서거나 출발할 때 승강구 문을 열었다 닫았다 하면서 '스톱'과 '오라잇'을 외치던 어린 안내양들. 그 어린 안내양들도 오래전에 시집가서 지금쯤 자녀들 주렁주렁 매달고 초로(初老)에 접어들었겠지. 그런가 하면 고속버스에는 멋진, 마치 항공기에 탑승하여 승객들에게 봉사하는 스튜어디스 같은 또 다른 안내양이 있었다.

시내버스 안내양이 중노동에 시달린 막노동자였다면 미인들만 선발했던 고속버스 안내양은 그런대로 귀족이라고 말할 수 있었다. 시내버스가 초만원을 이루어 늘 콩나물시루 같았던 반면, 고속버스는 운행 초창기부터 좌석 지정제로 운행하여 승객들이 편안하게 목적지까지 갈 수 있는 데다 안내양은 승객들에게 서비스만 제공하면 되었으니까.

하지만 세월과 함께 시내버스든 고속버스든 안내양을 두지 않게 되었다. 버스 안내양이라는 직종 자체가 송두리째 사라졌다. 하기야 지난 몇십 년 동안 소리 없이 사라진 직종은 어디 한두 가지가 아니잖나.

버스는 버드나무가 늘어선 강변도로를 달려 나가고 있었다. 버드나무들 중에는 능수버들과 수양버들이 뒤섞여 있었다. 꽃가루가 휘날려 안질을 일으킨다는 이유로 가끔 시비의 대상이 되곤 했던 버드나무. 삼단 같은 머리를 빗어 내린 듯한, 휘휘 휘늘어진 버들가지는 바람결에 흐늘흐늘 흐느적거리고 있었다.

그래. 승우의 고향마을 동구 밖에도 해묵은 버드나무 몇 그루가 서 있었고, 산 좋고 물 좋은 안장말 냇가에는 갯버들이 지천으로 널려 있었다. 어렸을 때, 새봄이 되어 버드나무에 물이 오르면 버들가지를 꺾어 호드기를 만들어 불곤 했었지.

승우는 아무런 걱정 없이, 비록 가난했지만 한 점 구김살도 없이 자라나던 어린 시절을 그리워했다. 하지만 철이 들면서 그는 이루 말할 수 없는 숱한 상처를 입어야 했다. 특히 서울로 올라온 뒤로는 얼마나 많은 상처와 만고풍상을 겪었던가.

승우는 신촌에서 내렸고, 단숨에 그의 아지트나 다름없는 학문당으로 갔다. 박 사장이 혼자 사무실을 지키고 있다가 승우를 반겨주었다. 언제 만나도 변함없는 친구. 그를 보면 저절로 마음까지 평화로워졌다. 승우가 물었다.

"미스 김은 어디 갔어?"

"휴가 보냈지."

"휴가?"

"다른 직장에서도 여름휴가를 실시하잖아. 미스 김에게도 당연히 휴가를 줘야지."

"며칠간인데?"

"아주 일주일 동안 쉬라고 했어. 다음 주 월요일에나 나올 거야."

박 사장은 끄응 하며 일어났고, 칸막이 뒤쪽 주방 쪽으로 가서 직접 음료수 두 잔을 가져왔다. 일찍이 여명인쇄사와 학문당을 창업하여 재벌급에 오른 박 사장이 손수 쟁반에 음료수를 받쳐 들고 나오는 모습은 여간 신선하지 않았다. 승우가 말했다.

"하하, 대학교수들을 떡 주무르듯 하는 천하의 학문당 사장이 몸소 음료수를 가져 오셨군."

"만물박사가 오셨는데 극진히 모셔야지. 하하하……."

그들은 음료수를 마시면서 한담을 나누었다. 신선놀음에 도끼자루 썩는 줄 모른다고 할까, 죽자 살자 일을 해도 시원찮을 마당에 이렇듯 파리를 날리며 한담이나 나누어야 하다니 정말 한심한 노릇이 아닐 수 없었다. 승우가 말했다.

"어젯밤엔 미안했어."

"뭐가 미안해?"

"회사 일 마치고 집에 들어가 조용히 쉬고 있는 사람한테 전화를 건다는 것이 영 부담스럽더군."

"천만에. 우리 사이에 집이면 어떻고 회사면 어때? 의논할 일이 있으면 언제 어디에서나 의논해야지. 그러잖아도 내가 먼저 전화를 걸까 생각했었어. 논문 대행업자가 구속된 것은 어쩌면 당연한 일이야. 그놈들은 조직적으로 남의 논문을 전부 표절했으니까. 인터넷에 광고까지 하고 말야. 그게 말이나 돼? 그놈들은 처벌받아 마땅하다고 생각해."

그들은 논문 대행업자 구속 사건의 파장에 관해 의논했다. 최근 인터넷을 통해 논문을 팔고 사던 논문 대행업체의 대표들이 검찰에 구속된 사건. 그 사건이야말로 논문을 전문적으로 출판해 온 학문당과 논문 대필을 생업으로 삼아온 승우에게는 초미의 관심사가 아닐 수 없었다. 승우가 물었다.

"박 사장은 어떻게 생각해?"

"올 것이 왔다고나 할까, 우리 사업이 확확 잘 풀릴 조짐이라구. 조금도 걱정하지 마. 이제 우리 만물박사도 바빠질 거야."

박 사장과 승우 사이에는 약간의 입장 차이가 있었다. 박 사장이 학문당이라는 간판을 걸고 전면에 나서서 논문을 발행해 온 반면, 승우는 뒷전에 숨어서 남의 논문 대필을 도맡아 왔기 때문이었다. 그런데도 박 사장은 살아도 같이 살고 죽어도 같이 죽는다는 연대 의식을 강조하기 위하여 '우리'라는 말에 유난히 힘을 주었다. 하지만 최근 논문 대행회사 대표들이 무더기로 구속된 사건은 승우의 간담을 서늘케 했다. 승우가 말했다.

"그 사람들은 해도 너무했지. 가장 은밀히 해야 할 일을 그렇게 까발렸으니 들통이 안 나고 배겨?"

"그래. 그 사람들은 너무 어리석었어. 자신들의 이익을 챙길 줄만 알았지 상대방의 입장을 생각하지 않았단 말야. 하지만 우리는 아무 걱정이 없어. 그 사람들하고는 차원이 다르니까. 내게는 만물박사를 보호해줄 만반의 비책이 있어."

박 사장은 희색이 만면한 채 자신만만했다. 하기야 돌팔이 같은 논문 대행업자들이 된서리를 맞았으니까 역사와 전통을 자랑하는 학문당이 훨씬 더 진가를 발휘하게 된 것도 사실이었다. 그러나 승우의 본업인 논문 대필은 어떻게 될지 한 치 앞을 내다보기 어려운 실정이었다. 승우가 물었다.

"무슨 비책?"

"아주 간단해. 그러나 그 비법은 한두 가지가 아니야. 그것을 전부 공개할 수는 없지만 가장 쉬운 방법 한 가지만 소개하지. 예컨대 만물박사가 하는 일을 논문 개인 지도라고 하면 간단하잖아? 물주들의 논문 집필을 만물박사가 도와주었다는데 어느 놈이 무슨 말을 하겠어? 그런 것은 대학 사회에서도 얼마든지 있는 일이야. 물론 그보다 더 중요한 것은, 지금까지 그래왔던 것처럼 철저한 보안 유지를 해야겠지."

역시 박 사장의 사업적 수완은 놀라운 데가 있었다. 논문 개인 지도 형식. 그것은 박 사장이 고안해 낸 새로운 방식이었다. 이제까지 승우가 처음부터 끝까지 논문을 생짜로 썼다면, 앞으로는 물주의 초고를 받아 교정이나 윤문 등 손질하는 형식을 취하게 되면 아무런 문제가 없다는 뜻이었다. 승우가 물었다.

"물주들이 과연 초고를 쓸 수 있을까?"

"그거야 별로 문제될 것이 없지. 한 줄도 좋고 두 줄도 좋고 괴발개발 아무렇게나 써도 되니까. 때로는 제목만 써 올 수도 있겠지. 말하자면 물주가 직접 썼다는 근거를 남기자는 뜻이야. 그러면 전혀 문제될 것이 없잖아?"

"일종의 편법이군."

"실질적으로는 이제까지 해 온 작업과 전혀 다를 바 없어. 다만 절차를 약간 변형한 셈이지. 그밖에도 여러 가지 대응책이 있어. 만물박사는 그동안 불법을 자행한 것이 아니야. 불법? 천만의 말씀이지. 논문을 쓰지 못해 전전긍긍하는 사람들을 위해 봉사해 온 거야. 어디 그뿐인가. 썩은 대학교수들에게 엿을 먹인 거지. 지금 대학 사회가 얼마나 타락했는지 알아? 교수끼리의 알력과 암투, 중상모략, 그 바닥에서 벌어지는 일들을 들여다보면 지저분하기 짝이 없어. 우리는 지금까지 그들을 어르고 뺨치면서 상투꼭지를 쥐고 흔들어 온 셈이지. 그 대신, 나는 실력 있는 학자들에게 연구비도 줄 만큼 주었어. 설령 논문 대필 문제를 놓고 어떤 놈이 시비를 건다 해도 우리는 전혀 부끄러울 것이 없단 말일세."

박 사장은 대학 사회에 모르는 사람이 없었다. 무릇 대학교수들 중에 학문당을 모르는 사람이 없는 것처럼 박 사장 또한 원로에서 신진에 이르기까지 전국의 대학교수들을 줄줄이 꿰고 있었다. 어디 그뿐인가. 그는 대학 사회의 내부에서 일어나는 일까지 속속들이 알고 있었다.

대학 사회를 손금 들여다보듯 훤히 꿰뚫어 보고 있는 박 사장. 승우가 밖에서 소리 소문도 없이 논문 대필 작업을 해 온 반면, 그는 수시로 대학을 드나들며 교수들과 접촉해왔기 때문이었다. 그뿐 아니라 그는 열심히 노력하는, 그러나 경제적으로 어려운 학구파 학자들에게는 아무런 조건 없이 거액의 연구비를 지원해주곤 했다.

박 사장은 만일의 사태, 즉 본의 아니게 논문 대필의 비밀이 노출되어 사건화 될 경우에 대비하여 각종 묘수를 제시했다. 변호사 등 전문가들의 자문까지 받아 놓은 그의 대비책은 완벽했다. 정말이지 제갈량 뺨치는, 상상을 초월하는 그의 두뇌 회전 앞에서 승우는 혀를 내두르지 않을 수 없었다. 승우가 말했다.

"나도 사실은 논문 대필을 통해서 마음껏 한풀이를 할 수 있었어. 솔직히 말해서 학력 콤플렉스를 달랬다고나 할까. 대학이라면 문턱에도 들어가 보지 못한 불우했던 나. 겨우 고졸이라는 학력으로 각종 학위논문을 수도 없이 써왔으니 얼마나 통쾌해. 설령 논문 대필의 비밀이 탄로 난다 해도 나로서는 하등 부끄러울 것이 없지만, 학문당을 통해 내게 일을 맡겼던 물주들의 프라이버시를 더 걱정했던 거야."

그랬다. 승우는 학문당과 물주들을 보호하기 위하여 더 가슴을 졸여 왔고, 박 사장은 박 사장대로 물주들과 승우를 동시에 보호하느라 치밀하게 대응해 왔다. 박 사장이 호탕하게 웃으며 말했다.

"하하하……. 나는 지금까지 부도덕한 짓을 한 적이 없어. 만물박사에게 비양심적인 일을 강요한 적도 없구. 우리가 아니고서는 다른 사람들이 할 수 없는, 우리만이 할 수 있는 아주 좋은 일을 해 왔을 뿐이야. 만약 우리가 없었다면 어떻게 되었을까. 그 많은 사람들이 소정의 교과과정을 이수하고서도 학위를 못 받았겠지. 그런 점에서 만물박사가 숱한 사람들을 구제해준 셈이야. 말하자면 자선을 베푼 셈이지. 더군다나 우리는 철벽 보안으로 물주들의 명예를 지켜주었어. 얼마나 떳떳해. 우리한테 논문을 의뢰했던 사람들은 죽을 때까지 우리를 잊지 못할 거야. 예수님이 뭐라고 했어? 오른손이 하는 일을 왼손이 모르게 하라고 했잖아. 우리는 그것을 실천한 거야."

박 사장은 성경의 한 구절까지 찍어다 붙이며 논리를 비약시키고 있었다. 그러나 논문을 쓰지 못해 쩔쩔매는 물주들을 생각할라치면 그의 말이 전혀 빈말은 아니었다. 자선을 베풀 때에는 오른손이 하는 일을 왼손이 모르게 하라. 그것은「마태오복음」6장에 나오는, 예수의 산상설교(山上說敎) 가운데 한 대목이었다. 승우가 말했다.

"나는 박 사장만 믿겠어."

"그래. 모든 문제는 내게 맡겨. 만물박사는 나보다 세상 물정에 어둡잖아. 학문적으로야 어느 누구라도 범접할 수가 없지. 하지만 어떤 때 보면 너무 답답하고 소심해. 내 말이 좀 지나쳤나?"

"아니. 옳은 말이야. 하지만 박 사장이 알다시피 난 언제나 교과서대로 살려고 노력했어."

"교과서? 흥. 이 세상에 교과서대로 되는 일이 어디 있나. 나도 누구 못지않게 올곧게 살려고 노력해 왔지. 그렇지만 이 세상은 정직하게 사는 사람만 손해를 보게 돼 있어."

사실은 박 사장처럼 양심적으로 사는 인물도 드물었다. 옳지 않은 일을 보면 언제라도 옳지 않다고 말할 수 있는 사람. 그 자신 매사에 떳떳한, 언제 어디서라도 그런 입바른 말을 할 수 있는 박 사장이야말로 사회의 소금이자 목탁 같은 인물이었다. 승우가 말했다.

"그래도 정직하게 살아야지."

"물론. 윤동주(尹東柱)의 시에 나오듯 하늘을 우러러 한 점 부끄럼도 없이 살아야지. 그런데 요즘에는 왜 그렇게 자살하는 사람이 많은지 모르겠어."

"정말 심각해. 통계청 통계에 의하면 지난 한 해 동안 전국에서 1만 3천 55명이 자살했다는군. 하루에 약 36명씩 스스로 목숨을 끊은 거야. 그러니까 두 시간에 세 사람 이상 자살한 셈이지. 그중에서도 생계를 잇지 못해 자살한 사람이 급증했어. 지금 우리 경제지표는 아이엠에프(IMF) 체제 때보다도 더 어려운 것으로 나타나고 있다니까."

"만물박사는 역시 다르군. 어떻게 그런 수치까지 다 기억하고 있어?"

"그 정도는 기본이지. 아무튼 우리가 주목할 것은 경기 침체로 인한 실업자, 신용불량자가 부쩍 늘면서 사업 실패에 따른 비관 자살이 크게 증가했다는 사실이지. 말하자면 일그러진 우리 사회가 그들을 자살로 내몬 거야. 삶을 비관하게 만드는 사회. 정말로 큰 문제라고 하겠지. 학문당도 그렇고, 나도 그렇고 요즘 들어 너무 어렵고 힘들잖아. 자살이 급증한다는 것은 희망이 없는 우리 사회의 병리 현상을 그대로 드러낸 거야."

"어쩌다 이 지경이 되었을까. 학문당을 창업한 이래 이렇게 어렵기는 처음이야. 만물박사가 볼 때에는 이 불황이 언제까지 지속될 것 같아?"

"오래가겠지. 워낙 정치를 잘못 하니까. 함량 미달의 대통령부터 현실을 직시하지 못한 채 갈팡질팡 헤매고 있잖아. 어쩌다 그런 대통령을 뽑았는지 모르겠어. 국민의 수준이 정부의 수준을 결정한다고 볼 때 아직도 우리나라 국민 수준이 낮은 거야."

"그래, 맞았어. 한탕만 노리는 사람들, 대박만 노리는 사람들. 남이야 죽건 말건 나만 잘살면 그만이라고 생각하는 사람들. 주위를 돌아보면 전부 그런 사람들뿐이야. 대학교수들도 예외가 아니지. 어떻게 보면 그 작자들이 더 썩었어. 만물박사도 『룸살롱에서 러브호텔까지』를 읽어 봤잖아."

『룸살롱에서 러브호텔까지』란 몇 해 전에 나온, 어느 룸살롱 여종업원이 쓴 수기로서 당시 서점가를 휩쓴 초대형 베스트셀러였다. 죽어라 하고 책이 안 팔리는 시대. 그러나 그 책은 발간되자마자 전국의 서점을 강타하면서 폭발적인 인기와 화제를 불러 모았다. 그 책이 날개 돋친 듯 팔려나가자 언론에서도 이틀이 멀다 하고 그 책에 관한 기사를 다루곤 하였다.

그 책의 내용 중에는 룸살롱 손님들 중 고급 관료들과 대학교수들이 가장 지저분하게 논다는 충격적인 대목이 들어 있었다. 룸살롱에서 벌어지는 웃지 못할 이야기들을 사실 그대로 적나라하게 써내려 간 책. 물론 교양서적이라고 말할 수는 없지만 그래도 그 책은 이 시대의 부패상을 고발하면서 지식인 사회에 일대 경종을 울려주었다. 승우가 말했다.

"그 여자도 대학교수들을 우습게 묘사했더군."

"대학교수들이 룸살롱에 가서 얼마나 지저분하게 놀았으면 그랬겠어?"

"하긴……."

한국논픽션작가협회에도 몇몇 대학교수들이 회원으로 가입해 있었다. 그들은 개뿔이나 논픽션다운 논픽션을 쓴 것도 없으면서 대학교수랍시고 얼마나 빼기는지 그 사람들을 보면 다른 회원들이 눈살을 찌푸리곤 하였다.

그들은 감투욕이 어떻게 심한지 협회 임원이 되지 못해 안달을 하고 있었다. 오로지 논픽션에 목을 매고 살아가는, 이른바 전업 작가들도 그렇게는 하지 않건만 그들은 가장 대우 좋기로 유명한 대학에 몸담고 있으면서도 호시탐탐 협회 감투를 노리고 있었다.

협회에 나와서는 대학교수입네 하고 폼 잡고, 대학 사회에서는 협회 임원입네 하고 폼 잡기 위한 얕은 술책. 그래도 대학 강단에 서서 남의 집 귀한 자제들을 가르치는 교육자라면 다른 사람들의 표양이 되지는 못할망정 좀 점잖게 처신해야 할 텐데 그들은 놀아도 너무 추잡하게 놀았다. 박 사장이 말했다.

"그거야 빙산의 일각이지. 대학교수들 중에는 실력도 없는 개새끼들이 얼마나 많은지 알아? 자, 그건 그렇고, 우리 어디 가서 점심식사나 하지. 어디로 갈까?"

"그때 그 집 어때?"

"어떤 집?"

"국밥집 말이야."

승우는 지난번 담장 밑에 자라난, 풍부한 자양분을 듬뿍 머금어 밑줄기에 투실투실 살이 오른 데다 이파리에는 반질반질 기름기가 넘쳐흐르던 강아지풀을 인상 깊게 보았던 그 집을 생각하고 있었다. 박 사장이 말했다.

"그 집도 괜찮지. 하지만 오늘은 모처럼 버드나무집에 가 보지."

"버드나무집? 행주산성(幸州山城)에 있는 그 집 말이지?"

"그렇지. 오늘은 특별히 급한 일도 없으니까 머리도 식히고 바람도 쐴 겸 그쪽으로 나가 보지."

"음식값이 꽤 비쌀 텐데……."

승우는 박 사장에게 미안한 마음을 금할 수 없었다. 오랜 친구 간이라고는 하지만 늘 그에게 신세만 지고 있기 때문이었다. 오는 정이 있으면 가는 정이 있어야 할 텐데 승우는 그동안 박 사장에게 늘 얻어먹기만 했으므로 이만저만 미안한 것이 아니었다. 박 사장이 말했다.

"그까짓 거 점심 한 끼 먹는데 비싸면 얼마나 비싸겠어? 다른 놈들은 룸 살롱에 가서 하룻밤에 수백만 원 어치씩 양주를 퍼마신다는데 뭐. 우리야 어차피 낭비를 모르고 살아온 사람들이잖아? 자, 오늘은 좀 나은 집으로 가 보자구."

그들은 지하주차장으로 내려와 박 사장의 승용차에 올랐다. 박 사장은 주식회사 여명인쇄사의 창업주이자 대주주로서 가위 재벌급이라고 말할 수 있었다. 그런데도 그는 전속기사를 두지 않은 채 직접 차를 몰고 있었다. 승우가 물었다.

"그러나저러나 학문당은 적자를 어떻게 메워 나가고 있어?"

"그야 뻔하지 뭐. 여명인쇄 쪽에서 나오는 내 배당금을 밀어 넣고 있지. 그래도 난 괜찮아. 학문당을 통해서 내가 진정으로 하고 싶은 일을 하니까. 내가 그동안 논문을 얼마나 많이 찍어냈어? 물론 돈이야 안 되지. 하지만 남들이 내게 '캠퍼스 없는 대학 총장'이라 불러주고 있잖아? 겨우 고등학교 졸업한 내가 그런 별명을 얻게 됐으니 얼마나 대단해? 학문당을 차린 뒤 돈은 못 벌었어도 그 자부심으로 살아가는 거야. 막말로 얘기해서 나는 지금 당장 죽는다 해도 여한이 없어."

하기야 박 사장은 누가 뭐래도 입지전적 인물이었다. 이름도 없는 일개 대중잡지사의 광고부장 출신이 그렇게 엄청난 거부가 되었고, 또 학문당이라는 회사를 설립해 상당 부분 출혈을 감수하면서까지 학문과 문화 발전에 기여해 왔다면 누구보다도 보람 있게 살아온 셈이었다.

그들은 곧 복잡하기 짝이 없는 신촌을 벗어났다. 피서 철이 되어 시민들이 대거 피서지로 빠져나갔다는데도 서울은 언제나 복잡하기만 했다. 인구의 도시 집중 현상과 국토의 불균형 발전에 대해서는 새삼 언급할 가치조차 없지만 이제 서울은 폭발 일보 직전이라 해도 과언이 아니었다. 승우가 말했다.

"우리 동네에 있다가 이곳에 나오면 어지럽다니까."

"나도 그래. 매일 다니는 길이지만 너무 복잡해. 교통 체증이 심하니까 시간 손실과 물류비용도 그만큼 클 수밖에 없지. 참, 김영호한테서는 그 뒤로 소식 없었어?"

"아직은……."

"태흥물산이 영호 회사였다니 정말 놀랐어. 요즘 태흥물산이 아주 잘 나가잖아? 영호가 그렇게 대성할 줄이야 누가 알았겠어? 아무튼 잘된 일이야. 암, 잘된 일이고말고. 인생역전이란 그런 경우를 두고 하는 말이겠지. 나도 한 번 영호를 만나보고 싶군. 얼마나 큰 경영인이 되었는지 궁금하단 말야."

"신흥 재벌의 총수답게 아주 의젓해. 마주 앉아 있는데 이게 꿈인지 생시인지 사뭇 헷갈리더군. 그걸 보면 공부가 인생의 전부는 아닌 것 같아. 영호가 재벌이 되었다고 해서 하는 말이 아니야. 그 사람은 그만한 인품을 갖추었어. 명색 석사네 박사네 하는 놈들이 지저분하게 노는 것을 본다면 영호한테서는 인간의 향기 같은 것이 느껴지더군."

"그래. 공부가 인생의 전부는 아니지. 인생을 위해서 공부하는 것이지, 공부를 위해 인생을 사는 것이 아닌데도 대학교수들 중에는 그 초보적인 상식조차 망각한 놈들이 많아. 한마디로 웃기는 얘기지. 제 놈들이 알면 뭘 알아? 조기성 같은 놈을 보면 정말 기가 막힌다니까."

"그전에 학문당 명의를 도용해 먹은 놈?"

"그렇지. 그 얼빠진 자식 말이야. 똥인지 된장인지 처먹어 보고서도 분간을 못하는 놈이지. 그런 것들이 박사에다 대학교수랍시고 겁도 없이 껍적대는 것을 보면 목구멍에서 똥물까지 넘어올 지경이라니까. 그놈은 지금까지 내가 만난 인간 중에서 가장 썩어빠진 놈이야."

몇 해 전이었다. 당시 지방 국립대학에 있던 조기성이라는 교수가 불쑥 학문당을 방문했고, 자기 논문집을 발간해달라면서 부진부진 보자기에 싼 원고뭉치를 들이밀었다. 박 사장은 조기성이라는 이름이 생소한 데다 학문당의 작업 일정도 있고 해서 그 원고를 받지 않으려 했다.

하지만 조기성은 막무가내로 그 원고를 냅다 떠안기다시피 맡기고 돌아갔다. 그로부터 며칠 후 공교롭게도 조기성과 같은 대학에 근무하는, 학문당에서 몇 권의 논문집을 잇따라 간행한 바 있는 정상태 교수가 학문당을 방문했다. 학계에 널리 알려진, 학식과 덕망을 갖춘 실력 있고 점잖은 정 교수가 박 사장에게 물었다.

"요즘 어떠십니까?"

"염려 덕택에 잘 지냅니다."

"최근 좋은 책을 많이 내셨더군요. 학문당이야말로 양서의 전당입니다. 제 책도 학문당에서 나왔기에 더욱 큰 빛을 발휘하는 것 같습니다."

"과찬의 말씀이십니다. 훌륭한 분들이 좋은 원고를 주시지 않으면 저희가 어떻게 양서를 펴낼 수 있겠습니까. 아, 참, 며칠 전 그 대학에 근무하는 조기성 교수가 다녀갔습니다만 그분 어떤 분입니까?"

"지금 조기성이라고 말씀하셨습니까?"

"그렇습니다."

박 사장은 사실 그대로 답변했다. 그러자 정 교수는 목젖이 보일 정도로 앙천대소하였다. 하하하⋯⋯. 그는 뱃살을 움켜쥔 채 얼마 동안 미친 듯이 웃었고, 박 사장은 하도 황당해서 그의 거동만 바라보고 있었다. 이윽고 웃음을 그친 정 교수가 말했다.

"그 사람, 정신병잡니다."

"네에? 정신병자라니요?"

"회까닥 돌아서 미친 사람만 정신병자는 아니지요. 그 작자야말로 상식적으로는 도저히 이해할 수 없는 사람입니다. 정신 체계가 근본적으로 잘못돼 있으니까요. 지금 그 사람이 저희 대학에서 얼마나 많은 물의를 일으키고 있는지 모릅니다."

기상천외한 언급이었다. 박 사장이 알기로, 정 교수는 남을 함부로 깎아
내리거나 극단적으로 평가할 인물이 아니었다. 그런데도 그가 그렇게 말
할 정도라면 조기성의 인간 됨됨이에 대해서는 일단 검증을 거칠 필요가
있었다. 박 사장이 물었다.

"그런 사람이 어떻게 대학교수로 있습니까?"

"국립대학이니까요. 아마 사립대학 같으면 진작 쫓겨났을 겁니다. 국립
대학교수야 본래 철밥통 아닙니까? 동료 대학교수들의 명예까지 더럽히
는 그런 놈은 하루 속히 퇴출돼야 하는데……. 그 작자가 분명 논문을 내
달라고 찾아왔겠죠?"

"그렇습니다만……."

"그놈이 학문당의 명성을 알기는 아는군요. 그렇다면 그 자식이 가져온
원고를 검토해 보셨습니까?"

"아뇨. 다른 일이 바빠서 아직 손도 못 댔습니다."

"내지 마십시오. 만약 그놈의 논문을 내는 날에는 학문당이 지금까지 쌓
아 온 빛나는 이름에 먹칠을 하게 될 겁니다."

정 교수는 단도직입적으로 말했다. 그가 자기 일도 아닌 남의 일에 그처
럼 적극적으로 열 올리는 것을 본다면 뭔지는 몰라도 조기성에게 심각한
문제가 있는 듯했다. 박 사장은 정 교수의 말에 입맛까지 싹 달아나 조기
성의 원고를 캐비닛에 처박아 두었다.

그런데 일방적으로 원고를 떠넘기고 돌아간 조기성은 사흘이 멀다 하고
전화를 걸어 출판을 독촉했다. 이를테면 떡 줄 사람은 생각도 하지 않는데
저 혼자 국물부터 마시는 형국이었다. 차례를 기다려도 책을 내줄까 말까

한 입장이건만 놈은 제 분수도 모르면서 버릇없이 까불고 있었다.

아무튼 그놈의 소행은 괘씸하기 짝이 없었다. 박 사장은 정 교수에게 들은 말도 있고 해서 지난번에 맡겨 놓았던 원고를 그놈에게 우송했다. 그런데 이게 웬일일까, 그로부터 며칠 후 조기성이 그 원고를 싸들고 다시 학문당으로 찾아왔다.

그는 빚쟁이 빚 독촉하듯 책을 내달라고 억지를 부렸고, 박 사장은 연말까지 꽉 차 있는 학문당의 작업 일정을 설명하면서 그 원고를 정중히 되돌려주었다. 그러자 조기성은 입에 거품을 물고 찌러기 황소처럼 식식거리다가 돌아갔다.

조기성과의 관계는 그것으로 끝나는 듯했다. 그런데 웬걸 몇 달 후 그놈은 급기야 일을 저지르고 말았다. 그놈은 버젓이 학문당 명의로 자신의 논문집을 발간했다. 박 사장은 향후 이런 사태의 재발을 예방한다는 차원에서 놈의 버르장머리를 고쳐 놓으리라 작정하고는 차근차근 법적 수순을 밟아나갔다.

더군다나 그놈의 논문집에 수록된 일련의 논문들은 온통 표절과 도용으로 칠갑돼 있었다. 그놈은 명의의 도용도 도용이지만, 학문당의 빛나는 역사와 전통에 이중삼중으로 먹칠한 것이었다. 정상태 교수의 언질이 모두 사실로 입증된 셈이었다.

그때 박 사장은 먼저 조기성에게 내용증명 우편으로 놈의 위법 사실을 최고(催告)하는 한편, 적절한 해명과 외부에 배포된 문제의 서적을 전량 수거하도록 강력히 요구했다. 그러자 놈은 몸이 후끈 달아 학문당으로 달려왔고, 박 사장에게 싹싹 빌면서 한 번만 살려 달라고 애걸복걸하였다.

내용증명 우편 한 통을 받고서도 그렇게 발발 기는 놈이 무슨 배짱으로 남의 출판사 명의를 도용했을까. 박 사장은 수준 이하의 그 인간이 너무 불쌍해서 너그러이 용서해주기로 했다. 그 대신, 조기성은 시중에 배포했던 문제의 논문집을 전량 수거하여 폐기 처분하였다.

아무튼 그 사건이 있은 뒤 학문당에는 직접 또는 간접으로 조기성의 비리에 대한 제보가 빗발쳤다. 전화로, 서면으로, 이메일로……. 조기성을 비난하고 그의 비행을 성토하는 내용이 꼬리를 물고 이어졌다. 승우가 말했다.

"그런 놈이 어떻게 하늘을 우러러 낯짝을 들고 살아갈까."

"아무튼 조기성에 대해서 얘기하자면 한도 끝도 없어. 나중에 좀 더 자세히 이야기할 기회가 있을 거야."

그들은 강변도로로 들어섰다. 예나 지금이나 한강은 유장히 흘렀고, 저 멀리로 가양대교와 행주대교가 시야에 들어왔다. 그때 갑자기 앞에 가던 자동차들이 속도를 늦추며 서행하기 시작했다. 승우가 말했다.

"사고 난 모양이지?"

"그런가 보군."

그 말이 미처 떨어지기도 전에 앰뷸런스와 견인차가 앞서거니 뒤서거니 경광등을 번쩍이면서 갓길로 질주하고 있었다. 갑자기 불어난 차량들로 길이 막히자 노상의 자동차들은 거북이처럼 느릿느릿 앞으로 나가고 있었다.

즐비하게 이어진 승용차들. 승우는 무심코 옆 차로를 따라 나란히 서행하고 있는 외제 승용차를 쳐다보았다. 그 승용차는 시커먼 선글라스를 낀, 대학생으로 보이는 새파란 젊은이가 운전하고 있었다. 못 볼 것을 보았다는 듯이 승우가 턱짓으로 그 젊은이를 가리키면서 말했다.

"박 사장. 저길 보게."

"뭔데?"

박 사장도 그 젊은이를 쳐다보았다. 그러나 그는 무감각한 표정을 지으며 대수롭지 않게 여기고 있었다. 승우가 말했다.

"저 아이 부모는 돈이 얼마나 많으면 자식에게 저런 차를 사주었을까."

"저건 보통이지 뭐. 강남에 가 봐. 좋은 차는 모두 젊은애들이 몰고 다녀. 어디 그뿐인 줄 알아? 신촌 대학가에도 외제 승용차들이 얼마나 많은지 몰라. 정신 나갔지. 대학생들 중에도 고생하면서 열심히 공부하는 아이들이 훨씬 더 많거든. 그런데 일부 저런 놈들이 위화감을 조성하면서 물을 흐려놓는 거야."

그 말을 듣는 순간, 승우는 불현듯 도희를 생각했다. 미친년. 시도 때도 없이 남의 집에 드나들면서 감 나라 배 나라 되지 못한 참견까지 하는 더러운 년. 지난번에도 그 여자가 불쑥 나타나 승우의 오장육부를 발칵 뒤집어 놓았다. 그 여자가 말했다.

"이렇게 답답한 집에서 어떻게 살아요?"

"……"

연작(燕雀)이 어찌 홍곡(鴻鵠)의 뜻을 알랴. 사람이 어떻게 살아가는지 고뇌에 찬 그 내면을 알지도 못하면서 겉만 보고 어쩌구저쩌구 개나발을 불어대는 입놀림이란 가증스럽기 짝이 없었다. 더군다나 언제 어디서나 돈이라는 잣대를 들이대는 그 여자의 썩어빠진 정신 상태야말로 인간의 본질에 대한 회의까지 불러일으키고도 남았다.

승우는 하도 어이가 없어 할 말을 잃고 있었다. 아무리 아내의 친구라고 하지만 그게 남의 집에 와서 할 말인가. 남의 집이야 답답하건 말건 무슨

240

상관이람. 가진 것 없어 이렇듯 다 찌그러진 연립주택을 벗어나지 못하는 것도 억울하기 짝이 없는데 그 미친 여자는 남의 타는 가슴에 휘발유까지 확확 끼얹고 있었다. 그 여자가 다시 말했다.

"큰 집으로 이사 갈 형편이 못 된다면 인테리어 공사라도 하지 그러세요."

실로 미치고 환장할 노릇이었다. 당장 입에 풀칠하기도 바쁜 마당에 인테리어 공사라니……. 아내의 친구만 아니라면 아가리를 확 찢어놓고 싶었지만, 아내의 체면이 체면인지라 그럴 수도 없는 노릇이었다.

그날, 그 여자가 돌아가고 나서 승우는 대판 부부 싸움을 벌였다. 정말 그 여자만 나타났다 하면 전신에 닭살이 돋아 견딜 수가 없었다. 아내 현숙은 어째서 그런 싸가지 없는 여자를 집으로 불러들이는 것일까. 친구를 만나고 싶으면 밖에서 만나라고 그렇게 타일렀건만 아내는 꼭 그 여자를 집에서 만나고 있었다.

더군다나 승우의 집은 다른 집과 달리 작업실을 겸하고 있었다. 요즘이야 일감이 없어 펀펀 놀고 있지만, 그럼에도 불구하고 승우는 언제 들어올지 모르는 논문 주문에 대비하며 틈이 날 때마다 인터넷에 들어가 이것저것 자료를 긁어모으고 있었다.

신성한 작업 공간. 그 소중하고 지엄한 자리에 불쑥불쑥 미친년이 나타나 집안 공기를 송두리째 뒤흔들어놓곤 했다. 답답한 아내. 승우의 직업에 대해 조금이라도 배려하는 마음가짐이 있다면 그 여자를 밖에서 만날 수도 있을 텐데 아내 현숙은 귀신에게 홀렸는지 하늘 같은 가장의 말조차 한 귀로 듣고 다른 한 귀로 흘려버렸다.

염불에는 마음이 없고 잿밥에만 마음을 둔다더니, 아내 현숙은 집안 살림도 제쳐놓은 채 도희와 놀아나느라 정신이 없었다. 실로 변절이란 무서웠다. 조신했던 아내가 한 번 변심하기 시작하자 걷잡을 수 없이 엉뚱한 짓만 하고 돌아다녔다.

사정이 이렇다 보니 다툼이 일어나게 마련이었다. 그날도 승우는 고래고래 소리를 지르며 싸우고는 슬그머니 월명산으로 올라가 불편한 심기를 달랬다. 절망. 아내마저 정신을 못 차리고 어깃장을 놓는 이 마당에 더 무엇을 기대할 것인가. 그는 억장이 무너지는 듯한 한숨을 내쉬다가 밤이 이슥해서야 집으로 돌아왔다.

정말 도희가 승우네 집에 들락거린 이후 그 파장은 이루 말할 수가 없었다. 그렇다면 외제 승용차나 몰고 다니는 학생들이 다른 선량한 학생들에게 미치는 영향은 굳이 말할 필요가 없지 않은가. 승우가 말했다.

"우리 사회는 지금 갈래갈래 찢어졌어. 지역 간, 계층 간, 집단 간, 업종 간, 세대 간, 성별 간, 개인 간…… 찢어지지 않은 데가 있어야지. 이게 모두 망국의 전조가 아니고 무엇일까. 전 국민이 똘똘 뭉쳐도 시원찮을 마당에 이렇게 갈라져서야 뭐가 되겠어? 바로 저런 놈들이 국민 분열을 촉진시킨단 말이야."

"누가 아니래."

그들은 마침내 끔찍한 사고현장에 다다랐다. 외제 승용차와 승합차의 충돌사고. 중앙선을 침범한 외제 승용차가 정상적으로 운행하던 이쪽 차로의 승합차를 정면으로 들이받았는데 사고 현장에는 유혈이 낭자한 데다 충돌할 때 깨진 승합차의 파편들이 어지러이 흩어져 있었다.

사망자나 부상자는 보이지 않았다. 어쩌면 한발 앞서 달려간 앰뷸런스가 그들을 병원으로 후송했는지도 몰랐다. 그 대신, 사고현장에서는 경찰관들이 분주하게 조사를 벌이고 있었으며, 주변의 다른 차에 탄 시민들이 그 현장을 구경하느라 창밖으로 목을 늘여 뽑고 있었다.

그런데 외제 승용차보다 두 배쯤 더 큰 국산 승합차의 피해가 훨씬 심했다. 외제 승용차가 한 군데도 상한 데 없이 멀쩡한 반면, 국산 승합차의 전면은 휴지 조각처럼 구겨져서 만신창이가 되어 있었다. 이를테면 무법자 같은 외제 승용차가 중앙선을 뛰어넘어 국산 승용차의 운전자와 승객들에게 중대한 피해를 입힌 것이었다.

그들은 곧 행주산성에 다다랐다. 임진왜란 때 권율(權慄) 장군이 대첩을 이룬 역사의 현장. 1592년(선조 25년) 7월 8일 금산군 이치(梨峙)에서 왜적을 격멸한 권율 장군은 그해 12월 수원 독산성(禿山城)에서 다시 대승을 거둔 뒤 그 여세를 몰아 서울 수복에 나섰다.

권율 장군은 부사령관 선거이(宣居怡) 장군으로 하여금 시흥 금주산(衿州山)에 진을 치게 한 후 조방장(助防將) 조경(趙儆)과 승장 처영(處英) 등 정병 약 2천 3백여 명을 거느리고 한강을 건너 행주 덕양산(德陽山)에 진을 치고는 서울 수복을 위해 일전을 준비하고 있었다. 그때 왜군 총수 우키타 히데이에(宇喜多秀家)가 고니시 유키나가(小西行長), 이시다 미쓰나리(石田三成), 구로다 나가마사(黑田長政) 등 부하 장성과 함께 3만여 명의 병력으로 행주산성을 공격했다.

권율 장군은 전력의 열세에도 불구하고 필사의 접전을 벌여 왜적을 크게 무찔렀다. 그리하여 권율 장군의 행주대첩은 이순신(李舜臣) 장군의 한산대첩(閑山大捷), 김시민(金時敏) 장군의 진주대첩(晉州大捷)과 함께 임진왜란 3대첩으로 꼽히게 되었다.

승우가 마음속으로 도원수 권율 장군과 전몰 영령의 명복을 빌고 있을 때 박 사장은 버드나무집 마당에 승용차를 세웠다. 그 집 마당 한편에는 예나 지금이나 변함없이 아름드리 버드나무가 서 있었다. 때마침 주위에서는 매미들이 자지러지게 울고 있었다. 승용차에서 내린 박 사장이 혼잣말처럼 말했다.

"매미들이 지독하게 울어대는군."

그들은 시원하게 늘어진 갈대발을 들추고 평상에 올라앉았다. 이윽고 생활한복을 깔끔하게 차려 입은 종업원이 잰걸음으로 달려왔다. 박 사장은 그에게 음식을 주문했고, 종업원은 공손하게 인사한 뒤 본관 쪽으로 멀어져 갔다.

승우는 잠깐 고향에 들어선 듯한 착각을 불러일으켰다. 아련한 향수. 공기가 맑고, 주변 풍경이 평화로웠을 뿐만 아니라 바로 가까이에 서 있는 해묵은 버드나무가 한층 고향 분위기를 자아내고 있었다. 담배 한 대 피워 물면서 승우가 말했다.

"도심을 조금만 벗어나면 이렇게 좋단 말야. 난 역시 어쩔 수 없는 촌놈이야. 도심보다는 이런 곳이 더 좋게 느껴지니까 말야."

"그거야 누구나 다 그렇지. 저 복잡한 도심을 좋아할 사람이 어디 있겠어? 어때? 저 버드나무가 멋지게 생겼지?"

"정말 멋져. 좋은 나무야."

언젠가 먼젓번에 왔을 때도 그랬지만 승우는 그 버드나무를 보면서 만감이 교차함을 느꼈다. 여기 이 버드나무는 가지가 멋지게 휘늘어진, 충청도 민요 흥타령 〈천안 삼거리〉를 연상케 하는 능수버들이었다.

천안 삼거리 흥
능수야 버들은 흥

제멋에 겨워서 흥

축 늘어졌구나 흥

옛날 능소(綾紹)라는 어린 딸과 함께 가난하게 살던 어느 홀아비가 있었다. 나라에 난리가 나서 군사로 뽑혀 나가게 된 그는 천안 삼거리에 이르자 어린아이를 더는 데리고 갈 수가 없어서 주막에 능소를 맡겨 놓기로 했다. 그때 그는 손에 들고 있던 버드나무 지팡이를 땅에 꽂고 어린 능소에게 말했다.

"능소야. 이 나무에 잎이 피면 내가 다시 오마. 우리, 그때 다시 만나기로 하자꾸나."

그 후 능소는 곱게 자라 기생이 되었다. 그녀는 뛰어난 미모와 함께 품행이 단정하기로 유명했다. 그러던 어느 날, 과거를 보기 위해 도성으로 올라가던 전라도 선비 박현수가 그녀와 아름다운 인연을 맺게 되었다.

아쉬운 작별 속에 서울로 떠났던 박현수. 그는 마침내 장원급제하여 삼남 어사가 되었고, 임지로 가던 중 천안 삼거리에 이르러 능소와 상봉하였다. 그때 그는 천안 삼거리 흥, 능소야 버들은 흥, 하고 노래하며 재회의 기쁨을 나누었다.

마침 전장에 나갔던 능소의 아버지도 지팡이에서 잎이 피어날 때 무사히 돌아와 능소와 재회했다. 그리하여 이 고장 사람들은 잎이 피어난 그 지팡이 나무를 능소버들 또는 능수버들이라 부르게 되었다. 그것이 바로 〈천안 삼거리〉에 얽힌 전설이었다.

승우는 고향에 오르내릴 때마다 거의 예외 없이 천안을 거쳤다. 그때마다 그는 연도에 늘어선 버드나무 가로수들을 바라보며 능수버들에 얽힌 전설을 떠올리곤 했다.

삼국시대부터 임금님의 사랑을 받았던 버드나무. 『삼국사기(三國史記)』 백제 무왕 35년조(條)에는 '3월, 대궐 남쪽에 못을 파고 20여 리 밖에서 물을 끌어들였으며, 사면 언덕에 버드나무를 심고 물 가운데에는 방장선산(方丈仙山)을 모방한 섬을 쌓았다'고 기록돼 있지 않은가.

백제의 도읍지 부여에 있는 궁남지(宮南池). 그곳에서 그리 멀지 않은 곳에 승우의 고향 마을이 있었고, 승우는 초등학교 때 저 유명한 정림사지(定林寺址)를 거쳐 마래방죽이라 불리는 그곳으로 소풍을 가곤 했었다. 그 유서 깊은 궁남지에는 휘늘어진 버드나무가 백제의 옛 영화를 꿈꾸고 있었다.

어느 해 봄이던가, 그해에도 승우네 반에서는 궁남지로 소풍을 간 적이 있었다. 모처럼 교실을 벗어나 야외로 나선 아이들은 모두 즐거워했다. 그러나 승우는 며칠 전부터 기가 죽었고, 소풍날 당일 점심시간에는 그 어디 쥐구멍에라도 들어가고 싶은 심정이었다.

다른 아이들은 하이얀 쌀밥 도시락은 물론이고 눈깔사탕에다 사이다하며 오징어까지 가지고 나왔지만, 승우는 겨우 낡은 보자기에 찐 고구마 몇 개를 싸 가지고 갔기 때문이었다. 다른 아이들이 맛깔스런 음식을 먹을 때 낡은 보자기를 풀고 뭉개질 대로 뭉개진, 그리하여 희뜩희뜩 껍질까지 벗겨진 고구마를 꺼내야 할 때의 그 기분이란 그야말로 죽을 맛이 아닐 수 없었다.

승우는 그때 조금이라도 부끄러움을 덜어보기 위해 일부러 다른 아이들과 멀리 떨어져 구석진 곳에 앉곤 했다. 가난이 뭔지……. 그때 승우는 종종 다른 아이들의 숙제를 대신 해주곤 했는데, 공부 못하는 아이들일수록 소풍 갈 때에는 더 좋은 음식을 싸 가지고 나왔다. 그동안 숙제를 대신 해 준 데 대한 보답이라고나 할까, 아니면 가난한 친구에 대한 동정심의 발로라고나 할까, 아무튼 그런 아이들은 승우에게 눈깔사탕이나 오징어 다리를 나누어주곤 했다.

승우는 그들의 성의를 무시하기도 뭣해서 그런 먹거리를 받긴 받았다. 그러나 그것을 받을 때의 기분 또한 유쾌할 수만은 없었다. 자존심도 자존심이지만, 가난이 너무 서러워 그것을 삼킬 때에는 찌룩찌룩 목에 걸렸다. 아무튼 지금도 어린 시절의 소풍을 회상할라치면 가슴이 아리고 저리면서 낯이 화끈거리곤 하였다.

다른 아이들이 집에서 타 온 용돈으로 이것저것 기념품을 살 때에도 승우는 버들잎이나 무심한 풀잎을 떼어 잘근잘근 씹으며 저 멀리 부소산이나 금성산을 바라보지 않으면 안 되었다. 행주산성에 나와 버드나무를 보자 다시금 궁남지의 버드나무들과 소풍 추억이 떠올라 갑자기 목구멍이 울컥하였다.

조선 후기 창덕궁(昌德宮)과 창경궁(昌慶宮)을 그린 〈동궐도(東闕圖)〉에도 세밀히 묘사돼 있는 버드나무. 궁내에 여러 그루의 능수버들이 그려져 있는 것으로 미루어 짐작한다면 능수버들이야말로 왕을 비롯한 귀족들의 사랑을 받던 상서로운 나무라고 말할 수 있었다.

승우가 버드나무를 바라보며 잠시 상념에 젖어 있을 때 푸짐한 음식이 나왔다. 어렸을 때에는 구경조차 하지 못했던 귀한 음식. 젓가락을 들까 말까 망설이는 승우에게 박 사장이 말했다.

"어서 들지."

"먹기에는 너무 아까운 음식이군."

"먹으라고 만든 음식인데 그건 또 무슨 말이야? 쓸데없는 소리 그만하고 어서 들어."

박 사장은 먼저 이것저것 게걸스럽게 집어먹었다. 재벌급 거부답지 않게 소탈하면서도 겸손한 박 사장은 음식을 먹을 때에도 유달리 복스럽게 먹었다.

저 옛날 어느 마을로 탁발을 나간 고승(高僧)이 있었다. 이른바 운명 철학에 능통했던 그 스님은 이 집 저 집 들러 탁발을 하다가 날이 저물어 하룻밤 묵을 집을 찾게 되었다. 마침 그 마을에는 고래 등 같은 닐리리 기와집이 있었는데, 그 집 주인은 근동에서 가장 부유한 갑부로 꼽히고 있었다.

스님은 그날 밤 그 갑부 집에서 묵게 되었다. 다른 집이야 궁색하기 짝이 없었지만 식사며 잠자리가 풍족했던 갑부의 집. 스님은 당연히 주인으로부터 융숭한 대접을 받았지만, 추남 중에서도 추남인 그의 용모에 실망을 금할 길 없었다.

저렇게 못생긴 사람이 어떻게 갑부가 되었을까. 스님은 밤새도록 그런 의구심을 증폭시키면서 면밀히 갑부의 관상을 살펴보았다. 그의 얼굴 어디에도 밥 붙은 데가 없었다. 스님은 그의 수상, 족상에다 사주까지 짚어 보았다. 하지만 그에게서는 재물은 물론 복이 붙은 그 어떤 단서도 찾아볼 수가 없었다.

그런데도 그런 인물이 근동에서 가장 떵떵거리는 갑부가 되었다니 참으로 불가해한 일이었다. 그것은 영원히 풀지 못할 화두와도 같았다. 이제까지 자기가 공부한 운명 철학으로는 도저히 풀 수 없기 때문이었다.

그 이튿날 아침이었다. 스님과 갑부는 겸상을 받고는 마주 앉아 조반을 들게 되었다. 그때 갑부가 어찌나 밥을 복스럽게 먹는지 고승은 해탈을 하듯이 무릎을 탁 쳤다. 그랬었구나. 그 갑부의 복은 관상·수상·골상·족상·사주에 있었던 것이 아니라 바로 그 식복(食福)에 있었던 것이다.

그랬다. 박 사장에게는 분명 특유의 식복이 있었다. 무슨 음식이든 맛있고 복스럽게 먹는 식복. 승우는 이날 입때껏 먹을 것이 넉넉지 못해 그토록 고생해 왔다. 아무리 복스럽게 먹고 싶어도 먹을 것이 없는 가난. 정말 단 하루라도 먹을 것을 걱정하지 않을 수만 있다면 여한이 없을 듯했다.

음식을 먹으면서 승우는 다시 버드나무로 눈길을 던졌다. 주렴처럼 휘늘어진 버드나무 가지 사이로 한평생 고생만 하다가 돌아가신 부모님과 집에 남아 있는 가엾은 가족들이 보일락 말락 하는지라 가슴이 미어지면서 음식물이 자꾸만 찌룩찌룩 목에 걸렸다. 《월간문학》 2003년 11월호)

봉선화

드디어 기다리던 목요일이 왔다. 그날도 승우는 인터넷에 들어가 이것 저것 자료들을 긁어모으다가 성현이를 데리고 월명산에 다녀왔다. 그 녀석과 함께 월명산에 오르내리는 것은 그의 유일한 즐거움이라고 말할 수 있었다.

그날 오후였다. 승우는 안방으로 들어갔다가 고등학교에 다니는 첫째 딸 은경이가 훌쩍훌쩍 우는 장면을 목도하였다. 그러잖아도 먹고살기 힘들어 괴로운 나날. 이렇게 힘든 마당에 귀여운 딸까지 울다니 이만저만 속상한 것이 아니었다. 승우가 물었다.

"은경아. 왜 우니?"

"방학 숙제를 하려면 참고서를 사야 하거든요."

"그래서?"

"엄마한테 돈을 달랬더니 없다잖아요."

"그래서 울어?"

"우리 형편을 너무 잘 알잖아요."

기가 막혔다. 아이를 제대로 가르치려면 최소한 방학 숙제라도 할 수 있도록 도와줘야 할 텐데 승우는 그럴 형편이 못 되었다. 요컨대 수입이 없기 때문이었다. 어쩌다 이 지경이 되었는지 아무튼 눈앞에서 불꽃이 확 치솟아 올랐다. 승우가 물었다.

"엄마는 어디 갔어?"

"잘 모르겠어요."

한창 감수성 예민한 딸. 다른 집에서는 학원이다 개인 과외다 뭐다 해서 엄청난 사교육비를 쓴다는데 승우는 두 딸이 고등학교에 들어가도록 학원 근처에도 보내 본 적이 없었다. 아이들 교육에 무관심해서가 아니라 경제적으로 그럴 만한 형편이 못 되기 때문이었다.

그래도 두 아이들이 학교에서 중상위권에 드는 것을 보면 여간 신통한 것이 아니었다. 학원에는 못 보낼지라도 참고서만은 사줘야 할 텐데…….
그러나 승우 형편으로는 참고서조차 제대로 사줄 수가 없었다.

승우는 억장이 무너지는 듯해서 얼른 안방에서 나왔다. 그 자신 똥구멍이 찢어지는 가난 때문에 학업을 중단하고 피눈물 나는 고생을 하며 살아왔는데 그 가난을 아이들에게까지 대물림해야 한다고 생각하면 살맛이 싹 달아나다 못해 으득으득 이가 갈렸다.

그는 다시 한 번 실의와 좌절을 짓씹었다. 아무리 생각해 봐도 희망이 보이지 않았다. 이 무더운 여름, 그의 가슴은 꽁꽁 얼어붙었고, 그 어디 아무도 보지 않는 곳에 가서 조용히 죽어버리고 싶은 심정이었다.

승우는 발코니로 나가 월명초등학교 콘크리트 옹벽을 바라보며 쓰디쓴 담배를 피워 물었다. 요즘 금연 운동이 한창이지만 이럴 때 담배라도 피우지 않고서는 북받치는 울분을 달랠 길이 없었다.

만약 그가 서 있는 곳이 고층 아파트의 발코니였다면 홧김에 훌쩍 뛰어
내려 목숨을 끊었을지도 몰랐다. 하지만 그의 집은 연립주택 일층이었으
므로 뛰어내리고 자시고 할 것도 없었다.

그가 하염없이 담배 연기를 날리고 있을 때 성현이를 데리고 밖에 나갔
던 아내 현숙이 돌아왔다. 아내의 얼굴에는 과거에 보지 못했던 수심이 가
득했다. 승우의 등 뒤로 다가와 그녀가 물었다.

"거기서 뭐하세요?"

"……."

그러나 승우는 입을 굳게 다물고 있었다. 워낙 기분이 잡쳤으므로 산다
는 것 자체가 성가시고 귀찮게 느껴졌기 때문이었다. 아내가 말했다.

"말 좀 하세요."

"내가 무슨 말을 할 수 있겠어?"

담뱃불을 끄고, 승우는 마지못해 거실로 몸을 옮겼다. 말이 좋아 거실이
지 그 공간은 협소하기 짝이 없었다. 아내가 물었다.

"그 담배 좀 끊으면 안 되겠어요?"

"담배를 끊으라구? 그거 좋은 얘기군. 하지만 담배라도 피우지 않으면
정서가 불안해서 미칠 것 같은데 어떻게 끊으란 말야?"

"은경 아빠는 끊을 수 있을 거예요. 결단력이 있으니까요. 건강도 그렇
고, 담뱃값도 그렇고, 담배야말로 백해무익한 마약과 같잖아요?"

"누가 그걸 모른대? 나도 알아. 내 건강 걱정 그만하고 당신부터 정신
차려."

"네에? 내가 뭘 어쨌길래 그런 말씀을 하세요?"

"도희라는 그 여자, 우리 집에 데려오지 않았으면 좋겠어. 그 여자가 나타났다 하면 온종일 재수가 없어. 오죽하면 성현이까지 싫어할까. 우리 집에서 그 여자 좋아하는 사람은 당신밖에 없다니까."

"집에 오는 손님한테 어떻게 그런 말을 할 수 있어요?"

"손님? 그따위 미친년이 손님은 무슨 얼어 죽을 손님이야."

"지금 그걸 말이라고 하세요?"

아내는 펄쩍 뛰면서 도끼눈을 뜨고 덤볐다. 승우가 볼 때에는 무례하기 짝이 없는 도희야말로 정신이 나가도 한참 나간, 건전한 상식으로는 도저히 이해할 수 없는 수준 이하의 버러지 같은 인간이었다. 며칠 전에는 숫제 요상한 애완견까지 데리고 와서 남의 오장육부를 발칵발칵 뒤집어 놓았다. 승우가 말했다.

"물론이지. 나는 지금 죽지 못해 살고 있어. 불난 집에 부채질을 해도 분수가 있지 그 여자는 우리 집에 와서 단 한마디도 좋은 말을 한 적이 없어. 악마 같은 여자. 정말 그 여자 때문에 나는 미쳐서 팔짝 뛸 지경이라니까."

그랬다. 승우는 그녀를 악마라 믿고 있었다. 그렇지 않고서야 남의 집에 와서 그렇게 촐랑대며 함부로 주둥이를 놀릴 수는 없으리라. 더군다나 성당에 나가기로 작정한 뒤 그녀가 나타난 것으로 미루어 짐작한다면 그녀야말로 필시 인간의 탈을 쓴 마귀의 화신임에 틀림없었다. 아내가 말했다.

"그만두세요. 내가 미우니까 내 친구까지 미워지는 모양인데 너무 그러지 마세요."

아내는 가랑잎에 불붙듯 바그르르 하면서 안방으로 들어가 문을 쾅 닫았다. 집안이 화목해도 일이 풀릴까 말까 한데 도희가 나타난 이후 그의 가정은 하루도 편한 날이 없었다. 빚은 대추나무에 연 걸리듯 했고, 일감마저 들어오지 않아 벼랑 끝에 서 있는 판인데 엎친 데 덮친 격으로 도희까지 나타나 집안 분위기를 불쑥불쑥 들쑤셔 놓곤 하였다.

가정파괴범이 따로 없었다. 개 뭐 같은 도희가 곧 승우의 가정에 분란을 일으키는 가정 파괴의 주범이었다. 미꾸라지 한 마리가 한강 물을 다 더럽힌다더니, 도희가 들락거리기 시작한 이후 승우네 가정의 평화는 속절없이 무너져 내리고 말았다.

승우는 착잡한 마음을 달래기 위해 다시 월명산으로 올라갔다. 그래도 이 구질구질한 동네에서 즐거울 때나 괴로울 때 마음 편히 갈 만한 곳이라곤 월명산밖에 없었다. 그는 우편취급소 뒷길로 해서 지난봄 오랑캐꽃이 질펀하게 피어났던 편편한 능선을 따라 걸었다.

땡볕이 쏟아지고 있었다. 돼지풀보다도 더 고약한 도희. 쇠비름보다도 더 질긴 아내. 승우는 그 여인들한테서 받은 모멸과 상처를 달래면서 단숨에 월명정까지 올라갔다. 온몸에서 비지땀이 배어 나왔고, 겨드랑이며 목덜미는 물론이고 얼굴에서도 구슬 같은 땀방울이 줄줄 흘러내리고 있었다.

그는 월명정 누마루에 올라 산기슭을 내려다보았다. 발치 아래에는 녹음이 절정을 이루고 있었다. 시야가 확 트여 답답했던 가슴이 어느 정도 풀리기는 했지만, 소금 장수의 당나귀보다도 더 고집 센 아내를 생각하면 정말 앞이 캄캄해서 그 어디 조용한 곳에 가서 콱 죽어버리고 싶은 생각뿐이었다.

개똥밭에 뒹굴어도 이승이 낫다는데, 이 근래 들어와서는 정말 이 괴로운 삶이 자꾸만 싫어졌다. 어떤 사람들은 죽어가면서도 환생(還生)을 기원한다지만, 그것은 복에 겨운 사람들의 내세관(來世觀)일 뿐 승우하고는 무관한 일이었다. 아니, 승우는 한 번 죽으면 그것뿐 이 더러운 세상에 추호도 다시 살아나고 싶은 마음이 없었다.

  그렇다면 죽어서 무엇이 될까. 물론 죽은 뒤에 인간의 희망이나 취향대로
내세가 결정되는 것은 아니겠지만, 만약 스스로 내세를 결정할 수 있는 것이
라면 승우는 인간이 아닌 다른 생명체로 태어나고 싶었다. 그때 그의 뇌리에
는 문득 한하운(韓何雲) 시인이 노래한 「파랑새」라는 시편이 떠올랐다.

    나는
    나는
    죽어서
    파랑새 되어

    푸른 하늘
    푸른 들
    날아다니며

    푸른 노래
    푸른 울음
    울어 예으리.

    나는
    나는
    죽어서
    파랑새 되리.

그래. 평생 나병으로 고생하다 이승을 떠나간 한하운 시인의 노래처럼 파랑새가 되어도 괜찮을 듯싶었다. 아니면 산기슭에 우뚝 솟은 소나무는 어떨까. 오다가다 날짐승들이 쉬어 가거나 아예 둥지를 틀고 깃들일 수 있는 소나무. 승우는 그런 부질없는 생각을 하면서 전신에 흠뻑 묻어난 땀을 식혔다.

이혼? 그러나 자라나는 아이들을 생각할라치면 그것도 쉬운 일이 아니었다. 마음 같아서는 만사 제쳐놓고 어디론가 훌쩍 떠나 버리고 싶었지만 이것저것 걸리는 것이 많아 그럴 수도 없었다. 아, 어쩌란 말인가. 승우는 장탄식을 자아내며 재작년 가을 시내의 한 빌딩에서 투신자살한 최종부 교수를 떠올렸다.

아직 새파랗게 젊은, 그러나 매스컴에 자주 오르내려 어느 원로학자 못지않게 널리 알려졌던 스타급 철학자 최종부 교수. 당대 최고의 수재로 이름을 날리던 최 교수가 시내 한 빌딩의 옥상에 올라가 투신자살한 사건은 신문·방송에서 대대적으로 보도하여 세인을 놀라게 했다.

그가 스스로 목숨을 끊게 된 가장 큰 원인은 가정불화로 알려져 있었다. 본래 가난한 집에서 태어난 그는 순전히 자력으로 공부하여 일찌감치 대학교수가 되었다. 특별한 이변이 없는 한평생 몸담고 있으면서 생활 안정과 명예를 누리는 가운데 학문적 업적을 쌓을 수 있는 자리. 아니나 다를까, 그는 대학교수가 되자마자 뛰어난 실력을 유감없이 발휘했고, 오죽하면 그의 논문이 발표될 때마다 학계에서는 일대 돌풍이 일어나곤 했다.

중견이나 중진 학자들을 뺨치고도 남는 그의 탁월한 실력 앞에서 웬만한 학자들은 그냥 꼬리를 내릴 수밖에 없었다. 그뿐이 아니었다. 철학에 관한 논문 나부랭이를 긁적거리는 사람치고 그의 논문을 인용하지 않는 자가 없었다. 그러니까 그의 학문은 곧 이 나라 철학계를 선도해 나간다고 말할 수 있었다.

그는 행인지 불행인지 김은옥이라는, 탤런트 지망생이었던 어느 재벌의 딸과 결혼했다. 어린 시절의 가난이 뼈에 사무쳤던 탓일까, 그는 주위에 들끓던 하 많은 여성들 중에서 하필이면 재벌의 딸을 아내로 맞아들였다.

아니, 어쩌면 그의 결혼은 잘 계산된 재벌 쪽의 계략에 말려든 것일 수도 있었다. 대대로 석두(石頭)만 낳은, 가진 것이라고는 돈밖에 없는 그 재벌 입장에서는 가장 머리 좋고 지성적인 사위를 두고 싶었는지도 몰랐다.

그것도 아니라면 양자의 이해관계가 동시에 맞아떨어져 그런 결합이 이루어졌을까. 아무튼 학계에서 가장 주목받던 최 교수가 재벌 딸과 결혼하게 되었을 때 언론에 대서특필되는 등 거짓말 좀 보태서 말하자면 세상이 떠들썩했다.

사실 가장 잘나가는, 어느 인기 탤런트 못지않은 현직 교수와 재벌 딸의 결합은 충분히 화제가 되고도 남았다. 그러나 그들의 결혼은 종래의 선례로 보아 어딘지 이가 잘 안 맞는 듯한 구석이 있었다.

지금까지의 행태로 본다면 돈방석에 올라앉은 재벌들은 권력까지 탐내느라 그쪽 사람들을 선호했다. 따라서 돈과 권력의 결합은 아주 흔한 일이자 자연스런 현상이라고 말할 수 있었다. 그 반면, 최고 지성의 표상인 대학교수와 돈으로 대변되는 재벌 딸의 결혼은 드문 일이었다.

본래 똥개는 똥개끼리, 삽살개는 삽살개끼리 쭉이 잘 맞게 마련이었다. 이웃사촌이나 다름없는 재벌과 권력층은 사돈 관계를 맺음으로써 상호 권력 상승과 재력 상승을 맞바꾸었다. 재벌들이 사윗감을 고를 때 판사·검사 등 이른바 '사' 자 돌림을 선호하는 것도 그 때문이었다.

권력층은 권력층대로 더 큰 권세를 오래오래 누리기 위해 재벌을 좋아했다. 권력을 더욱 견고히 담보해주는 재력. 권력에다 재력까지 갖추면 세상 부러울 것 없이 큰소리 떵떵 치며 살 수 있는지라 그들은 피차 궁합이 잘 맞을 수밖에 없지 않은가.

그런데 김은옥의 부친은 예외였다고나 할까, 사실상 권력과는 무관한 철학과 교수를 사위로 간택하였다. 아니, 그는 어쩌면 미래를 예견하여 그런 결정을 내렸는지도 몰랐다. 예컨대 대학교수로 있다가 장관이나 국회의원으로 신분을 바꾸는 사례가 허다함을 감안한다면 김은옥의 부친이 그 점을 간과했을 리 만무했다.

학자도 아닌, 기껏 남의 논문이나 대필해주면서 어렵사리 살아가는 승우 입장에서는 다른 사람들의 신상이나 사생활에 관해 굳이 알고 싶지도 않았다. 그러나 그는 그동안 학문당 박일기 사장을 통해 최 교수와 관련한 이야기를 수도 없이 들었다. 언젠가 학문당에 갔을 때, 박 사장은 입에 침이 마르도록 최 교수를 칭송하였다. 그가 말했다.

"여보게, 만물박사. 최종부 교수 알지?"

"사람은 모르지만 논문은 많이 접했지. 학문당에서 나온 논문집은 너무 유명하잖아?"

"그 사람 논문의 질이 어떻던가?"

"괜찮아."

"만물박사 입에서 괜찮다는 말이 나올 정도라면 더 물어볼 필요가 없겠군."

만물박사라는 별명이 말해주듯, 승우야말로 모든 분야에 통달해 있었다. 그는 국내에서 출간된 거의 모든 논문을 섭렵했을 뿐만 아니라 한 시대의 획을 그은 해외의 주요 논문까지 안 읽은 것이 없었다.

더군다나 그의 두뇌는 비상했다. 무엇이든 한 번 읽었다 하면 그 내용을 모두 기억하기 때문에 어느 누구도 감히 그의 실력에 범접할 수가 없었다. 육조 배판(六曹排判)을 하고도 남을 쟁쟁한 실력. 그런데도 그는 겨우 고등학교밖에 졸업하지 못한 터라 초야에 묻혀 기껏 남의 논문이나 대필하지 않으면 안 되었다.

더러운 학벌주의. 꼴찌를 했건 꼴찌에서 둘째를 했건, 재학 중에 사고만 쳤건 뭘 했건 대학 졸업장 없이는 행세할 수 없는 사회. 그놈의 대학 졸업장이라는 것 때문에 입시 경쟁이 과열될 수밖에 없고, 죽기 아니면 까무러치기 식으로 너도나도 대학 진학에 목을 매다 보니 공교육이 붕괴되고 사교육이 기승을 부릴 수밖에 없지 않은가.

밥보다 고추장이 더 많다고나 할까, 공교육비보다 사교육비가 더 많이 들어가는 사회. 학생들이 학교 선생님을 우습게 알고 도리어 학원 강사들을 더 믿고 따르는 사회. 인간을 만드는 교육이 아닌, 입시 기술자만을 길러 내는 교육 현실이야말로 큰일 중의 큰일이 아닐 수 없었다.

이렇듯 교육이 비정상적으로 꼬이게 된 이면에는 자녀 출산과도 깊은 연관이 있었다. 이제 산아제한이니 가족계획이니 하는 용어들은 옛말이 되었지만, 핵가족이니 뭐니 해서 각 가정의 자녀가 하나 아니면 둘인 관계로 학부모들은 자기 아이들을 명문 학교에 보내기 위해 더 기를 쓰고 있었다.

7남매, 8남매…… 자녀가 많을 때 같으면 여러 아이들 중 어느 한 녀석만 잘 풀려도 밑질 게 없었지만 이제는 한 녀석이 그 자신뿐만 아니라 더 나아가서는 가문의 운명을 좌우하게 되어 있었다. 사정이 이러한지라 각 가정에서는 자녀에게 모든 미래를 걸고는 남의 집 자녀들보다 더 비까번쩍하는 학력을 따내기 위해 수단과 방법을 가리지 않고 있었다.

한편, 사회가 요구하는 학력의 벽은 높기만 했다. 인력을 선발하는 쪽에서도 거의 예외 없이 대학 졸업장을 요구했다. 그것은 어쩌면 당연한 현상일 수도 있었다. 썩어도 준치라고, 일반적으로 볼 때 고졸자보다는 대졸자가 훨씬 나을 것이기 때문이었다.

사법고시 등 극히 일부 예외가 없는 것은 아니지만, 고등학교 졸업자들은 이 사회에서 원천적으로 발붙일 데가 없었다. 따라서 학부모들은 개나 걸이나 아이들을 입시 기술자로 만들기 위해 어려서부터 달달 들볶게 마련이었다. 영세민들도 그러할진대 하물며 자칭 중산층 이상의 학부모들이야 더 말할 나위가 없었다.

학교에 거센 치맛바람이 일어난 것도 우연이 아니었다. 사교육비야 얼마가 들든 그런 것은 따질 필요도 없었다. 오직 자기 자식 하나면 잘 되면 그뿐이었다. 그 바람에 학부모들은 멍이 들었고, 학생들은 학생들대로 입시 공부에 매달리느라 일식집 수조 안에서 며칠씩 시달린 횟감처럼 진이 빠질 수밖에 없었다.

그동안 입시 경쟁이 낳은 부작용과 병폐를 어떻게 다 설명할까. 학부모들의 고3병은 둘째 치고 입시 스트레스를 견디다 못해 스스로 목숨을 끊는 청소년도 한둘이 아니었다. 교각살우(矯角殺牛)라고나 할까, 공부 못하는 녀석 성적 좀 올리려다 자식들을 죽음으로 내모는 사회. 그것이 숨길 수 없는 우리 사회의 현실이었다.

그런데도 교육 당국은 엉뚱한 짓만 하고 있었다. 건국 이래 입시제도 하나 제대로 확립하지 못한 정부. 위인설관(爲人設官)도 분수가 있지, 대통령 아들의 대학 진학을 위해 추첨 방식까지 도입했던 것은 천하가 다 아는 사

실이었고, 그들은 지금도 심심하면 한차례씩 입시 제도를 바꾸어 학부모
와 학생들을 혼란으로 몰아넣곤 했다.

더군다나 장관이 바뀌었다 하면 거의 예외 없이 덩달아 입시 제도가 바
뀌었다. 제 논에 물 대기 식으로 그때그때 편의적으로 입시 제도를 바꾸어
뭘 어쩌겠다는 건지 이 나라 교육정책은 실로 한심하기 짝이 없었다. 어쩌
면 그들이 특정 계층의 농간에 의해 그렇게 놀아나는지도 몰랐다.

아무튼 대다수 국민들은 정부의 원칙 없는 교육정책으로 골병이 들고
있었다. 그렇다고 대학교육이 제대로 이루어지느냐 하면 반드시 그런 것
도 아니었다. 젖 떨어지자마자 오직 시험 기술 터득에 전념해 온 아이들.
그들이 일단 대학에 들어가기만 하면 공부를 뒷전으로 밀어놓는 것은 당
연한 귀결이었다.

그들에게 있어서 대학 입학은 본격적인 학문의 시작이 아니라 입시 기
술의 완성을 의미했다. 코피가 터지도록 공부해도 모자랄 판에 적당히 놀
며 어영부영 허송세월 하는 대학생들. 세계 대학생들과 우리나라 대학생
의 수준 격차가 날로 벌어질 수밖에 없었다.

그런 현실 속에서도 최종부 교수 같은 인물이 나왔다는 것은 놀라운 일
이었다. 선천적으로 머리가 뛰어난 데다 학부 재학 중 남달리 공부를 많
이 했던 그는, 학부에서도 단연 두각을 나타내더니 대학원을 마치고 박
사학위를 받자마자 일약 모교의 대학교수로 발탁되었다. 승우가 말했다.

"학문이 참신하고 깊이가 있어. 신문에 칼럼도 잘 쓰지만 언젠가 텔레
비전 토론에 나왔을 때 보니까 언변도 뛰어나더군. 앞으로 철학계를 주름
잡을 것 같아."

말이 나왔으니까 얘기지만, 승우의 눈에는 대부분의 논문들이 하찮게

보였다. 가뭄에 콩 나듯 어쩌다 무릎을 탁 칠 만한 수작(秀作)이나 노작(勞作)이 발견되기도 했지만 이 근래 쏟아져 나오는 거개의 논문들은 빵틀에서 찍어낸 붕어빵처럼 천편일률적으로 수준이 낮았다.

그런 논문들에 비한다면 최종부 교수의 논문은 단연 돋보였다. 특히 학문당에서 발간한 논문집은 오랜 세월 답보 상태를 면치 못하던 철학을 한 단계 끌어올린 역저(力著)라고 말할 수 있었다. 박 사장이 말했다.

"잘 봤어. 소장파 학자 가운데 선두 주자라고 말할 수 있지. 나도 일찍부,터 그를 주목해 왔어. 원로들한테서도 신망이 높더군. 그뿐이 아니야. 학생들도 그 사람을 무조건 존경한다는 거야. 남들은 그 나이에 시간강사 자리도 못 얻어 피를 말리는데 그 사람은 일찌감치 조교수가 됐어. 그 대학에서 유례없이 파격적인 대우를 해준 거야. 젊고, 잘생기고, 실력 있고, 언변 좋고……. 말하자면 상아탑 안의 스타라고 말할 수 있겠지. 최 교수야말로 훤히 열려 있는 전도를 향해 질주한다고나 할까. 그런데 가정적으로는 문제가 많다는 거야."

"무슨 문제?"

"글쎄. 그 깊은 내막은 모르겠어. 아무튼 학계에서는 그의 가정 문제를 놓고 화제가 무성하더군."

아나나 다를까, 바로 그 이튿날 최 교수의 자살 사건이 도하 언론에 대서특필되었다. 최 교수가 인기 교수여서 그랬을까, 아니면 그의 부인 김은옥이 재벌의 딸이어서 그랬을까, 아무튼 신문과 방송은 그의 죽음을 이례적으로 크게 보도했다.

특히 그의 유류품 중에서 발견된 유서는 결혼에 대한 후회와 아내에 대한 증오로 일관되어 있었다. 그로부터 며칠 후 승우는 대필한 논문 원고를 들고 학문당에 갔다가 박 사장을 만났다. 최 교수의 자살 사건이 시중의 화제가 되어 있던 그때 박 사장은 당연히 그의 죽음에 관해 더 자세한 이야기를 들려주었다. 승우가 말했다.

"죽기는 왜 죽어? 어떻게 해서라도 살아야지."

"그러게 말야. 정말 안타까운 일이야. 그만한 인재를 잃었다는 것은 학계의 손실이라고 말할 수 있지. 좋은 재목이었잖아? 그런데 김은옥이라는 그 여자가 너무 형편없었던가 봐."

"하기야 그렇겠지 뭐. 재벌의 딸이면 재벌의 딸이었지 어떻게 최 교수의 생각을 따를 수 있겠어?"

"최 교수도 처음에는 별거나 이혼을 생각했었다는 거야. 하지만 유서에도 나타났다시피 명색 철학자라고 하면서 여자 한 사람 잘못 본 데 대한 번민과 자책감이 더 컸던 모양이야. 현직 대학교수로서 이혼에 따르는 도덕성 문제로도 고민했던 것 같고……. 이혼이냐, 자살이냐. 그 명석한 사람이 왜 더 나은 길을 모색하지 않았겠어? 그 문제라면 당사자인 최 교수가 더 많이 고민했겠지. 그는 유서를 쓰면서 김은옥을 비롯, 당연히 나머지 가족들도 의식했을 거야. 이렇게 볼 때, 유서에 나타난 진실은 빙산의 일각일 수도 있겠지. 그럼에도 불구하고 분명한 사실은, 가정불화가 자살의 직접적인 원인이었다는 점이야. 나는 이해할 수 있어. 철학자와 재벌의 딸이라……? 어딘지 좀 이상하잖아? 최 교수는 부인한테 학자의 아내가 되기를 원했겠지. 그 반면, 김은옥 쪽에서는 최 교수한테 재벌의 사위가 되기를 요구했을 테고……. 본래 부부 사이란 위험한 관계 아닌가?"

"위험한 관계?"

"사실 각기 다른 환경에서 지내 온 사람들이 한 몸을 이룬다는 것은 쉬운 일이 아니라고 생각해. 나도 부부 싸움 많이 했거든. 이혼 심리, 자살 심리에 대해서는 만물박사가 더 잘 알 텐데⋯⋯."

사실 승우는 자살로 인생을 마감한 최 교수의 선택을 어느 정도 이해할 수 있었다. 오죽하면 앞길 창창한 청년이 그 길을 택했을까. 그에게는 그만이 아는, 그가 아니고서는 어느 누구도 이해할 수 없는 깊은 사연이 있겠지.

신발 뒤축에 담뱃불을 눌러 끄고, 승우는 한 층 한 층 층계를 밟아 월명정 누마루로 올라갔다. 어쩐 일인지 그날은 누마루에도 바람 한 점 없었다. 노인들이 가끔 고누나 장기를 두던 누마루. 그런데 오늘은 좀 부티 나는, 그러나 어딘지 모르게 백치처럼 보이는 어떤 요상한 여인이 애완견을 데리고 와서 놀고 있었다.

그 여인은 소매 없는 티셔츠에 반바지를 입었는데 잘 빠진 무처럼 늘씬한 팔과 다리가 무척 눈길을 끌었다. 그녀가 데리고 나온 애완견은 생김생김으로 보아 미상불 푸들과 몰티즈 잡종인 듯했다. 아주 섹시하게 생긴 그 여인은 더위를 참지 못해 혀를 빼물고 할딱거리는 개에게 할랑할랑 부채질을 해주고 있었다.

애완견도 애완견이었지만 그 여인은 어쩐지 이 동네 사람 같지 않았다. 어쩌면 그녀는 신흥 부자들만 사는 월명아파트 주민인 듯했다. 어쨌든 그 허여멀끔한 여자는 한 손으로 연신 개의 정수리를 쓰다듬어주면서 다른 한 손으로는 열심히 부채를 부치고 있었다. 그녀가 개에게 말했다.

"아가, 식사할까?"

그녀는 개를 '아가'라고 불렀다. 개가 자기 몸으로 낳은 아가처럼 귀여운 모양이었다. 아니면 개의 이름이 '아가'인지도 몰랐다. 어쨌든 그녀는 자

그마한 비닐봉지를 열고 잘게 저민 고깃살을 꺼내 개에게 주었다. 그러자 개는 그 먹이를 씹지도 않고 날름날름 집어삼켰다.

행복한 개. 널리 알려진 일이지만, 부잣집에서 기르는 애완견은 인간 이상의 칙사 대접을 받고 있었다. 애견가들이 개에 베푸는 지극한 사랑과 정성. 어떤 측면에서는 견공(犬公)이 사람보다 나은 대우를 받고 있다 해도 망발이 아니었다.

최근 강남의 한 동물병원에서 내놓은 애완견 의료보험 상품은 시중의 화제가 되고 있었다. 국민 1인당 평균 의료보험료가 월 2만 5천 원인 요즘, 그 병원에서는 애완견 의료보험료로 월 12만 5천 원을 책정해 놓고 있었다. 그러니까 사람의 의료보험료보다 애완견의 의료보험료가 5배나 높은 셈이었다.

병원에는 애견가들이 줄을 잇고 있었다. 애견 인구가 약 750만 명에 이르는 오늘날 그 병원은 애견가들의 의표를 찌르는 회심의 보험 상품을 내놓아 크게 히트했다. 매월 해당 보험료를 불입하면 병원 측에서 진료·입원·목욕 서비스에다 다쳤을 경우 수술까지 해결해준다고 했다.

승우는 한갓 애완견보다 별로 나을 것이 없는, 박복하기 짝이 없는 자신의 처지를 돌아보지 않을 수 없었다. 소싯적 이후 그토록 열심히 일을 했는데도 입에 풀칠하기도 바쁜 고단한 신세. 뭔가 희망이 보인다면 몰라도 길이 보이지 않는 앞날을 생각할라치면 너무 암담하기만 했다.

지난 세월, 고정 수입 없이 이른바 프리랜서로 살아온 승우는 설령 한두 달 벌이가 없다 해도 너구리처럼 그럭저럭 버티는 힘이 있었다. 한 번도 숨을 크게 쉬어 본 적이 없는 만성적인 가난에다 이 없으면 잇몸으로 산다는 오기와 끈기가 맞물려 그런 저력이 생겼다.

하지만 오직 직장에 목을 매고 살다가 갑자기 옷 벗고 나온 월급쟁이들은 어떻게 살아갈까. 소위 구조조정이란 이름으로 알록달록하게 포장된 정리 해고에 걸려 조기퇴직이나 명예퇴직한 사람들의 삶을 생각할라치면 저절로 동정심이 일어났다.

오나가나 길거리에 노숙자들이 널려 있던 아이엠에프(IMF) 체제 때 승우는 시내에 나갔다가 은행에 다니던 고향 친구 은철이를 만난 적이 있었다. 한때 잘 나가던 그는 정리 해고의 덫에 걸려 하루아침에 실업자로 전락해 있었다. 그가 말했다.

"나 조기 됐어."

"조기?"

"조기 퇴직 말야. 요즘 직장 생활 하다가 명태 된 사람도 한둘이 아니야."

"명태는 또 뭔가?"

"명예퇴직. 조기퇴직이나 명예퇴직이나 도찐개찐이지 뭐. 그래도 동태보다는 좀 낫다고 할까."

"동태?"

"자기도 모르게 목 잘려서 꽁꽁 얼어붙은 사람. 어느 날 출근해 보니 책상도 없고 의자도 없고 아무것도 없더라는 거야. 아예 자리 자체를 감쪽같이 치워버린 거지. 얼마나 황당하겠어? 어디 그뿐인가. 생태들도 얼마나 많은지 몰라."

"생태?"

"대리도 되기 전에 잘린 사람들. 직장에 취직하자마자 쫓겨난 싱싱한 신입 사원들이지. 그런가 하면 명란젓도 있어."

"그건 또 뭐야?"

"명란젓은 태어나 보지도 못한 명란으로 담근 젓갈이잖아. 그렇다면 뭘 상징하겠어? 만물박사가 그런 것도 몰라서 말이 돼?"

"아, 알았어. 취업조차 못 해 본 실업자들을 뜻하는 말이겠군."

"그래. 맞았어. 지금 대졸 실업자가 산더미처럼 넘쳐나고 있어. 그들은 직장에 발을 붙여 보지도 못한 채 그냥 나처럼 화백으로 전락한 거야."

"화백?"

"나처럼 화려한 백수라는 뜻이지."

그 말을 듣고 승우는 웃어야 할지 울어야 할지 종잡을 수가 없었다. 대화를 나누는 동안에도 은철이는 똥 마려운 강아지처럼 앉았다 일어났다 하면서 극심한 정서 불안 현상을 드러내 보이고 있었다. 위로 삼아 승우가 말했다.

"새로운 직장을 찾아야지."

"잘 다니던 직장에서도 쫓겨났는데 어떻게 새 직장을 찾아? 어느 한 곳이라도 정리 해고를 않는 곳이 있어야지. 기존 사원들도 마구 쫓아내는 판에 신규 인력을 채용할 기업이 어디 있겠어? 내가 갈 길은 뻔해. 다른 사람들처럼 장노가 되는 수밖에 없어."

승우는 귀를 의심했다. 평소 무신론자였던 그가 그런 말을 하다니 도저히 이해할 수 없기 때문이었다. 더군다나 교회의 장로야말로 일정한 직업이나 직종의 개념이 아닌데도 그렇게 말하고 있었다. 승우가 물었다.

"장로가 되면 생계가 보장되나?"

"장로가 아니고 장노 말야."

"장노?"

"장기간 노는 사람이라는 뜻이지. 그러다가 나중에는 목사가 되겠지."

"목사라니?"

"목적 없이 사는 사람. 최근에는 인생설계사라는 말도 나왔더군."

은철이는 최근 시중에 유행하고 있는 신조어(新造語)들을 줄줄이 토해 냈다. 그것은 교회의 장로나 목사를 욕보이는 말이 아니라 직장인들의 비애와 슬프고도 뼈아픈 자기 비하의 또 다른 표현이었다.

정부 당국자들은 아이엠에프 구제금융 차입금을 조기에 상환했네 어쩌네 떠들면서 공적 아닌 공적을 부풀렸고, 일찍이 외환위기를 한 번도 지적하지 못했던 언론들은 정부의 나팔수가 되어 개나발을 불어대고 있었다. 그러나 한 번 곤두박질친 우리나라 경제는 계속 갈팡질팡하면서 죽을 쑤고 있었다.

승우는 누마루 난간에 서서 먼 산을 바라보았다. 혼탁한 대기오염 속에 저 멀리 북한산과 관악산이 솟아 있었다. 희뜩희뜩 암반을 드러낸 산. 서울의 산들은 무슨 한이 그리도 많아 저렇듯 살 속의 뼈 같은 암반까지 드러내고 있을까. 하기야 승우 자신도 서울에 와서 한을 쌓으며, 한과 더불어, 한을 껴안고 살지 않으면 안 되었다.

그는 월명정에서 내려와 월명사 쪽으로 발걸음을 옮겼다. 고려 충선왕(忠宣王) 때 창건되었다는 월명사 앞뜰 화단에는 각양각색의 봉선화가 한바탕 푸짐한 꽃 잔치를 벌여 놓고 있었다. 소박하고 애잔하면서도 가련한 느낌을 주는 꽃. 대웅전 앞은 물론이고 요사채와 종무소 앞에도 붉은 봉선화가 무더기로 피어 있었다.

본래의 월명사는 임진왜란 때 소실되었고, 그 뒤 지속적인 중창 불사가 이루어져서 오늘날과 같은 자태로 거듭나게 되었지만, 여기저기 제철을 만나 만발한 봉선화는 아주 인상적이었다. 지금쯤 백마강 남쪽 승우의 고향 안장말에도 봉선화가 만개했겠지. 승우는 가슴이 찡해 옴을 느끼면서 어느 사이엔가 충선왕과 봉선화에 얽힌 아픈 설화를 떠올리고 있었다.

충선왕은 충렬왕(忠烈王)이 원(元)나라 세조(世祖, 忽必烈)의 딸 제국대장공주(齊國大長公主)와의 사이에서 낳은 아들이었다. 그의 이름은 원(璋)이었다. 그는 충렬왕 3년 어린 나이로 세자에 책봉되었으며, 그로부터 14년 뒤에는 원나라로부터 특진상주국고려국왕세자(特進上柱國高麗國王世子)라는 칭호를 받았다. 그의 몽골 이름은 이지리부카(益知禮普花)였다. 그는 충렬왕 23년 충렬왕의 총애를 빙자하여 횡포가 심했던 궁인(宮人) 무비(無比)와 환관(宦官) 도성기(陶成器)·최세연(崔世延) 등 40여 명을 숙청하고 궁중의 기강을 확립했다.

그때 정치에 흥미를 잃고 있던 충렬왕은 아들 원에게 왕위를 넘겨주었다. 원은 즉위하자마자 관제(官制)를 혁신하는 한편 권신(權臣)이 차지하고 있던 광대한 토지를 몰수하여 백성들에게 골고루 나누어주었다. 이와 함께 그는 군제(軍制)·세제(稅制)를 정비하고 원나라에 대해서도 자주적인 입장을 견지했다.

그러나 그는 왕비와 불화를 일으켜 원나라 왕실의 미움을 받지 않으면 안 되었다. 왕비 계국대장공주(薊國大長公主)가 바로 원나라 진왕(晉王) 감마라(甘麻剌)의 딸이기 때문이었다. 결국 그는 원나라 사신에게 국새(國璽)를 빼앗기고 즉위 7개월 만에 권좌에서 내려앉아야 했다. 이로써 국새는 다시 충렬왕에게로 돌아갔고, 어느 날 갑자기 왕위를 빼앗긴 원은 원나라에 소환되었다.

그때 볼모로 잡혀 있던 이지리부카는 고국을 그리며 재기의 기회를 엿보고 있었다. 그 외롭고 힘들었던 시절 그의 측근에는 봉선이라는 여인이 있었다. 그녀의 아버지는 충렬왕에게 충성한다는 이유로 원나라의 미움을 받아 귀양 갔고, 그녀 자신은 원나라에 공녀(貢女)로 끌려와 진왕의 시녀가 되어 있었다.

이지리부카는 고국이 그리워질 때마다 한 많은 봉선이를 불러 가야금을 타게 하였다. 애간장을 끊는 듯한 가야금 선율. 봉선이도 이지리부카 앞에서 가야금을 연주할 때마다 몽매에도 잊지 못할 고국이 그리워 미치고 환장할 지경이었다. 그러던 어느 날, 이지리부카가 봉선이에게 말했다.

"봉선아. 내가 고려로 돌아갈 때 너를 꼭 데리고 가마."

한편, 고려에서는 충선왕 원이 왕위를 박탈당하고 원나라로 소환된 후 큰 변란이 일어났다. 간신 왕유소(王維紹) 등이 기다렸다는 듯이 차제에 왕위 잃은 원을 아주 몰아내고 그 대신 서흥후(瑞興侯) 전(琠)을 왕으로 추대하고자 획책하였다.

그때 마침 원나라에서도 치열한 권력다툼이 전개되었다. 충렬왕 31년 원나라의 성종(成宗)이 죽자 황위 쟁탈전이 벌어졌고, 이지리부카는 승자가 된 무종(武宗)을 도와 혁혁한 공을 세웠다. 그 일을 계기로 그는 확실한 재기의 바탕을 마련하는 한편 그 여세를 몰아 역적 왕유소와 서흥후 일당을 제거했다.

충렬왕 34년 그는 심양왕(瀋陽王)에 봉해졌고, 그해 충렬왕이 죽자 그 뒤를 잇기 위해 원나라를 떠나 고려로 돌아오게 되었다. 하지만 그는 귀국할 때 고려로 데려가기로 한 봉선이와의 언약을 지킬 수가 없었다. 고려로 돌아가야 할 발길이 바쁘기도 했지만, 그보다는 원나라 황실의 감시와 견제가 심했기 때문이었다.

아무튼 그는 고려로 돌아와 충렬왕의 뒤를 이어 왕위에 올랐다. 마침내 왕좌에 복위한 것이었다. 그는 이 기회를 놓칠세라 지난번에 이루지 못한 미완의 개혁을 강도 높게 재개했다. 흐트러진 국가의 기강을 바로잡는 것은 물론 조세제도의 정비, 인재 등용, 공신 자제의 중용, 농업과 잠업의 장려, 동성(同姓) 혼인의 금지, 귀족의 횡포 차단 등 그가 이룩한 개혁은 한두 가지가 아니었다.

한편, 그의 왕비로는 계국대장공주 이외에도 조인규(趙仁規)의 딸 조비(趙妃), 서원후(西原侯) 영(瑛)의 딸 정비(精妃), 홍규(洪奎)의 딸 순화원비(順和院妃) 등이 있었다. 그리고 그에게는 영원히 잊지 못할 또 한 사람의 여인 봉선이가 있었다.

그는 원나라로 사신을 보내 가련한 여인 봉선이를 데려오도록 분부했다. 가장 외롭고 쓸쓸했던 시절의 반려자 봉선이. 그러나 원나라에 갔다가 홀로 돌아온 사신은 봉선이가 이미 죽어 땅에 묻혔다는 슬픈 소식을 전했다. 참으로 놀랍고 가슴을 미어지게 하는 비통한 소식이었다. 원이 사신에게 물었다.

"뭐야? 봉선이가 죽었다구?"

"그러하옵니다. 고국을 그리다가 하마 눈까지 멀었던 봉선이는 상감마마께서 원나라를 떠난 이후 식음을 전폐한 채 매일 울면서 가야금만 뜯었다고 합니다. 나중에는 열 손가락에서 피가 흐르도록 가야금을 뜯다가 그만……."

"아, 억장이 무너지는 것 같구나. 그 가엾은 여인 하나 구하지 못한 내가 무슨 왕이란 말이냐?"

원은 슬픔을 감당할 길이 없었다. 그는 곧 정치에 싫증을 느낀 나머지 제안대군(齊安大君) 숙(淑)으로 하여금 정치를 대행케 하고 원나라로 떠나 그곳에 머물면서 전지(傳旨)로써 국정을 처리했다.

그는 당연히 봉선이의 무덤을 찾아갔다. 살아생전 봉선이의 소원대로 가야금까지 묻어 주었다는 그 무덤에는 온갖 잡초가 심란하게 우거졌고, 그 무성한 잡초들 틈에는 유난히 붉고 예쁜 꽃이 피어 있었다. 잎사귀 사이에 숨어서 수줍게 피어난 꽃. 원은 그 꽃을 봉선이의 넋이라고 단정했다.

그는 그 꽃에 봉선화라는 이름을 붙였고, 고려로 돌아온 뒤에는 궁궐 뜰에 봉선화를 심도록 했다. 그뿐 아니라 그 이듬해부터는 그 꽃씨를 민간에 널리 나누어주는 한편 가야금을 뜯느라 열 손가락에 피 흘린 봉선이를 그리워하며 꽃잎을 찧어 아가씨들의 손톱에 빨간 꽃물을 들이도록 하였다.

한편, 원은 재위 5년 만에 아들 강릉대군(江陵大君, 忠肅王)에게 왕위를 전위하고 계속 연경(燕京)에 머물며 만권당(萬卷堂)을 지은 뒤 내외의 고금 서적을 두루 수집했다. 이와 함께 그는 당대의 석학 이제현(李齊賢)과 원나라 학자 조맹부(趙孟頫) 등을 불러들여 고전 연구에 전념했다. 그는 충숙왕 12년 5월 원나라에서 파란만장한 일생을 마쳤는데 조정에서는 그에게 충선이라는 묘호(廟號)를 올렸다.

승우는 영욕의 세월을 살았던 비운의 충선왕을 생각하면서 다른 한편으로는 어린 시절 고향에서 봉선화 심던 기억을 되살렸다. 봄비가 촉촉이 내리는 날 다른 꽃모종과 함께 심었던 봉선화. 호미로 구덩이를 파고 꽃모종을 옮겨 심을 때의 그 기쁨과 즐거움은 이루 말할 수가 없었다.

그리하여 해마다 이맘때가 되면 안장말의 고향집 화단이나 울밑에서 봉선화가 한바탕 꽃 잔치를 벌이곤 했다. 봉숭아·금봉화·봉사 등 다른 이름으로도 불렀던 봉선화. 그리고 동네 아가씨들은 거의 예외 없이 봉선화 꽃잎을 찧어 손톱 끝에 꽃물을 들이곤 했었다.

불과 두어 시간이면 달려갈 수 있는 고향. 그러나 승우는 노자 마련조차 어려운 터라 마음 놓고 고향에 갈 수도 없었다. 북녘 실향민들이야 고향에 가고 싶어도 철조망이 가로막혀 못 간다지만, 승우는 그까짓 몇 푼 되지도 않는 노자를 마련하기 버거워 지난 몇 년 동안 고향에 가지 못하고 있었다.

그는 월명사 일주문을 벗어나 집으로 돌아왔다. 산에 올라가 바람을 쐬며 잠시 머리를 식힌 탓일까, 아니면 월명사 봉선화를 보아서 그랬을까, 아무튼 아까 아내와 다툴 때보다는 훨씬 기분이 나아져 있었다. 역시 돈 안 들이고 기분 전환하는 데는 월명산 산책이 최고였던 것이다.

그는 이른 저녁식사를 마친 뒤 몸을 깨끗이 씻고 집을 나섰다. 해가 저물어 어둠이 몰려오고 있었다. 그는 횡단보도를 건너 단숨에 성당까지 갔고, 지하로 내려가 두리번두리번 교리실을 찾았다. 그때 아주 잘생긴 남자가 생글생글 웃으면서 그에게 물었다.

"어딜 찾으십니까?"

"교리실을 찾고 있습니다만……."

"아, 그러시군요. 혹시 광동주택에 사는 김승우 형제님 아니십니까?"

귀신이 곡할 노릇이라고나 할까, 상대방은 대뜸 초면인 승우를 알아보았다. 얼굴만 보고서도 어떻게 승우의 거주지와 이름을 알아냈을까. 승우는 탄복을 아끼지 않으면서 그의 해맑은 얼굴을 다시 한 번 쳐다보았다. 승우가 말했다.

"그렇습니다. 제가 김승우입니다."

"반갑습니다. 어서 오십시오. 제가 요 일전에 전화드렸던 김택성 프란치스코입니다. 진작 찾아뵙고 인사드렸어야 하는데 이거 죄송하게 됐습니다. 자, 이걸 받으십시오."

김택성이 몇 가지 교재와 절반으로 접을 수 있도록 제작된 예비신자 카드를 주었고, 그 곁에 있던 다른 봉사자가 갸름한 문서에 승우의 인적사항 등 뭣뭣을 기재했다. 지갑 사정을 걱정하면서 승우가 물었다.

"이걸 그냥 받아도 됩니까?"

"그럼요. 이 교재는 저희가 무료로 드리는 겁니다. 이 교재는 매주 목요일 교리 공부 때 가지고 나오십시오. 이 예비신자 카드는 교리 공부 때, 그리고 주일미사 때도 가지고 나와서 봉사자한테 도장을 받으십시오."

김택성은 자상했다. 그 때 묻지 않은 인상도 인상이지만, 그는 보기 드문 신사라고 말할 수 있었다. 그가 얼마나 격의 없고 친절했던지 승우는 순간적으로 오랜 지기를 만난 듯한 착각을 불러일으켰다.

승우는 그의 안내를 받아 교리실로 들어갔다. 마치 열차의 내부처럼 갸름한 교리실. 맨 안쪽 벽면에는 고상(苦像)이 걸려 있었고, 그 밑에는 흑판과 작고 아담한 연단(演壇)이 마련돼 있었다. 승우의 뒤를 이어 예비신자들이 모여들었고, 정각 8시가 되자 김택성이 젊은 신부를 모시고 들어왔다. 신부가 예비자들에게 말했다.

"안녕하십니까? 형제자매님 여러분, 먼저 성당에 오신 것을 환영합니다. 저는 이 성당에서 주임신부님을 보좌하는 이동길 시몬 신부입니다. 주임신부님 대신 제가 이 자리에 서게 되었습니다. 여러분은 오는 주일날 열한 시 미사 때 입교식을 갖고 본격적인 교리 공부를 하게 됩니다. 앞으로 여기 계신 봉사자들이 책임지고 여러분을 적극 도와드릴 것입니다. 따라서 오늘은 봉사자들과 인사 나누시고, 또 여러분 상호 간에도 인사 교환이 있었으면 합니다. 봉사자들과 친밀히 지내시면 좋은 일이 있게 됩니다. 봉사자들과 잘 사귀면 가끔 술도 사주니까요."

그 말에 예비신자들은 까르르 웃었다. 귀공자 같은, 그러면서도 두 눈동자가 총명과 예지로 빛나는 이동길 시몬 신부. 승우는 그에게서 세태에 전혀 오염되지 않은 무공해 인간이라는 느낌을 받았다. 아무튼 유머 감각까지 갖춘 이동길 신부는 새하얀 로만칼라와 함께 승우에게 아주 신선한 인상으로 다가왔다.

잠시 후 그는 밖으로 나갔고, 그 대신 김택성이 연단에 올라 앞으로 매주 이 교리실에서 만나게 될 다른 봉사자 두 사람을 소개했다. 엄정호 라우렌시오, 이영희 베로니카……. 모두가 만면에 잔잔하면서도 여유로운 웃음을 머금고 있었다. 김택성은 열두 명의 예비신자들로 하여금 앞줄부터 시작하여 앉은 순서대로 한 사람 한 사람 자리에서 일어나 자기소개를 하도록 안내했다.

이경식, 조영남, 김미정, 이의민, 정규병, 김승우, 태장식, 서정현, 이형숙, 정태수, 채일병, 곽태영…… 그중에서 환갑을 앞둔 이경식이 가장 연장자였고, 서정현과 이형숙은 부부간이었다. 그 동료 예비신자들은 모두 월명아파트 주민들이었는데, 아파트 단지에서 벗어나 주택가에 사는 사람은 오직 승우 한 사람뿐이었다. 인사가 끝나자 김택성이 말했다.

"수고하셨습니다. 오늘은 성호경 한 가지만 공부하겠습니다."

그는 십자성호 긋는 법과 성호경을 성실히 가르쳐주었다. 성부와 성자와 성령의 이름으로 아멘. 김택성이 노련한 선생님이라면 예비신자들은 고분고분 말 잘 듣는 어린 초등학생들 같았다. 짧은 기도문을 한눈에 암기한 승우도 김택성이 일러주는 대로 십자성호 긋는 법을 몇 차례 연습하였다. 다소 어색하기는 했지만, 종교에 입문한 예비신자로서 신앙의 첫걸음을 떼어놓았다는 사실에 그저 가슴이 뿌듯하기만 했다. 십자 성호 연습이 계속되고 있을 때 반죽 좋게 생긴 이경식이 김택성에게 말했다.

"오늘은 이 정도에서 마치는 것이 어떻겠습니까?"

"그렇게 하시죠. 그럼 입교식 때에는 한 분도 빠짐없이 나와 주셔야 합니다. 저희들이 기다리겠습니다."

그들은 다시 성호경을 바치고 교리실에서 나왔다. 바쁜 사람들은 서둘러 집으로 돌아갔지만, 승우는 집에 가 봤자 특별히 할 일도 없었으므로 마당 모서리에 있는 성모상 앞으로 다가갔다. 그런데 이게 웬일일까, 어둠 속에서 특수조명을 받고 있는 성모상 기단 주위에도 알록달록한 봉선화가 무더기로 피어 있었다.

그 봉선화를 보는 순간, 승우는 뭔가 좋은 일이 있을 것 같은 예감을 느꼈다. 그는 성모상 앞 벤치에 앉아 몇 차례 십자성호를 그으며 성호경을 암송했다. 성부와 성자와 성령의 이름으로 아멘. 미움·증오·가난·실의·좌절·절망……. 삶이 아무리 괴롭더라도 이제는 모든 인간사를 하느님에게 맡기고 마음만이라도 평화롭게 살리라.

그런 생각을 하게 되자 신의 섭리인 듯 자기도 모르는 사이 마음이 한결 편안해졌다. 밤이 깊어 가는데도 성모상 뒤란 훌쩍 큰 느티나무에서는 맴맴, 매앰, 매애앰…… 쏴르르 쏴아 매미가 자지러지게 울고 있었다. 모처럼 평화를 맛본 목요일 밤이었다. 《조선문학》 2003년 9월호)

내 문학의 출발점

1.

내 고향은 충청남도 부여군 석성면 증산리 원증산 마을이다. 나는 이 마을에서 태어나 유년기는 물론 청소년기를 보냈다. 인근에 조상님의 묘소가 있고, 원증산 마을에는 우리 4형제 중 둘째와 막내아우가 살고 있다.

셋째는 현재 부여읍 쌍북리에 살고 있으며, 나보다 꼭 열두 살 연장이신 큰누님이 옥산면에 살다가 연전에 돌아가셨다. 7남매 중 필자와 둘째누님, 그리고 누이동생이 객지로 나온 셈이다. 누님과 누이동생이야 출가외인이니까 그렇다 치고, 4형제 중 맏이이며 더 나아가 집안의 종손(宗孫)인 내가 고향을 지키지 못하고 객지로 나왔으니 이게 어찌된 일인지 모르겠다.

그럼 잠깐 유년시절로 돌아가 볼까 한다. 내 유년 시절을 돌아보자면 가난을 빼놓고서는 별로 할 이야기가 없다. 우리 나이로 세 살, 그러니까 만두 살 때 큰아버지한테 양자로 들어간 나는 뭐가 뭔지도 모르면서 지독한 가난 속에서 살아야 했다. 나 자신 큰아버지 슬하에 양자로 들어갔다는 사실을 알게 된 것은 훨씬 뒤의 일이었다. 그런데 나보다 아홉 살이나 더 많은 둘째 누님도 사실은 일찍부터 생가를 떠나 큰집에서 성장하였다.

그러니까 후사(後嗣)가 없던 큰아버지 내외분께서는 내 둘째누님, 즉 당신 내외분의 조카딸을 데려다 애지중지하면서 초로(初老)의 외로움을 달랜 모양이었다. 그러다가 내가 고추 달고 태어나자 양자로 맞아들여 종가(宗家)의 대(代)를 이으려 한 것이었다. 그 과정에서 빼놓지 못할 일화가 있다. 둘째누님 밑으로 3남매가 더 태어났다는데, 영아사망률(嬰兒死亡率)이 세계 최고 수준을 기록했던 시절 아주 어린 나이에 홍역을 앓다가 그 뒤끝이 안 좋아 일찍 세상을 떠났다고 한다. 그러고 나서 그 뒤를 이어 내가 태어났다. 신묘년(辛卯年, 1951년) '보리누름'인 음력으로 4월 그믐날이었다. 그 해의 경우 양력으로는 6월 4일이었다.

신해생(辛亥生, 1911년생)이었던 아버지는 어느덧 불혹(不惑)의 문턱을 넘어서서 그렇게 나를 낳으셨다. 그러니까 그 시절 다른 아버지들에 비한다면, 그리고 당시 우리나라 국민의 평균수명 등 시대 상황을 감안한다면 나는 분명 늦둥이인 셈이었다.

하지만 아버지는 나보다 먼저 태어났던 아기들이 그랬던 것처럼 내가 꼭 죽을 것만 같았으므로 출생신고를 하지 않으셨다. 말하자면 확실하게 살아날 때까지 출생신고를 유보한 셈이었다. 그러나 나는 용케도 죽지 않고 살아나 새록새록 자랐으며, 그런 연고로 내 호적 나이는 얼토당토않게 만 두 살이나 줄게 되었다.

이렇듯 나는 내 아버지의 귀한 아들이었다. 그런데도 아버지는 당신의 형님을 위해, 그리고 종가의 대를 잇기 위해 아직 젖내도 채 가시지 않은 나를 큰아버지에게 보내 그 어른 내외분을 부모로 알고 성장케 하였다.

생각하면 얼마나 기막힌 일인가. 내 나이 어느덧 지천명(知天命)을 훌쩍 넘어 이순(耳順)에 들어선 지금, 아버지보다도 내 어머니의 입장을 미루어 짐작한다면 참으로 목이 메어 말이 안 나올 지경인데, 내 위로 내리 셋씩이나 어린 아기를 잃고 극적으로 얻은 금쪽같은 아들을 젖 떨어지기가 바쁘게 큰집으로 보내지 않으면 안 되었던 그 아픔을 직접 체험하지 않은 자가 어찌 헤아릴 수나 있을까.

그런데 큰아버지는 병오년(丙午年, 1906년) 출생으로, 양자로 들어간 필자와는 더 큰 세월의 격차가 있었다. 오죽하면 내 또래의 이웃 동네 아이들이 큰아버지를 '광복이 할아버지'라고 부를 정도였다. 더군다나 큰아버지는 수염까지 부얼부얼하게 기르신 터라 어느 누가 보더라도 천생 '할아버지'일 수밖에 없었다.

2.

초등학교 다닐 때, 필자는 왜 유독 우리 집만 가난하게 살아야 하는지 짙은 의구심을 떨칠 길 없었다. 하지만 그 가난은 숙명과도 같은 것이어서 어떻게 해볼 도리가 없었던 듯했다. 큰아버지는 집안의 몰락을 몸소 겪으신 분이었다. 본래 할아버지 때까지만 해도 우리 집안은 이웃 연화 마을에서 제법 떵떵거리며 살았다고 하는데, 할아버지의 요절(夭折)과 함께 가세가 기울자 큰아버지와 아버지 형제분은 청년 시절에 집까지 버리고 그 마을을 떠난 이래 곤궁의 길을 걷고 있었다.

큰아버지에게는 송곳 꽂을 땅뙈기조차 없었다. 큰아버지께서는 남의 땅에 집을 짓고 텃도조를 물며 아주 궁핍하게 살았다. 큰아버지는 몰락한 집안의 종손으로서, 학자도 아니요 농사꾼도 아닌, 이를테면 어중간한 선비라고 말할 수 있었다. 그렇다고 남의 집에 가서 머슴을 살거나 품팔이라도 할 만큼 농사일에 익숙하지도 못했다. 그런 큰아버지께서는 봄가을로 사방공사에 나가 어렵게 생계를 이어 나갔다. 그나마 여름이나 겨울에는 사방공사가 없었으므로 큰아버지는 인근 주막이나 '더투며' 소일하곤 하였다.

큰어머니 또한 농사일에는 소질이 없었고, 바느질 솜씨만은 뛰어나 옷감만 있으면 아이들 잠방이에서 어른들 도포나 장사 지낼 때 쓰는 수의(壽衣)에 이르기까지 못 만드는 옷이 없었다. 가위로 썩썩 옷감을 마르고 바늘로 착착 호아 나가는 그분의 바느질 솜씨는 정말 일품이었다.

하지만 촌간에서 삯바느질 일감이 흔한 것은 아니었다. 큰어머니는 가뭄에 콩 나듯 동네 부잣집에 가서 삯바느질을 해주고 쌀 두어 됫박 얻어다 식량을 보태곤 하였다. 하지만 우리 집에는 늘 식량이 떨어져 가족 모두가 배를 곯아야 했다.

식구나 많다면 모를까, 큰아버지와 큰어머니, 그리고 둘째누님과 나, 이렇게 넷이 사는 집이건만 입에 풀칠할 식량마저 떨어지다니……. 농사채가 없는 영세민의 삶이란 그렇게 눈물겹고 비참하기만 했다.

지금은 어떤지 모르지만, 그 무렵에는 이른바 구호양곡이란 것이 있었다. 구호양곡이란, 면사무소에서 가난한 사람에게 나누어주는 식량을 의미했다. 우리 고향에서는 그것을 흔히 '배급'이라고 불렀다.

나도 몇 번인가 큰어머니를 따라 10리 밖 면사무소에 가서 그 '배급'이라는 것을 타 보았는데, 배급 식량을 담은 헐렁한 광목 자루는 마치 비렁뱅이의 동냥자루를 연상케 하였다. 하기야 자력으로 식량을 마련하지 못하고 무상으로 받은 구호양곡이나, 남의 집에 가서 굽실굽실 손 벌려 얻은 동냥이나 따지고 보면 도긴개긴 아닐는지.

아무튼 우리는 그렇게 살았다. 이렇듯 식량이 턱없이 모자랐으므로 나는 늘 배고픔 속에서 살았다. 정말 허기진 세월이었다. 더욱이 내가 자라면 자랄수록 큰아버지는 그나마 할 일이 없었다. 유일한 일감인 사방공사가 점점 줄어든 데다 그 어른의 기력이 점점 쇠잔해진 탓이었다.

아무튼 나는 그런 곤궁 속에서 초등학교에 들어가기 전 어깨너머로 한글을 깨치고 큰아버지의 가르침으로 천자문을 읽었다. 도처에 문맹자투성이였던 시절, 그래도 웬만큼 글을 읽을 줄 알았던 큰아버지 덕택에 다른 아이들보다 훨씬 일찍 한글을 깨치고 한자에 눈을 뜬 셈이었다.

우리 집은 전통적으로 동네 '마실꾼'들이 모이는 장소였다. '마실꾼'들은 주로 연세 지긋한 동네 아저씨들이었다. 여름에는 마당 한가운데에 있던 아름드리 감나무 그늘이 시원해서, 그리고 겨울 농한기에는 식구 단출하고 한갓진 우리 집이 동네 '마실꾼' 놀기에는 안성맞춤이었던 것이다.

에어컨은 고사하고 선풍기조차 귀했던 시절, 한여름에는 동네 어른들이 모깃불 피워 놓고 '밀대방석' 위에서 이런저런 한담 나누며 더위를 식히다가 밤이 이슥해지면 뿔뿔이 흩어졌고, 어떤 분은 아예 누운 채로 감나무 밑에서 늘어지게 한잠 자고는 새벽녘에 어슬렁어슬렁 자기 집으로 돌아가기도 하였다.

3.

그런가 하면, 별로 할 일 없는 한겨울에는 동네 어른들이 우리 집에 모여 새끼를 꼬기도 하였고, 소위 논산 장이나 부여 장에 콩 팔러 갔던 '투가리 공론'을 하거나 때로는 심심풀이로 담배 내기 또는 막걸리 내기 화투를 치기도 하였다. 그러다가 내가 한글을 깨우칠 무렵에는 외지에서 들어온, 성도 이름도 기억할 수 없는 어느 영감님이 등장하면서 우리 집 분위기도 확 바뀌었다.

남의 삼밭을 지켜주러 왔던 그 영감님은, 비록 뜨내기처럼 떠돌다가 별볼일 없는 삼밭지기로 우리 동네에 들어왔을망정 그 연배의 다른 어른들과는 달리 눈이 틔어 '얘기책'을 읽을 줄 알았다. 그는 동네 어른들이 모인 자리에서 곧잘 '얘기책'을 읽어주곤 하였는데, 그것이 육전소설(六錢小說)이었다는 사실을 알게 된 것은 훗날 학교에 들어가서 웬만큼 국어 과목을 배운 뒤의 일이었다.

어쨌든 그 영감님의 등장 이후 동네 어른들은 장에 갔다 돌아올 때마다 쌈짓돈을 털어 얄팍한 '얘기책'을 한두 권씩 사 가지고 왔다. 물론 우리 부모님은 그런 '얘기책'조차 살 형편이 못 되었고, 대개는 쌈짓돈이라도 지니고 다니는 다른 아저씨들이 그런 책을 사 가지고 와서 삼밭지기 영감님에게 읽어달라고 부탁하곤 하였다. 두말할 나위도 없이 어떤 때는 그 영감님이 논산 장에 가서 무슨무슨 '얘기책'을 직접 골라 올 때도 있었다.

그 영감님은 얼마 동안 신명나게 '얘기책'을 읽다가 목이 잠기거나 힘들어지면 당신 대신 나를 내세울 때도 있었다. 그러면 내가 나서서 떠듬떠듬 '얘기책'을 읽곤 했는데, 큰아버지는 중간중간 '거기는 띠구(떼고), 거기는 붙이구(붙이고)' 하시면서 '얘기책' 읽는 법을 가르쳐주셨다.

서당 개 3년이면 풍월 읊는다고 했던가, 좌우간 나는 그렇게 어른들 틈바구니에 끼여 '책 읽는 아이'가 되었는데, 어른들은 그런 내가 신통해 보였던지 거 참 신통한 녀석 어쩌구 하면서 칭찬을 아끼지 않았다. 그런가 하면 어떤 어른은 우리 동네에 '문장 났다'고 추켜세우기도 하면서 내 '얘기책' 읽는 소리에 귀를 기울이곤 하였다.

그때 읽은 책으로는 당연히『춘향전(春香傳)』,『심청전(沈淸傳)』,『흥부전(興夫傳)』,『유충렬전(劉忠烈傳)』,『장국진전(張國振傳)』,『홍길동전(洪吉童傳)』,『삼국지(三國志)』,『옥루몽(玉樓夢)』,『홍루몽(紅樓夢)』같은 소설류가 대종을 이루었다. 그런데 '애기책'을 읽다 보면 하루저녁에 한 권을 다 뗄 수가 없었다. 어른들은 두어 시간 책 읽는 소리를 듣다가 그 이튿날을 기약하며 각자 집으로 흩어지곤 하였다. 그러면 나는 책갈피를 세모꼴로 살짝 접어 읽은 데를 표시해 놓고 기다렸다가 그 이튿날 어른들이 모이면 다시 책을 읽기 시작하였다.

우리 나이로 여덟 살이 되었을 때, 이웃 마을 십자거리에 있는 석양초등학교에 들어갔다. 학교 생활은 참으로 즐거웠다. 이미 한글을 깨친 데다 천자문까지 떼었으므로 공부는 별로 막히는 것이 없었다. 그러나 내게는 눈물겨운 배고픔이 있었다. 저학년 때는 일찍 학교 수업을 마치고 돌아왔지만, 고학년이 되었을 때 나는 그 흔한 점심 도시락을 가져갈 수가 없었다. 점심시간이 되어 동료 학우들이 알루미늄 도시락 뚜껑을 열면 반찬냄새에 그만 회가 동하여 나도 모르게 어질어질 현기증을 느끼곤 하였다.

하지만 집안이 워낙 곤궁한 터라 어쩔 도리가 없었다. 그런 환경 속에서도 학교 성적은 늘 수석을 유지하였다. 그까짓 수석이 뭐 그리도 중요할까만, 이제 와서 생각해 보면 내 어릴 적에는 그런대로 꽤 '싹수'가 있었던 것 같다.

그런데 중학교 진학을 앞두고 큰 문제가 생겼다. 남들이야 내 재능을 아까워했지만, 그러나 우리 집 사정으로는 언감생심 중학교 진학을 꿈꿀 수가 없기 때문이었다. 집안 형편만을 생각한다면, 나야말로 그 어디 남의 집에 가서 입에 풀칠이라도 하든가 아니면 당장 지게 목발 두드리며 뗄 나무라도 해 날라야 할 처지였던 것이다.

그때 생가의 아버지께서 큰 결단을 내리셨다. 늙마의 아버지께서 논산
읍내 미곡상(米穀商)에 가서 빚을 내어 나를 중학교에 보내주셨다. 그렇게
해서 나는 중학생이 되었고, 그 후 온갖 우여곡절을 겪으며 논산대건중·
고등학교를 졸업하게 되었다.

4.

고등학교를 졸업하던 그해, 대학 진학을 포기하고 막노동판에서 힘든
노동을 하다가 어느 여름날 훌쩍 고향을 떠났다. 그 후 내가 객지에서 겪
은 고통은 굳이 말하지 않겠다. 내 또래의 젊은이들이 대학에 다닐 때 나
는 사회의 밑바닥을 박박 기며 자학(自虐)의 세월을 보내야 했다. 그 과정
에서 나는 실로 못 가진 자의 서러움을 몸 전체로 체험했다.

더욱이 호적상 잘못된 나이는 내가 스스로 앞길을 개척하는 데 큰 걸림
돌이 되었다. 고등학교를 졸업했는데도 호적상의 나이가 턱없이 모자라
그 어디 이력서를 낼 수가 없기 때문이었다.

실의와 좌절……. 그래도 어린 시절 총명과 예지로 빛났다고 자부하던
내 눈동자는 어느 사이엔가 삐딱해지기 시작했고, 나는 이 고르지 못한 세
상을 저주하며 원망과 한탄 속에서 몸을 아끼지 않는 가운데 분노의 병나
발을 불어대고는 죽지 못해 안달하였다.

그래도 내가 스스로 목숨을 끊지 않고 기대했던 한 가닥 희미한 불빛이 있
었다면 그것은 문학에의 꿈이었다. 소년시절 '얘기책'을 읽으며 자란 탓일까,
좌우간 내게는 중학 시절 이후 장차 문학인이 되어야겠다는 간절한 소망이
있었다. 학창 시절, 내가 그런 소망을 이야기했을 때, 물론 집안 어른들이야

그 길이 춥고 배고픈 길임을 알고 설레설레 손사래를 치는 것이었지만 그럼에도 불구하고 나는 문학만이 나를 구원해줄 수 있다고 굳게 믿었다.

그리하여 나는 중학교 시절 이후 수업 시간의 교과 과목에는 별 흥미를 느끼지 못했고, 그보다는 점심시간이나 방과 후 학교 도서실에서 책 읽는 재미가 더 쏠쏠하게 느껴졌다. 그뿐 아니라 내가 글이랍시고 끼적거려 내놓으면 선생님께서는 거 괜찮은데 하시며 칭찬을 해주시곤 하였다.

아무튼 나는 몇 번인가 부여에서 열리는 백제문화제 백일장에 나간 적이 있었고, 고등학교 3학년 때에는 숙제고 뭐고 다 걷어치운 채 여름방학 내내 단막희곡 한 편을 써서 서라벌예술대학(현 중앙대학교 예술대학) 주최 전국 고등학생 문예작품 현상 모집에 응모하여 당선작 없는 가작 1석으로 입상한 적도 있었다.

맨손 쥐고 객지에 나와 그 죽을 고생을 하는 동안에도, 아니 혀를 빼물고 죽지 못해 괴로워하는 동안에도 나는 문학에 한 가닥 최후의 희망을 걸었다. 그러나 문단에 이름을 내밀기까지의 그 길은 너무나 멀고도 험난했다. 몇 번인가 신춘문예에 응모한 적도 있었지만, 번번이 최종심에서 낙방하여 스스로 실의와 좌절에 부채질하는 결과만 낳고 말았다.

그러다가 스물세 살 되던 해, 그러니까 1973년 문화공보부 문예작품 현상 모집에 장막희곡을 응모하여 당선작 없는 가작에 입선되었고, 그 이듬해인 1974년에는 서울시립 근로자합숙소에 있을 때의 경험을 기록한 졸고를 《신동아(新東亞)》 논픽션 현상 모집에 응모하여 당선하였다. 하지만 그것은 문단 데뷔의 관문이 아니었고, 돈에 워낙 굶주렸던 터라 적지 않은 현상고료가 탐나 이것마저 낙방하면 아예 붓대를 꺾겠다는 배수의 진을 치고 응모해 얻은 입상 경력일 따름이었다.

그런 과정을 거쳐 1976년 드디어 서광이 비치기 시작했다. 우리 문단의 거봉 안수길(安壽吉) 선생님께서 《현대문학(現代文學)》에 졸작 단편 「불길」을 초회추천(初回推薦)해주셨고, 곧 이어서 역시 졸작 단편 「향연(香煙)」을 완료추천(完了推薦)으로 밀어주셨다. 이로써 나는 급기야 문단 말석에 끼어들게 되었으며, 그로부터 35년이 흐른 지금까지 내가 생각하기에도 미련하다 싶을 정도로 오직 한길 문학에만 목을 매고 있는 것이다.

1977년 바보처럼 순진한 여성을 만나 짧은 연애 끝에 결혼한 뒤 연년생으로 두 딸을 낳았고, 1979년 《월간독서(月刊讀書)》 장편소설 현상모집에 「목신(牧神)의 마을」로 당선했다. 그동안 험난한 일들이 많았다. 역시 문학을 한다는 것은 집안 어른들의 예측 그대로 춥고 배고픈 길이었다. 하지만 나는 내가 좋아서 택한 길인 만큼 이 길로 들어선 것을 결코 후회하지 않는다. 아니, 오히려 그 어려운 고비 고비들을 잘도 뛰어넘어 나름대로 뭔가를 열심히 쓰고 있다는 사실 그 자체를 크나큰 은총으로 받아들이며 살아왔다.

다만, 아쉬움이 있다면 그동안 죽자 살자 썼는데도 변변한 작품 한 편 건지지 못했다는 사실이다. 재주가 모자란 탓일까, 글을 썼다 하면 번번이 졸작뿐이니 이거 참 실로 미치고 환장할 노릇 아닌가. 그럼에도 불구하고 나는 어제보다는 오늘에, 오늘보다는 내일에 또다시 새로운 희망을 걸어보는 것이다.

5.

나는 고향을 사랑한다. 고향에서의 쓰라린 가난이 뼈에 사무쳐 결국 한으로 응고되고 말았지만, 그러나 그곳은 내가 태어나 자라난 땅으로 언제나 내

문학의 출발점이었다. 내 소설의 무대는 주로 내 고향 부여를 중심으로 한 충청남도 일원이며, 소설에 등장하는 인물 또한 십중팔구 충남 사람들로 설정되어 있다. 물론 개중에는 다른 지역 인물이 등장하기도 하지만, 내 고향을 무대로 내 고향 사람들을 등장시키는 것은 이제 당연지사처럼 되어버렸다.

비록 소설 속에서 가상의 무대를 설정하게 되더라도 종당에는 고향의 모습으로 그려지게 마련이다. 이와 관련하여 나는 1990년 《월간조선(月刊朝鮮)》 2월호 「작가의 고향」이라는 글에서 이렇게 썼다.

작품 이야기가 나왔으니까 말인데, 나는 그동안 소설을 쓰면서 고향의 역사와 풍속 등을 그 속에 용해시키려고 부단히 노력해 왔다. 장편 『목신의 마을』은 더 말할 나위도 없고 일련의 중·단편을 통해서도 고향의 역사와 그 고장 사람들을 그리려고 딴에는 제법 힘을 기울여 왔다.

더욱이 내 고향 부여는 삼국시대 백제의 수도가 아니던가. 123년간 백제의 수도였으면서도 허허롭기 짝이 없는 풍경들을 보면서 어찌 역사를 생각하지 않을 것인가. 나는 1년에 서너 차례 고향을 오르내리고 있는데, 그때마다 가슴이 무너지는 듯한 슬픔을 안고 돌아서게 마련이다.

부여읍에 도착하면, 백제 멸망 당시 불타던 도읍의 전모가 눈에 들어오는 듯한 착각과 함께 백제인들의 피맺힌 절규가 들려오는 것만 같아 거의 환장할 지경이었다. 그리고 원증산 마을로 들어서면 양부모·생부모 할 것 없이 부모님들이 안 계시니 더욱 미칠 것만 같지 않은가. 그분들은 세월과 함께 벌써 이승을 떠나신 것이다.

한편, 까마귀도 고향 까마귀라면 반갑다고 했던가, 아무튼 나는 타관에 나온 이후 고향의 지명(地名)과 관련된 옥호(屋號)나 상호(商號)를 만나면 가슴이 뭉클하면서 눈시울이 화끈해짐을 느끼곤 하였다. 가령 '부여옥', '논산상회', '공주식당', '예산청과물', '충남정육점' 같은 간판은 물론이려니와 '충남'이란 글자가 들어간 자동차 번호판만 보아도 괜히 고향 생각이 나서 콧날이 시큰해지곤 하는 것이다.

어디 그뿐인가. 나는 고향을 떠나온 이래 어디를 가더라도 잠들 때에는 반드시 고향이 있는 남쪽에 머리를 두었다. 그러고는 부모님이 묻히신 고향을 그리워하며 잠들곤 하였다.

1996년에는 더욱 묘하고 기막힌 일이 생겼다. 내 나이 46세 때, 아내 나이 45세에 늦둥이 아들을 낳았다. 1979년에 태어난 둘째딸과는 무려 열일곱 살 터울이다. 그러니까 우리 부자 사이에는 45년이라는 세월의 편차가 있다. 그것은 큰아버지와 나 사이의 45년 세월 차이와 똑같은 간극이다. 이렇듯 늦둥이 아들을 낳은 이후 문득문득 돌아가신 부모님 생각이 나서 나는 남몰래 눈시울을 적시곤 한다.

도대체 삶과 죽음이란 무엇일까. 부모님이 살아 계시면 늦둥이 장손(長孫)을 부여안고 기뻐서 어쩔 줄 몰라 하실 텐데, 내 부모님은 너무 일찍 이 세상을 떠나셨고, 늦둥이 아들 녀석은 또 너무 늦게 이 세상에 태어났으니 이것 또한 정녕 하늘의 뜻이란 말인가. 우리 부모님과 나의 관계가, 마치 나와 저 늦둥이 아들 녀석 같은 세대 차이가 아니었을까 생각하면 저절로 눈시울이 뜨거워지는 것이다. 《충남문학》 제32집, 2001년)